可拋可棄的
宇宙級社畜求生指南，
死活都要看！

新任「蝙蝠俠」羅伯派汀森
一人分飾8角

《寄生上流》金獎導演奉俊昊
搶下改編權熱鬧開拍

臥斧文字工作者、**盧建彰**導演、**馬立軒**中華科幻學會常務理事、**蔣亞妮**作家、**章晉唯**本書譯者、**龍貓大王通信**、**一頁華爾滋Kristin**、**希米露**影評人——驚嘆推薦

我愛《米奇7號》，高明、輕快的科幻小說，濃度百分百的黑色幽默。——德克斯特・帕墨，暢銷小說家

有趣、有腦、有個性，輕快活潑的一趟科幻漫遊，看看外星智能生物、複製又複製的人類生命體、外加一點浪漫風味，讀來暢快愉悅。——麥克斯・巴瑞，暢銷小說家

《火星任務》作者安迪・威爾，當心競爭對手出現了！—史蒂芬・巴克斯特，英國硬科幻作家

本書看似歡騰熱鬧，實則深刻犀利。消耗工米奇7號帶我們審思何以為人這個課題，以及直面殖民課題——誰有權力占領、誰有權力破壞。——《圖書館雜誌》星級好評

多層次、瘋狂、娛樂至極的故事，作者真是有才，所有人都能從《米奇7號》讀出點什麼，也讓我們重新思考複製人這項科技。——《軌跡雜誌》

對白機鋒銳利、角色有腦有行動力，《米奇7號》充滿趣味、鋪排精巧。愛科幻的人，你不會後悔認識米奇。他超逗。——「The Maine Edge」網站

《米奇7號》是科幻小說中，又一部對生命，或者說探討永生的精采佳作。作者艾希頓選擇主角「米奇7號」作為第一人稱的敘事，讓這部小說得以更好地施展作者本人的睿智與幽默。它是一部科幻故事，卻也是一部關於宗教與人性、資本與勞工深刻思索的現代故事。——蔣亞妮，作家

超殺的設定，再加上一點社會深思、黑色幽默，以及恐怖驚悚，這絕對是《寄生上流》導演難以抗拒的故事。——「The Film Stage」網站

《星艦戰將》《火星任務》《2009月球漫遊》，以及《戰爭遊戲》中的最佳元素，全都融合進了《米奇7號》，讓讀者在虛構、但有可能成真的未來時空中，與主角一同在道德、哲學、意識與生命的意義邊緣探索新的可能性；也別忘了，在8號醒來前多吃三百卡循環糊！——馬立軒，中華科幻學會常務理事

幽默風趣，充滿驚喜幹話的一本書。一路上都不會覺得無聊。——單口喜劇演員章晉唯一號

翻譯完這本書之後，真希望自己也能複製一下，這樣翻譯的產能應該能增加不少。——本書譯者章晉唯三號

角色說話的聲音在耳中響起，彷彿從書頁中活了過來。——播客章晉唯二號

讀這本書的樂趣是跟上作者曲折離奇的情節，另一個樂趣是，你追不上他啊！——華爾街日報

這部小說大膽結合動作和高概念，並摻雜幽默和奇妙的愛情元素，結果證明，如果調配得夠巧妙，科幻小說會是最為有趣的娛樂項目。——美國國家公共廣播電台

高明的哲學諷刺小說，穿著星際冒險的外衣，以歡快的黑色幽默與機巧妝點，但最致命的魅力是以爆炸性洞見切入人類幾乎難以承受的真相。——《紐約書評》

《米奇7號》由發人深省的科幻概念、諷刺幽默的劇情，以及充滿詭異身體感的想像組成。作者透過星際殖民、與原生物種接觸的過程，介紹了全宇宙最爛工作內容，但過程的引人入勝、驚悚趣味，讓人每讀一頁大腦都更加活躍興奮。——傑森・帕金，紐約時報暢銷作家

《米奇7號》炸翻了我們對個體身分認知的概念。讀科幻小說就是為此！高度推薦本書。——喬納森・馬伯里，當今十大恐怖作家之一

米奇
MICKEY7
7號

EDWARD ASHTON

愛德華·艾希頓——著
章晉唯——譯

【消耗工】

星際探險任務中執行危險工作的人類複製人。

如果消耗工目前的身體死亡，他的個性和記憶能完整傳輸給下一個身體。

001

這絕對是史上最蠢的死法。

時間剛過二十六點，我大字形倒在粗糙石地上，四周烏漆墨黑，我根本像個瞎子。我的電子眼浪費整整五秒鐘掃描散溢的可見光光子，最後才換到紅外線感應。雖然我眼前仍一片模糊，但至少看得到上方的天頂。天頂在電子眼中呈灰白色，上面有個開口，邊緣呈黑圈，結滿冰霜，可想而知，我是從那掉下來的。

問題來了：剛剛發生了什麼事？

過去幾分鐘的記憶支離破碎，大多是片段的畫面和聲音。我記得貝托將我載到冰隙的一端；我記得自己沿著碎裂的冰塊爬下；我記得走了點路；我記得我抬頭，看到南面冰牆上三十公尺處，有塊凸出來的巨石。石頭的形狀看起來有點像猴子的頭；我記得自己會心一笑，然後……

……然後我腳下一空，向下墜落。

去你媽的，我沒看路啊。我只顧著抬頭看那愚蠢的猴頭石，想著我回到圓頂基地要怎麼跟娜夏形容。

史、上、最、蠢、的、死、法。

我身體竄過一絲寒意。我剛才在地表就夠冷了。到地底下，我身體貼著岩床，寒意直接鑽進身體，穿過衣服外層和兩層保暖層，漸漸滲透毛髮、皮膚、肌肉，一路深入骨頭中。我又打個寒顫，左手腕一陣痛楚竄上肩膀。我低頭去看。手套和外層保暖層衣袖口之間，手腕已腫起。我伸手去脫手套，想說冰冷的空氣也許能幫助消腫，但我手還沒碰到手套，另一陣痛楚馬上讓我放棄嘗試。就算只是想握拳，我手指才彎一點點，就已痛到眼前發黑。

摔下來時一定撞到了。

斷了嗎？也許。

扭傷了嗎？肯定有。

痛就代表我還活著，對吧？

我慢慢坐起，甩甩頭，努力清醒過來，並眨眼看向通訊視窗。我距離太遠，接收不到殖民星中繼站的訊號，但從那一丁點訊號看來，貝托一定還在附近。訊號十分微弱，不能用語音或影像，但我大概可以傳訊吧。我眼睛朝鍵盤的圖案望一眼，鍵盤擴大，占據四分之一的視線。

米奇7號　貝托，你有收到嗎？

紅鷹　收到，你還活著啊？

米奇7號　暫時還活著，但我動不了。

紅鷹　超慘。我看到剛剛發生什麼事了。你居然直接摔到洞裡。

米奇7號　對啊，我也發現了。

紅鷹　那洞不小欸，米奇。超大的。搞屁啊，老弟？

米奇7號　我在看一塊石頭。

紅鷹　……

米奇7號　形狀看起來像猴子。

紅鷹　史上最蠢的死法。

米奇7號　對，不是啦，也得要我死了才算，對吧？對了，你有可能來救我嗎？

紅鷹　呃……

米奇7號　真假。

紅鷹　是真的。

米奇7號　……

米奇7號　為什麼？

紅鷹　因為我現在是在洞上方兩百公尺處盤旋，卻幾乎收不到訊號。你掉超深的，老弟，那裡肯定是伏蟲的地盤。我去救你的話，不但麻煩得要死，又要冒個人生命危險。為一個消耗工冒這麼大的險，這可沒道理吧？

米奇7號 喔，好吧。

米奇7號 就算是為了朋友也不行嗎，嗯？

紅鷹 別鬧了，米奇。爛招耶。又不是說你真的會死什麼的。我回去圓頂基地會回報說你掛了。這是執勤中的意外，馬歇爾沒道理不批准你重生。你會從培養槽出來，明天就躺在床上了。

米奇7號 喔，那真是太好了。我是說，我相信那樣對你最方便。但現在要死在洞裡的是我。

紅鷹 是啊，爛爆了。

米奇7號 爛爆？真假？就這樣？

紅鷹 抱歉，米奇，不然你要怎樣？你死在底下，我覺得很難過，但說真的，這就是你的工作，不是嗎？

米奇7號 我甚至還沒把資料同步上去。我已經一個月沒上傳了。

紅鷹 那……又不是我的錯。但別擔心，我會跟你說你的近況。上次上傳到現在，你有什麼私事要我轉達嗎？

米奇7號 嗯……

米奇7號　沒有，應該沒有吧。
紅鷹　太好了。那差不多就這樣啦。
米奇7號　……
紅鷹　就這樣囉，米奇？
米奇7號　對。就這樣。感謝你，貝托。

我眨眨眼，離開通訊視窗，並靠到岩牆上，閉上眼。那膽小的混蛋，真不敢相信他不下來救我。

喔，我在期待什麼？我當然心裡有數。

所以接下來呢？坐在這等死？我掉到這井洞、天井，還是什麼鳥洞之後，也不知滾了多久才停在這個……鬼地方。或許有二十公尺，不過照貝托的說法，搞不好有一百公尺。洞口就在那邊，高度不超過三公尺。但就算我手搆得著洞口，我這手腕也爬不上去。

在執勤中，我有不少時間去想像自己的死法，當然沒有實際體驗。我不曾凍死過，但我絕對想像過。自從我們降落到這顆死氣沉沉的冰冷星球之後，很難不去想像。相對來說，凍死應該算簡單了。身體愈來愈冷，沉沉睡去，然後就醒不過來了，對吧？我思緒開始亂飄，覺得至少這死法不算太糟，這時我的電子眼發出叮一聲。我眨眨眼，接收訊息。

黑胡蜂 嘿，寶貝。

米奇7號 嘿，娜夏。妳需要什麼嗎？

黑胡蜂 你準備好，我在路上了，預計兩分鐘到。

米奇7號 貝托聯絡妳了？

黑胡蜂 對。他覺得救不回你了。

米奇7號 但是……？

黑胡蜂 他只是沒心而已。

你知道，「希望」是個很有趣的概念。三十秒前，我還覺得自己百分之百死定了，而且心裡其實一點都不害怕，但現在我耳朵都能聽到心臟在怦怦作響。一聽到娜夏想降落在地表，並嘗試從上方救援，我不禁細數起各種風險。冰隙夠寬嗎？她能安全降落嗎？可以的話，她能確認我的位置嗎？確認之後，她能來到我身邊嗎？

就算她都成功了，這些動作引來伏蟲的機率多高？

幹。

幹幹幹。

我不能讓她這麼做。

米奇7號　娜夏？

黑胡蜂　什麼事？

米奇7號　貝托是對的。你們救不了我。

黑胡蜂　……

米奇7號　娜夏？

黑胡蜂　寶貝，你確定嗎？

我再次閉上眼，深呼吸一會。不就只是跑一趟培養槽嘛，對吧？

米奇7號　對，我確定，我摔太深了，身體也差不多撞爛了。老實說，就算妳把我救出去，他們最後大概還是會把我報廢。

黑胡蜂　……

黑胡蜂　好吧，米奇，你決定就好。

黑胡蜂 你知道我一定會救你，對吧？

米奇7號 對，娜夏。我知道。

她沒回答，我坐在原地，看她的訊號強度起起伏伏。她在上方盤旋，並用三角定位法，試著確認我的位置。

我必須結束這一切。

米奇7號 回家吧，娜夏。我要上路了。

黑胡蜂 喔。

黑胡蜂 好吧。

黑胡蜂 你要怎麼做？

米奇7號 什麼意思？

黑胡蜂 自殺啊，米奇。我不希望你像5號那樣。你有武器嗎？

米奇7號 沒有。我摔下來時，光束槍也掉了。老實說，我也不想把那東西用到身上。我知道用槍會很快啦，但……

黑胡蜂 對，那可能不是好主意。有刀嗎？或冰斧？

米奇7號 沒有，都沒有。有冰斧的話，妳覺得我能幹麼？

黑胡蜂　我不知道。冰斧很利吧？也許可以把頭砍下來之類的。

米奇7號　聽著，娜夏，我知道妳想幫忙，可是……

黑胡蜂　你可以把呼吸器的封口切開，我不確定會先缺氧，還是先一氧化碳中毒，但無論哪個，應該都用不上幾分鐘。

米奇7號　對。我是還沒試過這個，但我想我不喜歡慢慢窒息而死。

黑胡蜂　那你要怎麼做？

米奇7號　可能凍死吧。

黑胡蜂　對，那也行。很平靜，對不對？

米奇7號　我是這麼希望。

她訊號弱到幾乎消失，維持在歸零邊緣。她一定盤旋在訊號範圍的極限了。

黑胡蜂　嘿。你有備份，對吧？

米奇7號　過去六週沒有。

黑胡蜂　你為什麼沒上傳？

我現在真的不想回答這個問題。

米奇7號 就這樣吧，我想。

黑胡蜂 ……

黑胡蜂 我真的很難過，寶貝。真的。

黑胡蜂 你要我在這裡陪你嗎？

米奇7號 不用了。這可能要好一陣子，而且妳要是墜落的話，妳可回不來，記得嗎？妳該回去圓頂基地了。

黑胡蜂 你確定？

米奇7號 對，我確定。

黑胡蜂 我愛你，寶貝。等明天見到你，我會跟你說你今晚死得很專業。

米奇7號 謝了，娜夏。我也愛妳。

黑胡蜂 再見了，米奇。

我眨眼關掉通訊視窗，娜夏的訊號直接歸零。貝托早出了聯絡範圍。我抬起頭，洞口像惡魔的肛門正對著我，不管上不上得去，總之我突然不想死了。我再次甩甩頭，站了起來。

＋

＋

＋

試試這個思想實驗：

想像一下，你發現晚上睡覺時，你不是睡著，而是會死。而在你死後，隔天早上會是別人取代你醒過來。他擁有你所有的記憶；他擁有你的希望、夢想、恐懼和願望。他覺得自己是你，你的朋友和愛人也都覺得他是你。但他不是你，你也不是前天睡著的那個傢伙。你早上一睜眼才活過來，晚上一閉眼就消失在世界上。請捫心自問一下——這對你人生有沒有實質上的差別？或者說，你有辦法分辨得出差別嗎？

現在把上一段的「睡覺」改成「被壓扁、蒸發、燒死」，差不多就是我人生的寫照。反應爐內有問題？交給我。需要試試不安全的新疫苗？找我就對了。想知道自釀的苦艾酒有沒有毒？讓我去拿酒杯吧，混蛋。反正我死了，還能製造出另一個我。

死那麼多次的好處是，我算是長生不死了，不過是比較爛的那種。我不只記得米奇1號做的事，也記得身爲他是什麼感覺。不過死前那幾分鐘除外。星際航行期間，艦體破裂後沒多久他（我）就死了。幾小時之後，米奇2號醒來，堅信自己三十一歲，出生在米德加德星。誰知道？搞不好眞的是啊。也許米奇．巴恩斯本人就活在那雙眼睛裡。你怎麼知道？說不定我躺在這，閉上眼，切開呼吸器，隔天早上就會以米奇8號的身分醒來。

但不知何故，我不怎麼信這套。

娜夏和貝托或許分辨不出差別，但在理性思考的底層，我知道自己其實就是死了。

＋＋＋

用可見光看的話，這裡啥都看不到，但我的電子眼能接受到短波紅外線，可以觀察四周。沒想到這空間裡有好幾條地道。每一條地道都往下。

怎麼會有地道。

其實，這一切都不該存在。

地道看起來像熔岩管，但根據我們在星球軌道上進行的調查，這裡方圓一千公里都不該有任何火山活動。這是我們選擇在此設立第一基地的主要原因。不過這裡離赤道超遠，害這鳥星球本來就鳥的天氣變得更鳥。我慢慢順著岩壁移動。每個地道都一模一樣，呈直徑三公尺的圓。地道的坡都淡淡發著光。理智告訴我，地道愈往下溫度愈高；潛意識也告訴我，條條地道都通往地獄。我算了算，每個地道距離都是六步。

感覺也不大對勁。

但沒時間擔心了。我挑了一條地道，開始步行。

半小時過後，我考慮是否該試著跟娜夏聯絡，告訴她我最後決定不要呆呆坐著等死。至少在死之前，我要先阻止貝托回報。聯邦很多事情都滿隨便的，尤其道德方面，但生物列印和人格下載兩項技術發明之初曾發生超可怕的事，所以現在多數殖民星上，大家寧可是連續殺人魔或拐賣兒童的人口販子，也不想成爲複製人。

我打開通訊視窗，這裡當然完全沒訊號，畢竟我和地表隔著厚厚的岩層。這樣可能最好。我相信娜夏放棄救援是因爲我騙她我身體撞爛了。如果她知道我除了頭痛和手腕扭傷之外並無大礙，不管我同不同意，她可能都會飛回來救我。

我不能這麼做。這九年的歲月中，娜夏是我唯一遇到的好事，如果她因爲我墜毀，我無法獨自苟活。

我無法苟活，但還是必須活著，對吧？畢竟我死不了，只能堅持下去。

無論如何，就算她來了，我也不確定她找不找得到我。這裡就像螞蟻窩，每過十幾公尺就有岔道。我盡量選看起來像是上坡的路，但我覺得不怎麼成功，而且我完全迷失了方向。

不過好處是我身體不抖了。我起初以爲我體溫過低，但岩壁的紅外線光穩定變亮，因此我判斷是走得愈深，溫度愈高。我甚至開始冒汗。

我覺得現在還好。但要是我真的找到路回到地表，一定超慘。我撞破開口，掉到洞裡時，溫度是零下十度。入夜後溫度會低至零下三十多度，寒風不曾停過。如果我找到路回去，最好在洞裡多待一會，等太陽出來再行動。

＋　＋　＋

第一次聽到鑽動聲時，我在想著娜夏。那像是一堆小石頭滾落花崗岩的聲響，一陣一陣，斷斷續續的。我加快腳步，也不想往後看。我已經很確定地道絕不是自然生成。我不知道哪種生物能在堅固岩石中挖出三米寬的地道，但無論如何，我絕不想遇到牠。

我繼續向前，聲音愈來愈頻繁，而且愈來愈近。我不禁愈走愈快，最後甚至跑了起來。我經過一個岔路時發現，我開始不確定聲音是從前面還是後面傳來。於是馬上停下腳步，半轉過身。

就在那裡，近到伸手可及。

牠的外觀基本上像隻伏蟲，對此我並不覺得意外。牠的身體分節，一節一對足，腳像堅硬尖銳的勾爪。但牠的大顎不一樣。伏蟲通常前方的節體會有一對大顎。可是這傢伙有兩對，一對較長的大顎和地面平行，另一對較短的和地面垂直。但跟伏蟲相同的是，大顎內側有靈活的短顎鬚，還有呈圓形排列滿嘴的牙齒。

也有一些關鍵性的差異。一般伏蟲都是純白色的，也許是爲了融入雪地才如此演化？雖然從紅外線感應畫面很難分辨，但我猜在可見光下，眼前這大傢伙的顏色會是棕色或黑色。

當然還有一點，一般的伏蟲通常身長約一公尺，重幾十公斤，但我面前這位新朋友寬度和我身高相當，體長向後延伸，到視線極限。

要打，還是要逃？兩個都不是好主意。我舉起雙手，露出雙掌，緩緩向後一步。這動作得到了反應。牠向後抬起，將兩對大顎張開，顎鬚朝我招手。這算是肢體語言。對這種生物來說，我舉起手臂可能會被當成是威脅。我手放到身側，又向後退一步。牠朝我滑過來，前段的身體緩緩前後擺動，像眼鏡蛇一樣，我心想我應該聽娜夏的話，把呼吸器封口切掉，讓自己窒息，死死算了。被巨大蜈蚣攻擊並吃下肚，這真的不是我想上路的方式。

大顎瞬間咬住我身體，速度快到我來不及反應。牠的四根大顎扣住我，一根穿過我雙腿間、一根抓住我右肩、橫向兩根環扣住我腰，將我抬離地面，無數顎鬚將我固定。牠的大口有節奏地開合，離我不到一公尺遠。牠嘴中有一排排冰冷的黑色牙齒，後方的食道噴出一股股熱氣。

但牠沒把我塞入嘴中。只是把我抓起來，開始移動。

牠的顎鬚有關節，尾端觸鬚幾乎像手指，指尖是兩公分的長爪。我起初掙扎，但爪子像鐵鉗一樣扣住我，將我手臂拉開，緊靠著大顎。我腳可以踢動，但其實什麼都踢不到。我猜我現在正被帶回巢穴。也許帶點心回去給小蟲吃？還是給老婆的禮物？無論如何，如果我現在能伸手把呼吸器封口切了，我一定會下手。但我辦不到。於是我繼續卡在那，想像在蠕動的嘴中被碾死磨碎的感覺。

這段路很漫長，我還一度睡著了，但後來這傢伙牙齒的喀啦喀啦聲吵醒我，接下來一路上，我都在看牠的嘴開合，牙齒磨來磨去。那畫面莫名不可思議。牠牙齒眞的不斷磨損，所以牠要不是一直在長牙，就是定期換牙。

過一會，我發現牙齒磨的方向其實是讓每顆牙齒變得更尖。

我們終於停下，面前出現一個像我之前掉落的洞窟。巨大伏蟲越過洞，頭滑入一個較小的地道。我伸長脖子去看。那通道只有二十公尺左右就到了盡頭。可能是蟲窩的儲藏室？牠將我放到地面上，打開大顎。顎鬚輕輕推我一把，牠頭向後收回。

我不確定現在是怎樣，但我確定自己不想靠近牠。我走入地道。地道尾端的牆很奇怪。我花了幾秒才發覺，經過這幾小時之後，我的電子眼第一次自動調整成可見光模式。

我走到地道尾端，發現面前的牆不是岩石，而是堆高的白雪。我手一放上去，用力推。半公尺厚的雪瞬間崩落。天光灑入地道。

那一刻，我突然想起九歲時在米德加德星，在祖母鄉下房子發生的事。那是晴朗的春天早晨，我在臥室抓到一隻蜘蛛。我用手舀起牠，雙手合起，跑下樓，走出前門，牠尖銳的小腳在我手掌中不斷抓呀抓的。最後我蹲到花園，雙手放到地上，打開手放牠走。牠快步跑走時，我覺得自己像個仁慈的神。

透過牆上的洞，我看到覆蓋一層厚雪的圓頂基地，就在大概不到兩公里遠的位置。我是那隻蜘蛛。我真的就是那隻蜘蛛，而地道裡的傢伙剛才把我放到花園裡。

＋　＋　＋

我一出地道就試著聯絡貝托，接著是娜夏。沒人回應，這不意外。畢竟現在時間尚早，他們兩人前晚剛出完勤。但是貝托一回到圓頂基地，是否馬上呈報我因公殉職？還是他會等到早上？回報之後，他們會等多久才重新打造一個我？我以前沒碰過這種事，所以也不確定，但我猜時間不長。我考慮留訊息給貝托，但想想還是再等一會好了。如果他昨晚直接回房，我可以親自去告訴他。如果不是……我真心不知道該怎麼辦，但我心裡有種奇怪的感覺，我想暫時隱瞞自己沒死的情況。

我在及膝的白雪中，跋涉一小時才回到基地外圍。除此之外，那天早晨其實相對舒適。這是一週以來首次溫度略高於零度。寒風已停歇，天空萬里無雲，呈現柔和的粉紅色，太陽像巨大的紅球，停留在南方的地平線上。我們在圓頂基地周邊一百公尺建立了外圍防線，包括感應塔、自動光束槍塔、陷阱和防禦工事。

我一直不確定這些要用來幹麼，我們唯一看到的大型動物只有伏蟲，而且牠們能在雪地下移動，我們的感應器根本偵測不到牠們，但我想是爲了符合標準作業流程吧。

蓋伯．托里切利今天早上在通往大門的檢查哨值班。他是保全，也是個傻傻的肌肉棒子，但傻歸傻，卻是個老好人。他穿著全套動力戰鬥裝甲，但沒戴頭盔。他像過度健身的人，頭看起來超小。

「米奇。」他說。「你今天很早出門啊。」

我聳聳肩。「你知道的，就只是早上去走一走。你幹麼穿成這樣？我去冰隙執勤時，我們跟誰宣戰了嗎？」

他從呼吸器後方咧嘴一笑。「這倒還沒。站哨可以自己決定要不要穿裝甲。我只是喜歡這套服裝。」他比著我來的方向。「馬歇爾還是讓你去山腳探勘是吧？」

「對。畢竟有我在，這種雜事沒必要冒著損壞貴重機械的風險，對吧？」

「你說得對。有看到什麼好東西嗎？」

有啊，蓋伯。我看到一隻跟重型運輸機一樣大的伏蟲。牠帶我回到圓頂基地，然後放我走了。顯然是個智慧生物。很酷，對不對？

「沒有。」我說。「就一大堆石頭和雪而已。」

「也是。」他說。「想也知道。馬歇爾就是讓我們在這鳥地方浪費生命，對不對？」

呃，看來他工作很無聊，想找人聊天。我必須混過去。

「聽著，」我說，「我想多聊一會，但我早上在基地有個事。我可能要繼續去忙了？」

「好。」他說。「沒問題。我想我不用看識別證了，對吧？」

「不用。」我說。「應該不用。」

他拿出平板電腦，輸入一下，接著揮手讓我通過。太好了。這代表還沒人向保全登記米奇8號。貝托很懶惰，也許能讓我省下一堆不知名的麻煩。但反過來想，我一開始會遇到這情況，基本上就是因爲他太懶。昨晚的狀況也許很棘手，但我相信他絕對能挖出一些器材和裝備回來救我。

我不願讓娜夏冒險來救我，但貝托？如果他願意，我想我會賭一把。

當然，人們之所以雇用消耗工，就是因爲可以不用去救他們。但不管這件事如何收尾，我都必須重新評估擇友標準。

現在第一站是我房間。我需要換衣服，稍微梳洗一下，用壓力繃帶包紮手腕。我覺得手沒斷，但關節腫脹發紫，我猜恐怕要痛好幾週。然後我再跟貝托聯絡，以免他去幹傻事。我也必須聯絡娜夏，讓她知道我逃出來了。

我還想要謝謝她願意來嘗試救我。

我沿著主要走廊，越過三分之二的基地，然後從鏤空的金屬旋轉樓梯爬到四樓，來到窮人區。低階的房間就在屋頂正下方，幾十間兩公尺乘三公尺的房間依序排列，牆面是塑膠壓板，配上薄薄的發泡材門板。我的房間靠近中心，我一人住雙人房，高度能讓我站起，並舉高雙手。我想這是身為消耗工的好處。有點像阿茲克特人都對球員很好，直到他們把球員拖上祭壇，挖出心臟為止。

我一用鑰匙開門，就發現出問題了。門已經開了。我將門推開，心臟大力撞擊胸口。有人躺在我床上，被子拉到下巴。他頭髮貼在前額，臉上像有一條條乾掉的鼻涕。我向前走兩步，將門關上。他聽到門栓扣上的聲音，雙眼突然睜開。

「嘿。」我說。

他半坐起來，手放到臉上。「搞什……」他看著我，雙眼睜大。

「靠。」他說。「我是米奇8號，對不對？」

002

看到這裡，你也許會好奇，我怎麼會害自己變成消耗工。我一定是幹了什麼壞事，對吧？也許我殺了隻小狗？或把老太太推下樓梯？

沒有，完全沒有。信不信由你，但我是自願的。

他們說服你時，不會說你會變成消耗工。他們只會說你能長生不死。這樣聽起來順耳多了，對不對？

我不想講得好像自己是白痴。我拇指壓到契約上時，對於自己未來面臨的人生，多少有些概念。我坐在米德加德星召募處，聽完那個女的整段推銷話術。她叫關恩．喬漢森，是個高個子，有一頭茂密金髮，臉上毫無表情，聲音聽起來像她早上都在呑碎石頭。她坐在辦公桌後，盯著手中螢幕上的清單，唸出各種可能讓我喪命的特殊工作。

包括星際航行時的艦外修繕、接觸當地動植物、必要的醫療實驗、與任何敵對生物作戰等等，那份清單長到我最後開始發呆。坦白說，他們要怎麼對我都不重要。如果想要登上星艦，我其實別無選擇。我不是駕駛員，也不是醫師。我不是遺傳學家、植物學家和宇宙生物學家，我甚至不是顆小螺絲釘。我沒有任何實際的技術。但我眞他媽必須逃離米德加德星這鬼地方，而且動作要快。兩百年前我們登陸米德加德星之後，這是首度派出殖民星艦，而我想要登艦的話，唯一方法就是簽下消耗工的賣身契。

我知道我提交組織樣本，完成上傳工程後，只要一有危險或自殺式任務出現，我就是親上火線的第一人。但就算聽完關恩冗長的清單，我壓根沒料到出勤如此頻繁，也沒料到殖民星登陸任務有這麼多危險或自殺式任務。我的意思是，你會以爲一些超蠢任務（隨便舉個例，好比探索充滿當地肉食性生物的脆弱冰隙），會以遠端操控機器來處理。因爲當年在米德加德星上就是如此，所以我本以爲相較之下，這工作也許算輕鬆。

事實上，這裡的鳥事分兩類，有一狗票鳥事是人類比機器撐得久的情況，這多半和致命的輻射有關，但不僅止於此。而另一狗票鳥事，大多是什麼人體醫學實驗之類的，機器完全派不上用場。而且在灘頭堡殖民基地，消耗工其實比機器容易更換。短期內，我們不會有採礦工程，更別提重工業了。所以在那之前，任何金屬耗損都是永久損失。反觀製造另一個我的成本，只需建造農業基地就好。

不過農業基地至今也還沒建好就是。在尼弗海姆星這裡，想到圓頂基地外頭種植作物會是個長期的挑戰；就算在室內，當地某種微菌也在阻礙作物生長。但理論上來說，短期內農業基地就能完工。

關恩唸完我可能碰上的所有衰事之後（當然其中有好幾項後來**確實發生**在我身上），她向後靠到椅背上，雙臂叉在胸前，盯著我良久，氣氛尷尬。

「所以，」她終於開口，「你眞的想做這份工作？」

我朝她露出笑容，希望自己看起來充滿信心，並回答：「對，我想是吧。」

她一直盯著我瞧，我感覺額頭冒汗。我有沒有提到我眞的、眞的很需要這工作？我正要開口說自己不怕風險，並有信心在最具挑戰的環境下生還，這時她傾身說：「你是個無藥可救的大笨蛋嗎？」

我愣了一會。「不是，」我說，「總之我自己覺得不是。」

「你有聽到我剛才說的，對吧？那一長串清單？」

我點點頭。

「例如我提到『急性放射線中毒』，你聽得懂吧？你知道那是指，公司交付給你的工作會刻意讓你暴露在致死劑量的游離輻射中。你明白這事的下場，會是全身發燒，皮膚發紅腫脹，起泡潰爛，最後體內器官會爛掉，化成腐水，從你肛門流出好幾天。依我看，那是非常痛苦的死法。你對上述這一切都完全了解？」

「對，」我說，「但那不會眞的發生，對吧？」

「會。」她說。「非常可能會。」

我搖搖頭。「當然，我會照到輻射什麼的，但我不用死得漫長又痛苦吧。我直接自殺就好啦，對吧？服個藥，閉上眼，醒來就是全新的我？我是說，那就是備份什麼的重點，不是嗎？」

「對。」關恩說。「你會這麼想，對不對？但是事實上，大多數消耗工都拒絕。」

我等她繼續解釋。後來我發覺她不想說，我只好開口問：「拒絕什麼？」

她嘆口氣。「自殺。就我所知，雖然自殺是最合理的做法，但非常少見。顯然三小時的訓練課程不足以克服數十億年自我保護的內建直覺。多奇怪啊。另外許多情況下，無論消耗工想不想自殺，他都必須一路堅持到底。你想想看，好比醫學實驗或暴露在當地微菌的情況，你就不能提早安樂死。指揮中心必須知道那對你的影響，在蒐集完數據之前，不會讓你登出的。你明白嗎？」

我點點頭。我想不到更複雜的回覆。關恩抬頭望向天花板一會。她目光終於回到我身上時，我覺得她很失望看到我仍坐在原地。

「所以告訴我，巴恩斯先生。這份工作究竟是哪一點吸引你？」

她手肘靠到桌上，下巴放到雙手中。

「就是呢，」我說，「我是說，就算我會死個一、兩次，但基本上也算是長生不死，對吧？那是你們說的。」

她又嘆口氣，這次聲音更大了。「對。你是個笨蛋。我們面試通常會一視同仁，但問題是，在殖民星探索的任務裡，消耗工其實是極爲重要的角色。就算是像你這麼簡單的腦袋，顯然都要占據無數儲存空間。爲你備份是一筆巨大的投資。如果你得到這份工作，你會是殖民星上唯一能下載的人格，也是唯一儲存的生物形態。那代表如果事情出差錯，你會是德拉卡號上唯一的人類，必須獨立負責成千上萬個人類胚胎，以及其他資產。你眞的願意承擔這個責任？」

我朝她露出緊張的笑容。她瞪著我，感覺天長地久，接著她又身體向後靠，前椅腳從地面翹起，她把雙手枕在頭後，目光回到天花板上。

「你知道我們這工作有多少人來申請嗎？」

「呃，」我說，「不知道？」

「猜猜看。」她說。「我們這次探險隊總共收到一萬人申請。光是大氣駕駛員就有六百人。你知道我們大氣駕駛員開出多少職缺嗎？」

我現在知道答案了，因爲我們加速衝出軌道之後，貝托老把這事掛在嘴邊吹噓，但我當時還不知道。

「兩個。」她說。「我們駕駛員只開了他媽的兩個職缺，結果就來了六百人申請。這些人可不是週末飛一飛的小人物。那六百人中，每個人都能勝任這份工作。連米高．博里根都申請要來帶領物理部門。你相信這種事嗎？」

我搖搖頭。我完全不知道米高．博里根是誰，但顯然是個狠角色，至少在物理方面。

我後來才發現他眞的很厲害。

但我後來也發現米高．博里根是個王八蛋，但那是另一個故事了。

「重點是，」關恩說，「這趟探險任務，每個人都是萬中選一。相信你也發覺了，能參與殖民星登陸任務是份莫大的榮耀，大多數人永遠都無法獲得這機會。如果我們想，我們能讓德拉卡號每個人一隻眼睛藍、一隻眼睛綠，而且大家依然能勝任每一項工作。」

椅腳碰一聲落下，她傾身越過桌面靠近我。我差一點就嚇到退縮。

「我們回來聊聊消耗工。」她說。「你知道這工作有多少人申請嗎？」

我搖搖頭。

「就你而已。」她說。「你是唯一來應徵這份特別工作的。我們原本已在考慮，請議會動用公權力徵召對象，結果這時你走進門來。好，從你的標準考試成績來看，我知道你其實不完全是笨蛋。資料上還寫著你是……歷史學家？」

我點點頭。

「那是工作嗎？」

「其實，」我說，「算是……或至少以前是。研究歷史能……」

「已知的歷史片段不是隨時都可以看嗎？」

我點點頭。

「所以你哪一點比我更能稱為歷史學家，你舉個例？」

「就是……」我說，「我眞的不怕麻煩，讀了不少歷史。」

她翻白眼。「有人付你錢嗎？」

我猶豫一下。「嚴格來說，那不算工作，比較像興趣。」

她瞪了我五秒鐘左右，然後搖搖頭，嘆口氣。

「無論如何，你現在申請的工作可不是興趣。這絕對是份工作，如果你選上，你永遠無法放棄。而且我問你，全星球都沒人想要這份工作，這點告訴了你什麼，巴恩斯先生？」

她看著我，好像期待我的回覆，但我眞心不知該說什麼。最後她又翻了個白眼，把生物列印讀取器從桌上推給我。我拇指按上平板讀取器，感覺手被刺一下，機器取走了我的DNA樣本。她將讀取器拿回，低頭看著螢幕。

「我可以問一個問題嗎？」我說。

她抬頭看我，說不出那是什麼表情。「好。怎麼了？」

「如果都沒人申請這份工作，你們也眞的考慮要用**徵召**的，那為什麼我來應徵時，妳這麼努力想勸退我？」

她低頭看著平板電腦。「非常好的問題，巴恩斯先生。我可能只是覺得你算是個好人，而我寧可這份工作是交給一個王八蛋。」

她這時起身，平板電腦放到桌上，向我伸出手。

「算了。」她說。「我想就是你了。歡迎登艦。」

＋　＋　＋

以下就是關恩該問，但沒問的問題：米德加德星有多爛，你寧可內臟爛成水也非要離開不可？就我看，米德加德以第三世代殖民星球來說並不算差。星球位在紅色巨大恆星的適居帶中心，那顆恆星才剛呑噬系統內側的行星。這代表第一艘星艦抵達時，必須先進行環境重塑，可想而知麻煩得要命。但好處是，跟尼弗海姆星不同，米德加德星適居時間不長，星球上沒有成熟複雜的當地生物。我相信他們的消耗工碰上不少問題，但至少沒被吃來吃去。

米德加德星轉軸幾乎沒有傾斜，所以不需擔心季節。靠近赤道，氣候溫暖，靠近兩極，氣候冰冷。那裡有兩片廣闊、低鹹度的淺海，中間環繞星球的大陸將海洋一分爲二。人口不是問題。大遷移之前，舊地球一座巨型城市人口都比米德加德星全人口還多。那裡的海灘很漂亮，城市乾淨，人民推選出的政府權力多半限於管理經濟。對於占據半片天空的紅色巨大太陽，我不曾有過怨言，但我不得不說，我們尼弗海姆星這兒的黃色小太陽莫名自然許多。

所以問題到底出在哪？你可能有些猜測，讓我幫你列出來。感情問題？不是。我是有幾任女朋友，有的好、有的壞，但都不足以讓我動念離開，我把資料上傳那年，我一個女朋友都沒交。那一定是錢的問題？你大概會這麼想，對不對？米德加德星上沒人有金錢的煩惱。就像聯邦其他星球，星球的工業和農業基地都已自動化，政府會依據公民數量來分配資源。用大多數的標準來看，米德加德星幾乎是個天堂。

巧的是，我在米加德星碰上的問題，就跟我想離開米加德星會遇上的難題一樣。我不是科學家，不是工程師，我沒有藝術、表演、文學天分。我以前和現在都是這副死樣子。我在古早時期會是低端知識分子。我會從鮮爲人知的檔案庫，挖出難以理解的書來讀，並寫些沒人會讀、難以理解的論文。再更早以前，我也許能投入工廠、礦坑工作，也許會從軍。但米德加德星容不下任何低端知識分子。如關恩所指出，歷史人人都能讀。你的眼睛一眨，或在平板電腦上點一點，就能知道任何需要知道的事。當然，也不是說眞有人會想知道那些。

另外這裡也沒有工廠、礦坑、甚至軍隊的工作。我的標準津貼讓我有地方住，有食物吃，但我想破腦袋都想不到，這有什麼意義。如果有天早上我從陽台跳下去，我想不到宇宙哪裡會不一樣。

於是，就像歷史上所有無聊的年輕男子，我花超多時間想辦法惹上麻煩。

003

「所以，」我說，「看來我們有麻煩了。」

我坐在辦公椅上，轉身面對著床。8號現在坐起，他身體前傾，頭埋在雙手中。我知道他的感受。剛從培養槽醒來就像世上最慘烈的宿醉，再加上一點痲瘋病，並點綴一些減壓症。

「你覺得呢？我們搞砸了，7號。這比搞砸更慘。你怎麼會讓這種事發生？」

我嘆口氣，背向後靠，雙手揉著臉。「哪種事？貝托太怕被吃，不回來救我，所以就以爲我死了？還是我剛好眞的沒死？」

「我不知道。兩個都一樣。你可以給我一條毛巾嗎？」

衣櫃門上掛著一條手巾。我拉下來，丟向他。他把臉和脖子上最大片的黏液擦掉，然後試著去擦頭髮。

「沒用啦。」我說。

他瞪著我，繼續擦。「我知道啦，王八蛋。我記得你從培養槽醒來的事，對吧？我也記得6號醒來，5號和3號……好吧，我想就這樣。總之，我記得你記得的所有事。」

「不是所有事。」我說。「我超過一個月沒上傳了。」

「太好了。感謝你喔。」

我嘆口氣。「別擔心。你沒錯過什麼好事。」

他把沾滿黏液的毛巾扔給我，爬下床，拉開衣櫃。「也沒有好好洗衣服，嗯？」

「對。這幾週很辛苦。」

他從最上方的架子拿下一件髒毛衣和一條風褲。「有乾淨的內衣褲嗎？」

「你看看床下有沒有。」

他瞪我一眼，眼神一半討厭，一半噁心。「你搞什麼鬼？我不記得我們活得跟豬一樣。」

「我跟你說了。這幾週很辛苦。」

他一腳跪地，從床下拿出一件四角內褲，雙手打直舉起，然後拿近聞了聞。

「那是乾淨的。」我說。「只是被踢到床下而已。」

他又瞪我一眼，然後轉身更衣。

「謝了。」我說。「看到自己裸體走來走去莫名不舒服。」

「對。」他說。「我想也是。」

他再次坐回床上，雙手又梳過頭髮。頭髮還是硬邦邦的，帶著黑色光澤，但至少頭髮開始鬆開，變一束一束的。但他還要洗過幾次，頭髮才會變自然。

「所以呢？」他說。「現在怎麼辦？」

我望著他。他不再撥頭髮，回望著我。

「怎樣？」他說。

「嗯，」我說，「我是說，你不該從培養槽出來，對吧？我其實沒死。如果指揮部發現我們兩人……」

他目光如炬，帶著怒火。「說清楚，7號。」

「你懂的。」我說。「你我心裡有數。我們其中一個一定要死。」

＋　＋　＋

在人類漫長的歷史上，如果要找個貼切的類比，大遷移和聯邦創立就像密克羅尼西亞殖民史。地球上的太平洋島嶼面積狹小，中間隔著上千公里的海洋，島民駕著十二公尺長的浮架獨木舟出航。他們登陸新島嶼時，會用船上僅存的一切想辦法熬到能從新土地找到食物爲止。

那基本上就是我們的處境，只是我們的船比較大，我們的旅程長到靠北，我們甚至不確定我們帶去的作物在登陸後能不能生長。因此所有登上方舟的人都知道，也都接受一個不變的定律：灘頭堡殖民基地上不會有胖子。

我們登陸時，食物每日基本配給量是一千四百大卡，再根據淨體重和工作行程增加。食物已經縮減兩次，基於不知名的原因，這裡就連水耕栽培槽的植物都生長不順利。我們還沒淪落到人吃人，但大多數人最近已面色憔悴。

雖然聯邦沒嚴格禁止好幾個自己同時存在，但問題就在於，沒剩多少食物能再養一個消耗工。

＋　＋　＋

「聽著，」8號說，「要是你覺得我想代替你跳入生物循環機，你恐怕要失望了。我知道這情況不完全是你的錯，但絕不是我的錯。」

我現在在四公尺乘三公尺的房間來回踱步，非常鬱悶。8號坐在床邊，手肘靠在雙膝上，按摩著太陽穴，想舒緩從培養槽出來的不適。

「誰對誰錯不重要。」我說。「重要的是解決問題。」

「好啊，不如一次徹底解決，你跳到生物循環機裡不就好了。」

我搖搖頭。「不要，絕對不要。」

他瞪著我，然後臉皺起，從耳朵挖出一團培養槽液體凝塊。

「這樣哪裡公平？我才活……多久？大概二十分鐘吧？你至少活幾個月了。你才應該去跳。」

我露出笑容，但不是友善的笑。「喔，不行。」我說。「別想來這套。你跟我一樣都是三十九歲。除了過去六週，你擁有我每一秒的回憶和經驗。要不是你全身都是凝固的黏液，你甚至不會知道自己剛從培養槽出來。」

他瞪著我。

我瞪著他。

「爭辯沒有意義，7號。我是說，我們其實不可能相互妥協，對不對？」他最後說。

當然，他說得對。這種事討論再久，都不會有人放棄。這不像在餐廳搶買單。我們不可能輪流作東。

「好吧。」我說。「所以現在要怎麼辦？上報指揮部？」

「不行。」8號說，回答有點急促。「這不行。馬歇爾已經覺得我們很煩了。如果他發現我們兩人同時存在，會當場把我們倆都殺了。我們必須隱瞞這件事。」

其實我們如果現在去找馬歇爾，他可能會直接說8號不該從培養槽出來，所以8號要馬上銷毀，化爲人泥。我話到嘴邊，但是……

我不知道。也許8號說的有道理。他耳朵黏液都還沒清乾淨，就這樣讓他作廢，好像有點不公平。

還能怎麼辦？我和他一樣，我也不想被扔到屍洞裡。

「聽著，」我說，「我們一定能想出辦法。先讓我換個衣服，梳洗乾淨。你去洗個化學澡，把身上的培養槽黏液洗掉，三十分鐘後，我們在生物循環機碰面。」

他小心翼翼看我一眼，然後站起來。「好。」他說。「三十分鐘。我們在那見。」

他兩步走到門口，轉開門鎖，打開門。他望著走廊，猶豫一會，回頭看我。

「嘿。你不是想要賤招吧？我是說，你不會趁我洗澡時，通知指揮部，將這件事交給司法判斷吧？」

「不會。」我說。「我不會，不過我相信如果我上報的話，我一定會贏。但我們能自己解決這件事。」

他露出笑容。「謝了，7號。三十分鐘後見。」

他走出房間，將門關上。

＋　＋　＋

我猜8號可能至少需要一小時。培養槽黏液難洗到爆，化學澡根本清不乾淨。我正要小睡一下，門口傳來輕輕的敲門聲。

「請進。」我說。門打開，貝托頭探進來，四處看了看，然後又走進房，關上門。

「嘿，老弟。」他說。「你感覺怎麼樣？」

貝托坐到我書桌前，就像我來找8號時一樣。但他不是我，椅子對他來說太小了。貝托快兩百公分高，這在登陸任務很少見，從舒適和效率來說，小而巧很重要。我身高差不多就一百六十公分，而我在這裡算是符合平均身高。因爲卡路里節約規定，再加上貝托走到哪都必須彎腰駝背，他一臉蠟白，面容枯槁，活像隻紅髮竹節蟲。

我從床上坐起，一手將頭髮後梳。我將扭傷的手腕藏在被子下。「我覺得還可以吧。」

「以剛出培養槽來說，你看起來狀態很好。」他說。「已經去洗一趟了？」

我點點頭。他盯著我一會，然後別開頭。

「所以，」我說，「這次發生什麼事了？7號怎麼了？」

貝托搖搖頭。「兄弟，你不會想知道。」

「哼。你提到6號時不是也這麼說？」

他回望著我。「可能吧。我不知道。重要嗎？」

「對。」我說。「算有點重要。你是駕駛員，對吧？如果你墜機，你最後、最重要的職責是什麼？」

他瞇起眼。「永遠要讓他們知道是什麼殺了你。」

「對。消耗工也一樣。這就是爲什麼馬歇爾每次殺死我之前，他都要我先上傳。我想知道7號發生了什麼事，這樣才能確保同樣的事不會發生在我身上。另外，你可能也要跟我講6號發生的事。不管他怎麼了，我相信我都敢聽。」

貝托瞪著我，然後聳聳肩，又別開頭。我叮囑自己，記得有空要找他來賭撲克牌。他超不會說謊。

「6號和7號的死法都一樣。」他說。「被伏蟲一擁而上幹掉了。」

「好。怎麼發生的？我那時在做什麼？」

他嘆口氣。「你在執行馬歇爾無聊的巡視任務。過去幾個月，他要你花點時間探勘圓頂基地周圍的冰隙，偵察伏蟲的蹤跡。我個人其實不懂，但他對牠們有種執著。」他猶豫一下，繼續說。「其實有時你似乎也一樣。剛開始他下這鳥命令時，你老是在抱怨。一週之後，7號從培養槽出來之後，就不抱怨了。過去這幾週，你變得只敬個禮就出發。你知道那是怎麼回事嗎？」

我搖搖頭。「我的記憶最新只到六週前。看來7號沒按時上傳。」

「對。」貝托說。「他昨晚發現自己快完蛋時有提到。」

我用沒傷的手搔搔下巴。「蛤，眞的嗎？正被一群伏蟲撕裂的過程中，他腦子想到的是自己還沒上傳？」

貝托像是被拖上岸的魚，嘴張合兩次，發不出聲。我咬著牙，差點大笑。他眞的非常、非常不會說謊。

「那是在之前的事。」他終於擠出話。「我猜他有預感。」

「預感。」

「對，我是說我猜啦。」

我可以繼續追問，但我自己也藏著祕密，所以我決定算了。

「總之，」貝托說，「我昨天下午把7號載到冰隙附近，離基地外圍大概八公里處。他身上有把光束槍。和平常一樣，他原本要進行區域探勘，偵察伏蟲，有機會的話，要抓一隻回基地。我原本是要繞下一圈時去接他。」

「但出事了。」

「對，出事了。我一把他放下去，牠們瞬間從雪中冒出來，二、三十隻。我在他上空盤旋，但我來不及展開吊具，他們就把他撕了。」

＋　＋　＋

我猜他是不想承認自己丟下我，讓我自生自滅。這種事絕對會讓我們友誼出現裂痕。但我現在不禁好奇，6號究竟發生什麼事。貝托之前也對我說謊嗎？

「總之，」他說，「我只是來確定你都準備好了。我想說我們可以簡單發個報告給指揮部，也許吃點早餐。」

我絕對**不想**發報告給指揮部。總之，至少要先跟 8 號做個了結。

「你知道，」我說，「我其實還在不舒服。你先去吃東西。我要再睡一下。我醒來會去登記保全資料，我們可以那之後再回報指揮部。」

他目光在我臉上游移。他知道這有點不尋常。我從培養槽出來通常都直接去自助餐廳。這裡不會有人自願跳過一餐，何況生物列印又不會在消化器官內放入食物。剛從培養槽醒來時，肚子就像剛經歷七十二小時斷食那麼餓。

「好。」他說。「但別睡太久。你知道我們蛋白質預算不多，合成你花了不少。指揮部會想知道發生什麼事，原因為何，還有我們計畫怎麼彌補虧損。這是你這八週以來第二次重生，所以我們這次要想個好說法。」

「我們可以直接跟他們說眞相。」

他搖搖頭。「我們這次要稍微發揮創意，指揮部現在對損失卡路里和蛋白質特別敏感，即便是他下的指令執行這些蠢任務，馬歇爾也不會扛這責任。他大概會怪你沒好好保衛自己，他絕對會怪我沒飛下去，救回你的身體。說實話，這種事一而再、再而三發生，他很可能有天會拒絕授權你重生。」

我脊椎竄過一陣寒意。這是預感嗎？

「嘿。」他說。「你還好嗎？你看起來不大對勁，米奇。」

我用右手揉揉眼睛，希望他沒注意我左手這段時間都藏在被子下。

「對。」我說。「我很好。只是剛從培養槽出來，要睡一下。我一小時後在餐廳和你碰頭。」

他上下打量我一番，然後站起，伸出手，拍拍我的腿。

「好傢伙。我會替你留些循環糊。」

「謝了，貝托。你是好兄弟。」

「對了，」他要關門前說，「我有發現從我進來到現在，你那隻手都放在老二上。別太操勞，娜夏會吃醋。」

「好，貝托。我知道。謝謝你特別點出來。」

「沒事啦。一小時後見。」

門喀啦一聲關上，我聽到他偷笑。

+ + +

我在過去八年死了六次。你會以爲我已經習慣了，對不對？

說實話，其中一次是意外、一次是緊急狀態、一次我死之前拒絕上傳。我只記得被上傳的事，所以那幾次都是娜夏和貝托轉達，或從監視影像得知。但其他三次都在計畫內，標準作業流程是讓消耗工盡可能在最後一刻上傳，基本上爲的就是我跟貝托說的原因。下一個我必須知道上一個我發生的事，並希望他未來能避免。不過，我覺得比起一般人，我更熟知的就只有胃部空空如也的感覺。

當然，這次跟其他幾次都不一樣。首先，其他米奇都他媽的確定自己要死了。而現在除非8號打算拿刀捅我，不然我覺得我這次生還機率是一半一半。

我其實不覺得這是好事。確定自己會死時，眞的會讓人感到平靜。早上知道我也許能倖存，既帶來希望，也帶來焦慮。

不過和其他次相比，這次最大的差別不是不確定感。最大的差別是，每次我死時，我多少都相信垃圾顧問長生不老的屁話。我知道米奇3號死後幾個小時，米奇4號會從培養槽出來，我會想像那兩個都是我，死亡只是閉上眼，然後睜開來而已。

但如果我現在死了，不會有另一個我從培養槽出來。另一個我已經出現了，雖然長得一模一樣，但8號絕絕對對沒有接續我的生命。

說實話，他甚至不大喜歡我。

＋　＋　＋

生物循環機在最底層，從我房間出發，在離開基地的半中途。老實說，那段路不遠，但今天早上走感覺好遠。走廊空無一人，我經過走廊時，唯一聽到的就是自己的腳步聲和怦怦心跳。我知道這一點都不理性，但我直覺認爲這次會事與願違。我走下兩排淺階的階梯，感覺像要上斷頭台一樣。最後我終於來到生物循環機的機房入口。

生物循環機是任何灘頭堡殖民基地的靈魂核心。它處理我們的屎、番茄莖、馬鈴薯皮、兔骨和嚼一半的軟骨、我們的頭髮、指甲、結痂和廢皮組織，最後是我們的屍體。反之，它能產出蛋白質糊、維他命漿和肥料。沒人想吃循環糊過活，但缺乏糧食的殖民星可以靠這樣撐很久。

循環機會把你所有扔進屍洞的東西分解成原子，然後依據安排重組。這會耗一堆能量，但我們的發電廠是反物質星艦引擎。能源是我們最充足的資源。

8號進來時，我已在控制台輸入通行碼。我打開安全蓋，按下紅色大按鈕，地板中央的屍洞封門打開。

屍洞是我們平常不敢想像的東西。我偶爾被派來處理垃圾時才會見到屍洞打開的樣子，我不曾好好看過裡頭。我不確定你會怎麼想像吞噬萬物的反物質大嘴。也許轟隆作響，冒著火焰，飄著硫磺味？但這裡其實很安靜，沒有一絲味道，甚至有點美麗。一開始只是個扁平的黑色碟子，灰塵落入分解力場時會冒出微小的火光，一閃而逝。

看起來不算太糟。

總比被一群伏蟲撕碎來得好。

「所以，」8號說，「你準備好了嗎？」

我聳聳肩。「對，我想是吧。老實說，我現在確實有點後悔沒去上報，但我們來吧。」

他露出笑容，抓住我肩膀。「不會有事的，7號。就讓我把你扔進洞裡，雖然我會內心難受一輩子。」

我心臟大力跳動。「你說扔是什麼意思？」

他笑容消失。「你自己想想。進去時，你眞希望自己還有意識？」

嗯。這是個好問題。眞正的屍體推入洞裡的速度非常慢。我不知道最快能多快，但如果不能瞬間完成的話，最好還是失去意識，甚至死了。

8號站到我旁邊，低頭看著屍洞。

「你知道，」他說，「你現在還是能當個好人，自己進去。」

「當然，」我說，「你也是。」

他手摟住我肩膀。「不可能，對吧？」

「不可能。」

盤子又變全黑。我想灰塵都分解光了。8號抓起一團培養槽黏液，黏液落到開口邊緣時發出閃光，滋滋作響，不到一秒便消失了。

「這可能比我想的還痛。」他說。

「眞的。」我說。「這樣吧，我可以先勒死你，再把你推進去。」

他露出笑容。「謝了，7號，你眞有人道精神。」

我們沉默站一會。他摟著我肩膀的手臂感覺愈來愈沉重。最後我走開來，轉身面對他。

「聽著，」我說，「我們眞的要做嗎？」

「我想是吧。」他說。

他舉起左手，我舉起右手。我們握緊拳頭，一起說那幾個字。

「剪刀……」

「石頭……」

「布。」

我原本打算出石頭，但出的一瞬間我改變了主意。但我接著想到他就是我，他可能也在想同一件事。所以他應該會出布，對吧？但要是他也這麼想呢？他可能會覺得我要出布，於是他出剪刀。所以我應該要出石頭，這樣剛好，因爲等我想法繞一圈，要換也來不及了，我拳頭依然握得緊緊的。

我低頭去看。

他懸空的手大大攤開。

「對不起，兄弟。」他說。

是啊，對不起。

眞多謝你喔，死王八蛋。

004

我跪在鋪板上，臉離分解力場表面只有十五公分，一邊想像自己將化爲漿糊，餵飽飢腸轆轆的尼弗海姆殖民星居民。這時我不禁再次反思，九年前在關恩．喬漢森辦公室，我將大拇指按到平板讀取器上，到底是不是正確的決定。

就算現在，我也必須說，對，是正確的決定。毫無疑問。

走出關恩辦公室之後，我沒有直接回家。我很想回家，因爲我又累又餓，想先洗個熱水澡。但我不能，就像我無法拒絕關恩長生不老的狗屁話術。因爲那時的我已登上戴瑞斯．布蘭克的黑名單，就我所知，我躲不掉了。

現在回想起來，我所有問題的根源都一樣，都來自貝托。

我給關恩DNA，簽下賣身契之前，貝托是我在德拉卡號上唯一認識的人。

我們是同學，他身材高大，頭腦聰明，運動神經好。別看他現在這副德性，當年的他莫名英俊，而我……我就跟現在差不多，只是身材更矮一點。我們倆都很喜歡飛行模擬器，他玩一小時就駕輕就熟，我則是到畢業時都還會墜毀；我倆也都討厭學校教職員，老師也都討厭我，因爲我明明能讀更有用的東西，卻熱衷於**歷史**，儘管我倆老混在一塊，他們卻把貝托視如己出。十年級時，貝托的微積分老師就告訴他，如果他想激發出全部的潛能，就不該花那麼多時間和我鬼混。

我覺得貝托只把那當成另一項挑戰。

你要知道貝托就是那種討人厭的小孩，他嘗試的所有事情都能達到神童學霸程度。十五歲時，他母親買了波格球拍給他。他沒上課，也沒加入業餘球隊，只是在下課後去行政中心對牆壁打了兩個月，就完全搞懂是怎麼回事，還參加校隊打了一季，隨後馬上加入職業和業餘配對賽。第一場對戰比賽時，沒人知道他是誰。他那場獲得壓倒性的勝利，等到那週結束，他在同齡組排行第二。隔年他贏下業餘組冠軍。我們畢業那年暑假，他開始打職業賽。兩年後他不打球了，開始認眞進行飛行訓練，當時他已是全球排名第十的球員。

這一切原本沒啥關係，但九年後，我住在基律納市超爛一區的超爛公寓裡，而貝托獲選成爲德拉卡號的船員。那天我們坐在一間叫搖擺喬的咖啡館，喝茶殺時間，等著吧台螢幕中的球賽開打，這時他說他考慮參加春季職業和業餘配對賽，打最後一次球，然後退隱江湖。

「你想想看，」他說，「如果隔這麼久之後我又再度拿下獎杯，肯定會成爲傳奇。他們一百年後都還會聊到我。」

我張開嘴想告訴他，他是會變傳奇，但不是因爲他贏下全球錦標賽，騎馬奔入夕陽之中，而是因爲他九年沒打球，還妄想自己辦得到。他這回的故事結局大概是第一場比賽就被某個十八歲毛頭小子慘電一百分，敗下陣來。

但我沒說出口。因爲我突然想到，過去九年，**我**很清楚他每分每秒不是在空中，就是在軌道上跟我鬼混，但基律納市的大多數人不知道。他們只記得二十歲的貝托・高梅茲輕而易舉打敗季賽職業選手。他們記得在他之前，沒人像他那樣運用球拍，他們記得球評稱他爲史上最有天分的球員。他們完全不知道他過去九年基本上連球拍都沒碰過。

「是啊。」我說。「去吧，兄弟。你他媽一定會成爲**傳奇**。」

於是他參加了。他登記參加錦標賽，有家新聞報導了這消息，並進行了採訪，配上他過去以全勝之姿，贏下錦標賽的影片。

同一時間，我集中每一分錢，甚至借錢，將一切賭在貝托第一場會輸。

我沒什麼好藉口，只能說基律納市沒有業餘歷史學家的市場，我找不到能賺錢的工作，其實我這輩子靠津貼過活也行，但那種生活可悲到我不願去想。那樣的人生會比頭下腳上被分解更糟嗎？也許不會，但我那時沒去想後果。

你大概預料得到後來發生的事。

等貝托贏下那場該死的錦標賽後，我又一次次加碼，賠到脫褲再脫褲。賠到最後我就算找到工作，也要花大半輩子才能把錢還完。

尤其我欠錢的對象是戴瑞斯．布蘭克。

有很多電影故事都在說某人欠下大筆賭債，結果被殺掉，但現實通常不一樣。畢竟雖然活人難收債，但死人毫無疑問是更不可能還。說到底，收到債才是戴瑞斯．布蘭克這種人最在意的事。我不擔心他會殺我。我想他頂多會拿走我的津貼塞牙縫，或讓我當他的男僕之類的。生活會很不開心，但我會活下來。

不得不說，貝托有盡其所能警告我誤會了。

也不得不說，害慘了我之後，他感到有些過意不去。他說他會想辦法彌補。他會設法讓我登上德拉卡號。

他大概覺得自己能讓我當個保全。畢竟他是名人，人生這一刻，他想要的一切都唾手可得，怎麼可能連替朋友安插個工作都搞不定？

關恩．喬漢森在面試時差不多回答了這個問題。太多人應徵保全一職，而這職位也總共只需要十八人。大多數人不僅資格符合（執法經驗、受過武器訓練等等），也有政商背景。但我什麼都沒有，即便我讀過大量中途島海戰史料卻不算上是軍事經驗，而且到頭來，貝托也不像他想得那麼罩。

我確實申請了面試保全的職位。但不到一秒，拒絕通知就傳來了。

隔天下午我在搖擺喬和貝托喝咖啡。我給他看平板電腦上的拒絕通知。

「噢。」他說。「眞慘。」

「對啊。」我說。「那主意太蠢了。不就欠了點錢而已，幹麼逃離星球啊。」

貝托搖搖頭。「你欠的是一大筆錢，米奇，像戴瑞斯．布蘭克這種人不會善罷甘休。一共多少，十萬元？你打算怎麼還？」

我聳聳肩。「分期付款？」

「這跟買二手飛機不一樣，老弟。」

「對。」我說。「我知道。」我頭埋到雙手中。「我真是個白痴。我不敢相信自己沒直接叫你他媽打輸就好。」

他盯著我良久，然後大笑。「你可以問，」他說，「但我不會照做。錦標賽會是這星球上的蠢蛋最後一次聽到我的消息，米奇。我不可能不贏。」

這就是貝托的特點。友誼對他來說僅止於此，不容退讓。

從咖啡館回家的路上，我記得自己想著這事其實沒那麼糟。對，布蘭克會拿走我的大筆津貼，但他必須留錢給我，讓我活著，對吧？如果我餓死，他的錢就永遠拿不回去了。也許當他的男僕也沒那麼糟？那還能給我走出公寓的理由。

我回到家。搭電梯到我家那層樓。我走進公寓，才想關門，雙腿就失去作用，趴倒在地。

「哈囉，米奇。」有個聲音說。我想回答，但嘴失去了作用，只能發出低沉的呻吟。「放輕鬆。」那聲音說。「這不會太久。」有個東西壓到我後頸。

接下來三十秒，我活在地獄。

我後來才知道壓到我後頸的玩意兒是神經誘導器。它調整成直接刺激痛覺中樞，但不會對身體造成傷害。要是你好奇我有什麼感受，你可以請朋友用噴燈燒你，同時活剝你的皮。

那大概是我感受到的百分之十。

一切結束時，我很訝異自己還活著。我大哭失聲，全身癱瘓，一褲子屎尿，但我還活著。一隻手拍拍我肩膀。

「眞好玩。」那聲音說。「我們會一起努力一陣子，就你跟我，直到你跟布蘭克先生的帳結清爲止。明天見，米奇。」

他走出去時連門都懶得關。

我大概過一個小時後才能再次活動。我站起來，搖搖晃晃走進浴室，將身體清理乾淨。弄完之後，我坐下來，又好好哭一陣。

那天晚上，我連上德拉卡號的徵選頁面。上面列出各種部門和職位，還有目前的入選名單。

每個欄位都是滿的。除了一個。

我聯絡貝托。

「嘿，」我說，「**消耗工**是什麼？」

「那個啊，」貝托說，「是德拉卡號上**絕對沒人想要**的工作。」

「那是唯一有缺的工作。我想去應徵。」

他沉默一會。再次開口時，他的語調像在勸我別想不開，快從窗台下來。

「聽著，」他說，「別誤會。我眞的很希望這趟旅程能跟你一起。這是個一去不回的任務，路上有從小認識的朋友很不賴。但米奇——」

「你可以幫我說一下嗎？」

「我是說——」

「貝托，」我說，「我在求你幫忙。你知道這事也多少該算在你頭上。」

「沒有。」他說。「我沒有叫你賭我輸。如果你問我，我會叫你賭**我贏**。我知道我會贏。」

「你願意幫我嗎？」

他嘆口氣。「說實話，米奇？我覺得你不需要我幫忙。」

他切斷連線。我又去查看徵選頁面，隔天下午安排了面試。

十二小時後，關恩拿著那一串清單，細數我任職可能發生的意外時，我腦中唯一想的是**那些其實聽起來沒那麼糟吧**。他們花了點時間訓練我不要怕死，因爲我一旦登上德拉卡號就不能後悔，但老實說，那些訓練對我都沒用。在面對死亡這一塊，我在那個痛不欲生、撕心裂肺的下午就得到充分訓練了。

005

我還沒被推進循環機。分解力場還沒碰到我。

我解釋這件事是因爲你感覺很緊張。

我四肢著地，看著屍洞。我向天發誓，我準備好赴死了。我低下頭，臉湊到力場正上方，感受到力場吸著我，掃過我的皮膚，臉頰和鼻梁都有些痲痲的。我正想找個方法減少痛苦時，一隻手按到我肩膀。

「再給我一分鐘！」我大吼，我以爲8號想直接把我臉塞進洞裡。

「不是。」8號說。他把我向後拉，讓我跪坐在地，並伸出一手。「這不對。我無法站在這裡，眼睜睜看你自殺。」

我握住他的手，讓他將我拉起。我全身劇烈顫抖，幾乎站不起來。

「好。」我說。「我也同意。」

我深吸口氣，然後再吸一口。不知何故，屍洞的黑色碟子比昨晚地道那傢伙的食道還可怕太多了。

「所以，嗯……你怎麼想？」

「我們回樓上。」他說。「我可以在廁所把你溺死，或在浴室把你分屍，再一塊塊丟到循環機裡。」

我瞪著他。他臉上笑嘻嘻的。

「這玩笑開太早了。」我終於說。「真的太早了。說真的，8號，我們在這幹麼？我們只有一個職位，一張食物卡。更重要的是，我們只有一個身分。只要有人發現我們同時……」

他聳聳肩。「這是特殊情況，對吧？」

「對，也許吧。但我們資源有限，我覺得指揮部不會諒解。現在去找馬歇爾的話，我們其中一個絕對會被塞進屍洞裡。」

「可能吧。」他說。「要是我們隱瞞的話，可能最終兩人都會被塞進去。」

我雙眼緊閉，心跳聲從鑽土機的巨響漸漸變成受驚的鳥寶寶，最後回復正常。我睜開眼，8號擔心地看著我，差點沒嚇死。

「你還好嗎，7號？」

「還好。」我說。我搖搖頭，深吸一口氣。「沒事。大家都說要直面死亡，可是……」

「真碰上還是不一樣，嗯？」

「對。」我說。「如果馬歇爾最後要把我丟進循環機，我真心希望他好心點，先殺了我。」

8號一手放到我肩膀。「兄弟，你我一條船。不過我們暫時需要個計畫。」

「沒錯。你有想到了嗎？」

他雙手向後梳過頭髮。「我不知道……我不知道……訓練時他們沒提過這種情況。」

總之這是實話。訓練百分之百都關於死亡。我不記得他們有花任何時間教我們求生。

「聽著，」他說，「我們拿的是大份的食物卡。除非你上次上傳後，做了什麼蠢事，不然我們一天應該還有兩千大卡。」

「對。」我說。「我想是這樣。」

「所以我們平分，這樣能活一陣子。可能吃不飽，但能活下來。」

我眉頭不由自主皺起。「一天一人一千大卡？那超慘的，8號。我們必須想出更好的辦法。貝托怎麼樣？這都是他的錯。如果我們告訴他，你覺得他會出於內疚，分我們一點循環糊嗎？」

8號一臉懷疑。「也許會吧。但我會把這當成最後的退路。在尼弗海姆星上，貝托算數一數二的自私。我也不知道關於複製人，他是不是基本教義派。」

「也對。」我說。「你說得沒錯。而且他昨晚把我丟在洞穴裡等死，所以你可以把這點納入考量，別相信他。」

「好。」他說。「聽到了。OK，那向馬歇爾申請增加食物怎麼樣？」

我翻白眼。「好啊。我馬上去申請。」

「聽著，」8號說，「我回來經過餐廳時，循環糊在打七五折。如果我們就吃那個，實際換算下來，每人會有一千兩百五十大卡。不算多，但是……」

「好。」我說。「可以。總之我想我們不會馬上餓死。但那還是沒解決主要問題。**我們是兩個人**。殖民星上，馬歇爾光是處理一個米奇．巴恩斯，表情都像踩到狗屎。如果被他發現，丟入循環機絕不是最糟的下場。」

這裡讓我解釋一下，馬歇爾指揮官在我們脫離米德加德星軌道大約一週後，發現了我和戴瑞斯．布蘭克的糾紛，並認定這代表他的殖民星出現了犯罪分子。再加上他的宗教背景，他覺得即使一次只有一個，但用培養槽複製人類就是件噁心的事。我當時只差三十秒就要被拋出氣閘艙，幸好德拉卡號艦長瑪拉．辛格插手阻止。她人眞的非常好，現在是工程部主管。她提醒馬歇爾，在登陸尼弗海姆星前，他其實還不是任務指揮官。

我莫名覺得，眼前這事不會提升他對我的看法。

「我知道，」8號說，「我知道……除非你改變主意，想現在跳進屍洞，不然這我們也無能爲力，對吧？」

「對。」我說。「我想是吧。」

「當然，不過你改變主意了嗎？」

「別擔心，8號。我一定第一個告訴你。」

「謝了。」他說。「嘿，娜夏呢？你覺得我們能跟她說嗎？」

這我必須好好想一想。自從米奇3號之後，娜夏就跟我在一起，不像貝托，她昨晚打算拚上她唯一那一條命，冒險將我救出洞穴。如果這裡還有誰能信任，非她莫屬。

換個角度想，如果我們最後真的被馬歇爾抓到，我由衷希望不會牽連到她。

「這樣吧？」我說。「我們暫時別告訴任何人，嗯？」

「當然好。」8號說。「反正登陸至今情況這麼慘，我們其中一人搞不好遲早會死，對吧？問題就迎刃而解。」

呃。這點他可能沒說錯。

＋ ＋ ＋

關於早死這件事，我先來說個故事：

登陸幾個月後，當時我還是米奇6號，貝托帶我去飛一趟。我們那天坐的不是他平常駕駛的重型飛機，而是固定翼、單引擎的復古飛機。我們起飛，盤旋在圓頂基地上方。我問他這架飛機這麼小，他們怎麼安裝反重力引擎。他轉頭看我，臉上露出曖昧的笑容。

「反重力？你在開玩笑吧？」

「沒有。」我說。「我沒在開玩笑。」

他搖搖頭，然後加速向上陡升。

「這是飛機，米奇。唯一讓我們留在空中的是白努利定律。」

我完全不知道白努利或他口中的其他定律，但我不喜歡聽起來的感覺。我之前離開地面都很確定自己包圍著反重力場，在任何情況下，都不會以秒速一百五十公尺墜落，像顆熟透瓜果砸爛在地。

「貝托？」我說。「你要不要水平飛就好？要不這樣，也許我們可以回頭，換艘穩定點的飛機？」

他大笑。「真的假的？你知不知道，我費多少唇舌，他們才肯借我這艘飛機？今天會開這艘，關鍵就是它能做重型飛機做不到的事。」

我張開嘴，正要說我其實不想做重型飛機做不到的事，但還來不及說出口，我們就開始桶滾，我大聲尖叫，就像……嗯，我想就是跟以前的自己一樣，會在剎那間腸胃翻攪，毫不掩飾自己有多怕死。

我想那是我第一次發現，儘管經過訓練，儘管灌輸無數觀念，儘管我那時紮紮實實死過五次，現在也還能活蹦亂跳，但我內心最深處其實不相信長生不老。

「怎麼了，」娜夏說，「幹麼吃這麼少？」

我呑著碗中六百大卡的無味循環糊。這裡必須解釋一下，灘頭堡殖民基地的經濟條件下，一大卡其實不是一大卡。不同的品項可能會有折扣和漲價，全看那東西有多像你眞正想吃的東西。像8號所說，循環糊和維他命漿現在打七五折，這代表如果我只吃這些，也許能維持體重至少一、兩週。娜夏吃薯泥和紐奧良風味香料蚱蜢早餐雜燴。那玩意今早維持原價。他們架上其實有些兔腰肉和看起來很噁心的番茄，但那漲價百分之四十。我想只要8號還在，我都別奢望吃到美味的食物了。

「哼，」我說，「我想要健身。我覺得也許我減脂增肌之後，伏蟲下次要吃我就沒那麼容易了。」

她咯咯笑了。娜夏的笑是她最美好的一點。她的笑聲輕柔婉轉，咯咯笑時，習慣往一旁看，並用手摀嘴。那和她駕駛戰鬥機的強悍形象截然不同，彷彿換了個人。

「我很高興你還有幽默感。」她說。「我們登陸之後，你滿常死的。換作別人，現在可能會變得很憤世嫉俗。」

我把水杯裝滿。循環糊無法單吃。它的味道跟什麼都不像，但無比黏稠，需要用水去吞。

「唉，」我說，「我是這樣想啦。如果7號沒死，我永遠不會從培養槽出來，對吧？」

她表情蒙上陰影。「我想是吧。」她說。

我從難吃的早餐抬頭望向她。「怎麼了？」

她搖搖頭。「這對我來說很難受，米奇，每次你死我都更難受。我昨晚覺得好難過，比6號死時更難過，甚至比5號更難過。你告訴我你要登出後，我還在訊號範圍盤旋，希望你回心轉意。最後我放棄了，飛回基地。停到機位之後，我坐在駕駛艙大哭。但現在你在這裡，就像你說的，如果我昨晚**救了你**，**這個你**就不會在這裡……我不知道自己該怎麼辦。」

「對。」我說。「長生不死讓人搞不清楚，嗯？」

「說得對。」貝托說。我回頭看到他站在我身後，手上托盤盛著薯泥和烤蚱蜢。

「早安，貝托。」娜夏說。「請坐。」

他把托盤放到我旁邊，彎身坐到長凳上。「這一盤子漿糊是怎麼回事，米奇？還有你手怎麼了？」

我低頭。我手腕包起來了，但你還是能從邊緣看到一點瘀青。

「我下床摔一跤。」我說。「剛出培養槽就是這樣，對吧？」

貝托盯著我好一會，看得出來他腦袋飛快運轉。「對。」他說。「確切是什麼時候摔的？」

「就你來我房間之後。」我說。「你幹麼這麼在乎？」

娜夏原本在吃早餐，現在抬頭看我們。「我錯過什麼了嗎？」

「也許有。」貝托說。「我出你房間之後多久摔的？」

「我不知道。就在我來這裡之前。大概半小時之前？」

「我在淋浴間看到你時手腕還沒事。」娜夏說。

「對。」我說。「那是後來摔的。」

貝托瞇起眼，搖搖頭。

「說眞的，」娜夏說，「現在是怎麼回事？」

「我不確定。」貝托說。「米奇？發生什麼事？」

我舀起最後一口循環糊。我不知道貝托在來這的路上有沒有遇到8號。如果有，我現在就必須說出眞相，並希望他能保守祕密。如果沒有，那……

「沒什麼。」我說。「我只是想吃早餐。」

我快速瞄了四周一眼。這時間吃早餐算晚了，中餐又太早。身旁沒人能偷聽我們的對話。貝托依然盯著我瞧。

「所以呢？」我說。「你到底想幹麼，貝托？」

他吃一口蚱蜢和薯泥，慢慢咀嚼，吞下喉嚨。「我不知道，米奇。我最近常看你出培養槽。但是這次你怪怪的。」

我不禁豎起眉毛瞪他。「別管我出培養槽表現怎樣，也許你應該多著重在保護我，不要讓我死才對，那樣我們就不用講這些了。」

「哇，來了。」娜夏說。「生氣了、生氣了。」

「隨便，」貝托說，「我來找你們也不是要討論米奇怎麼傷到打手槍的手。我其實是想問，你們倆有沒有聽說早上基地外圍防線發生的事。」

娜夏皺眉望著早餐，心不在焉撥著烤焦的馬鈴薯皮。

「我聽說一小時之後，我要再去飛一圈，但我四小時前才剛執完勤。我想應該有原因，但大家連個屁都不敢吭。」

貝托身子彎向她，壓低聲音。「有人死了。」

「死了？」娜夏說。「怎麼死的？」

貝托聳肩。「沒人知道。是那個在東檢查哨的保全。丹尼說是蓋伯・托里切利。他八點有回報，但八點半沒有。他們派人去找他時，就只看到一堆亂七八糟的雪。」

我張開嘴，正準備說我早上有看到蓋伯，後來我想起，他們兩人都不能知道我今早在基地外頭。我從地底迷宮回來時，在檢查哨朝我揮手的就是蓋伯。那一定是大約在……

八點十五分的時候？

我的媽呀。

伏蟲跟著我回基地嗎？

我又想起好幾年前，我放到花園的那隻蜘蛛。要是昨晚發生的事完全不是我所想的那樣呢？要是他們放過這隻螞蟻，純粹是想知道螞蟻窩在哪呢？

「怎麼了？」娜夏說。

我來回望著貝托和娜夏。他們兩人都盯著我。

「說真的，」貝托說。「你看起來像是你剛尿褲子了，米奇。搞什麼鬼？你跟這傢伙很熟嗎？」

這是個蠢問題，這星球不到兩百人，過去九年我們曾和所有人一起合作。但是，不，我和蓋伯不熟，畢竟我們三人其實很少和其他人交流。我其實只認識他的臉，依稀覺得他不是壞人。看來娜夏和貝托兩人也不認識他。

「我知道他是誰。」我說。「我們不算朋友。但這重要嗎？我們失去了百分之零點六的人口，貝托。」

「對。」貝托說。「我想也是。老實說，我不喜歡蓋伯。星際航行時，他一直罵大家花太少時間去轉輪運動。你說的有道理。只是我們解凍星艦運來的胚胎之前，眞的不能再損失基因庫。」

「那我不擔心。」娜夏說。「我是說，需要普通白人的話，我們可以多造幾個米奇，對吧？」

他們倆大笑。我猶豫好一會，才跟著他們一起笑。

「不過說眞的。」貝托說。「米奇說的有道理。」

我其實不記得自己哪裡有道理，但沒關係。

「確實。」娜夏說。「我相信蓋伯不是自己走丟了。」

「伏蟲吃了他吧。」貝托說。

娜夏從最後一點薯泥前抬起頭。「你確定？」

「不確定，但還有別的可能嗎？除了伏蟲，我們在這星球又沒看到其他比阿米巴原蟲大的生物。」

娜夏搖搖頭。「伏蟲來到基地附近可不妙。伏蟲殺了一個武裝保全更糟。他有穿裝甲嗎？」

他有。但一樣，我不該知道這件事。

「不知道。」貝托說。「但可能沒有吧。之前都不需太在意牠們，對吧？我是說這是伏蟲第一次殺人。」

「牠們殺過我。」我說。「其實是兩次。」

貝托一手搭到我肩膀，緊摟我一下。「我知道，老弟。」

娜夏偷笑一下。我瞪她一眼，但她繼續吃早餐沒注意到。貝托會這樣我不意外，但娜夏通常沒這麼壞。

「不管有沒有穿裝甲，」貝托說，「蓋伯身上一定有重型光束槍，對吧？假如你身上的武器能瞬間完成火烤水牛，怎麼會被一堆蟲殺死？」

「光束槍對牠們沒用。」我說。

他們兩人同時轉頭望向我。

「什麼？」娜夏說。

「對啊。」貝托說。「你在說什麼，米奇？」

我張嘴要回答，但看到貝托雙眼睜大，我便又閉上嘴。說眞的，我下次一定要找他來打牌。

「我是不是錯過什麼？」娜夏說。「朋友間不該有祕密，米奇。」

「不是啦。」貝托說。「不是，米奇說得對。他昨晚喪命時身上有光束槍。但他沒能脫身。我想我忘了。」

我擺出最無情的眼神瞪著他。「你忘了？」

「對。」他說。「我忘了。」

「你忘記不到二十四小時之前，自己親眼目睹最好的朋友被撕成碎片。」

「其實，」貝托說，「我不一定會說是**最好的**朋友。」

「撕成碎片？」娜夏說。「我以爲他是在洞穴底下凍死。」

我朝貝托露出疑惑又憤怒的表情。「凍死又是怎麼回事，貝托？」

他迅速凶狠瞪了娜夏一眼，然後搖搖頭說：「不重要。重點是你死了，我們都無能爲力。」

「不對。」娜夏繼續撥盤中的早餐。「我救得到他。」她看著我，面露哀傷，朝我淡淡一笑。「是他不讓我去。你昨晚很勇敢，米奇。你不想讓我冒險救你。不管你昨天掉到洞裡有多蠢都一樣。」她這時笑容消失，瞪著前方。「總之，真正的重點是不管怎樣，蓋伯·托里切利今早被殺、被綁架或被吃掉，結果害我現在要值他媽的兩輪班。」她看向貝托。「說到這個，爲什麼你今早不用出勤？你昨晚又沒比我在空中待得久。」

貝托聳聳肩。「我想是馬歇爾比較喜歡我吧。」

話音未落，我的電子眼跳現一個聊天視窗。

指揮部—　請在十點三十分前至馬歇爾指揮官辦公室報到。若未出現，將視為抗命，並減少糧食分配作為懲罰。請務必配合。

我剛回傳完讀取回條，另一個視窗就跳出，和第一個視窗並列，文字有一塊擋住娜夏的臉。

米奇8號 你也看到指揮官找我們的訊息，對吧？

米奇8號 對，我看到了。

米奇8號 呃。我們現在都是米奇8號嗎，嗯？

米奇8號 看來是這樣。

米奇8號 好極了。簡直亂成一團。

米奇8號 我覺得我們自己不至於搞混啦。

米奇8號 你覺得網路會發現同個身分從不同地點發訊嗎？

米奇8號 除非有人去查，不然大概不會吧。

米奇8號 要是有人查的話，我們就完了。

米奇8號 對。

米奇8號 好吧，我想馬歇爾找我們去是想教訓我們一頓，因為我們又死了，浪費好幾公升殖民星上的蛋白質。你可以去處理嗎？我剛從培養槽出來，全身還超不舒服，我想睡個覺。

米奇8號 我有得選嗎？

米奇8號 Zzzzzzz

我眨眼關上兩個視窗。貝托和娜夏盯著我。

「沒禮貌。」娜夏說。

「對啊。」貝托說。「超沒禮貌。」他手一推站起，拿起托盤。「好了，我要走了。出去好好玩，娜夏。」

娜夏用叉子挑起一團薯泥，在他離開時扔到他背上。我差一點忍不住衝去刮下來吃。

「總之，」他走之後娜夏說，「我再出去之前還有一小時沒事。想完成我們在淋浴間的事嗎？」

我花一、兩秒才想清楚，她之前說在淋浴間看到我是什麼意思，並明白她指的是什麼之後，我又花兩、三秒把她和8號的畫面趕出我腦袋。我不該嫉妒自己，對吧？

不，顯然可以。

但不重要了。無論如何，我有個地方要先去。

「其實，」我說，「我剛才收到指揮部訊息。我要去找一下馬歇爾。」

「喔。」她說。「對，他一定氣你把一大堆蛋白質沖到馬桶裡，對吧？」

「對。」我說。「差不多吧。」

她起身，彎過桌子，抓住我後腦，將我拉過去吻一下。

「別讓他亂罵你。」她說。「被凍死是你的工作，你是受命才去外頭。他不能因爲你笨手笨腳就對你生氣。」她又親我一口，這次親在額頭。「我回來之後會需要在房間睡一會，但我回來會傳訊給你，嗯？」她又親我嘴一下。「記得先刷牙。循環糊味道眞臭。」

她拍我臉頰一下，拿起托盤走了。

006

去見馬歇爾，我不該緊張才對。我是說，他又不可能今天把我殺了。但尤其最近，我一要去見他就會緊張。

總之他是我們最高指揮官。在尼弗海姆星上，除了貝托，我認識他最久。我的運輸船抵達軌道裝配廠時，他們正在進行德拉卡號最終修繕，而他是第一個向我打招呼的人。兩天前，我才和關恩・喬漢森面試，三天前，我才在戴瑞斯・布蘭克爪牙的手下，度過人生最長的三十秒，並和撒旦面對面。

好啦，說馬歇爾向我**打招呼**可能有點誇張。但他確實在場。

平心而論，我給他的第一印象可能也不好。運輸船接近太空站時切斷了重力，在那之前，我從來沒體驗過自由落體狀態。當然我看過人在軌道上的影片。只要看娛樂網超過五分鐘一定會看到軌道度假村廣告，旅客會穿著滑翔衣玩零重力手球或任何鬼東西。我總是以爲那很放鬆，像飄浮在海上，又不需擔心被海怪吃掉。

但其實正如名字所述，它不叫自由飄浮，它叫自由**落體**。

重力場一切斷，我肚子就頂到喉嚨，心臟大力跳動到指尖都在抽動，我的蜥蜴腦直截了當告訴我，不管眼前看到什麼，我們都是像雨滴一般正從晴朗藍天往下落。總之，我們絕對死定了。

我沒像其他乘客一樣瘋掉。我沒尖叫，手也沒亂揮，我不需要座椅背上的眞空面罩，那是把中餐吐出來的人用的。我沒事，但當然**不大舒服**，等我們停妥，我通過氣閘艙，走進入站大廳時，我全身都是汗，不斷發抖。

我可能有點像是嗎啡上癮的毒蟲停藥兩天後，出現戒斷症狀。而那就是馬歇爾指揮官對我的第一印象。

馬歇爾在入站大廳等待我們，他飄在氣閘艙對面的觀察口旁，目光望著下方，米德加德星暗面以時速五百公里轉動。最後幾個未來殖民者走出運輸船，飄到入站大廳中，氣閘艙的門鏘啷一聲關上，他轉身面對我們。我馬上發現眼前這人自認大權在握。他有一頭深黑色的漸層短髮，下顎緊咬，即使是無重力狀態，他身子仍直挺挺的，像脊椎有根金屬棒子撐著。他活像個演員，擺出一副冷酷無情、歷經戰事的姿態，彷彿是個軍人，但那是米德加德星從不需要、也不曾存在的角色。

我花了三年和兩次重生才發現，他的態度百分之十是自命不凡，百分之十是不安全感，其餘百分之八十是補償心態，因爲他的職位是地面指揮官，所以整趟星際旅程中，他所遭受的對待跟貨物沒兩樣。

「嘿。」馬歇爾蹬地飄向我們。他一手抓住天花板把手，站到我正前方。「歡迎來到希默爾太空站。德拉卡號登艦前，這裡會是你們的家。我的名字叫耶羅尼米斯·馬歇爾，我會負責這趟小探險。你們有人離開過米德加德星嗎？」有幾隻手舉起。馬歇爾點點頭。「太好了。其他有誰現在想吐得要命？」三人舉手，第四個人有點猶豫，但最後也舉了手。馬歇爾又點點頭。「對，好吧。總之你們最後會習慣，不然我想也就這樣了。無論如何，依照他們吩咐，星艦準備好之前，你們必須待在這。」

「長官？」

其中一個想吐的人舉手。馬歇爾轉頭望向他。

「什麼事？」

「我叫杜剛，長官。生物學家。什麼……」他打嗝，然後皺起臉，吞口水。「呃……他們什麼時候會把個人物品送來？他們不准我們帶到運輸船上。」

馬歇爾擠出一絲笑容。「很遺憾，個人物品不會送到了。你大概能想像，星際旅行質量是關鍵。因此我們決定禁止運送個人物品。」大家聽了都發出呻吟，但馬歇爾揮手打斷大家。「拜託不要這樣。我答應你們該有的都會有，你們會發現在第一座殖民星基地不需要無用的裝飾品。」他目光掃過我們。「還有問題要問嗎？」

我舉起手。身爲殖民者，我早期曾犯下無數的錯誤，這是第一個。

「好。」馬歇爾說。「你叫什麼名字？」

「米奇．巴恩斯。」我說。「他們跟我們說，我們每個人行李有三十公斤的額度才對。」

他的笑容變得更僵硬，已稱不上笑容。

「如我所說，巴恩斯先生，我們決定要取消這個額度。」

「沒人告訴我們。」我說。「我需要我行李的一些東西。」

這下馬歇爾絕對沒在笑了。「巴恩斯先生。」他說。「我們登艦時，德拉卡號上總共會有一百九十八個殖民者和星艦人員。如果每人都帶三十公斤的裝飾品、護手乳和各式各樣的小東西，整艘星艦會增加將近六千公斤。」

「我知道。」我說。「我算得出來。我只是……」

「你知道要把六千公斤加速到零點九倍光速需要多少能量嗎？」

「嗯……」我說。

笑容再次出現。「算不出來啦，嗯？」

「不重要。」我說。「六千公斤在全艦質量下連誤差值都稱不上。」

「當然重要。」馬歇爾說。「如果你好奇的話，我告訴你，答案是超過四乘以十的二十三次方焦耳，旅途到終點時，也需要同樣的能量減速。物理是殘酷的，巴恩斯先生，星艦所需的反物質燃料貴得要命。德拉卡號的質量已大大縮減，只留下必要的物品，供你們活九年，並能帶我們到目的地，米德加德政府爲此支付大筆經費。我想你應該有注意到，百分之九十的殖民星夥伴是冷凍胚胎吧？」

「對，可是……」

「你覺得這是爲什麼，巴恩斯先生？你覺得是因爲我們全都想浪費生命當保母撫養小孩嗎？」他停頓望著我，好像期待我回答。後來我顯然沒有要開口，他繼續說。「不是，當然不是。是因爲胚胎比較輕，成年人比較重。你知道什麼也很重嗎？食物，巴恩斯先生。你一旦發現自己下半輩子的卡里路分配量是多少，可能會希望我們能空出那六千公斤，多增加農業項目的重量。我個人覺得如果我們有多餘的質量，我會希望能再多增加七、八十個殖民者。但總而言之，多出來的額度，我相信我們能想出上百種比帶**你的行李**更有生產力的方案。」

我張開嘴，想指出我的**行李**又不像七十個殖民者，不會占據星艦百分之四十食物、飲水、空氣和生活空間，更重要的是，我其實要的就是我的平板電腦和兩張記憶卡，要是有人事先跟我說**行李**不會送上來，我就能在登上運輸船前，把那些塞到口袋之類的地方。

但我沒那麼笨。馬歇爾的表情讓我決定，也許該用沉默抗議。

「順道一提，」馬歇爾說，「我沒有聽到你的功用，巴恩斯先生。」

「我的什麼？」

「你的功用，孩子。杜剛先生是生物學家。你呢？」

這就是我錯上加錯的起點。我咧嘴一笑。「我是你的消耗工，長官。」

馬歇爾沒回應我的笑容。他眉頭皺起，像吃到臭酸的食物，或光腳踩到一坨屎一樣。

「我想我早該知道了。」他說。他腳一蹬，又回到把手處，雙手瞄準站廳另一端的出口，然後在空中俐落翻了一圈，雙腳踢地，像游泳般平順滑行出去。

「太空站顯然沒有足夠的個人艙房提供給所有殖民者和星艦人員。」出口門滑開時，他回頭說。「但在公共空間設有吊床。自己找個位置。在登上德拉卡號前，那就是你們的家。」

他飄出門，門關上。

「哇。」他離開時杜剛說。「那是怎麼回事？」

「馬歇爾指揮官是繁殖主義者。」一個高大的黑髮女人說，她剛才都在氣閘艙旁。

杜剛嘴中發出短促尖銳的笑聲。「真的假的？」他轉頭望向我。「你完了，朋友。」

我目光從杜剛移向那女人，然後又望回杜剛。「我不懂。」我說。「什麼是繁殖主義者？」

「那是一個邪教。」杜剛說。

「那不是邪教。」那女人說。她蹬一下牆，動作和馬歇爾一樣靈巧，抓住把手，迅速來到我面前。「他們是個認真的宗教，馬歇爾指揮官是虔誠的教徒。我看過他的數位檔案。我簽約之前查看過指揮處所有人的數位簡介。你沒看嗎？」

我覺得現在沒必要解釋自己當時一直忙著躲避幫派追殺，壓根沒想到去社群媒體當偵探，於是我只搖搖頭。

她大笑。「你別開玩笑了。你知道這些人下輩子要擁有我們，對吧？你甚至連調查一下他們是誰都懶？」

「對。」我說。「對，我沒查。」

杜剛又大笑。我不喜歡他的笑聲。

「他才不會查。」他說。「你是徵召的，對吧？你是什麼人？囚犯之類的嗎？」

「什麼？不是，我不是囚犯。我也不是徵召的。我跟你們一樣，是**獲選**來參與任務。」

「對。」杜剛說。「獲選、徵召，隨便。重點是你別無選擇。」

我搖搖頭。「你沒在聽。我有選擇。我兩天前自己走進召募處。一個叫關恩的女士負責面試我。她說我是非常好的人選，他們很高興選到我。」

他們瞪著我，像我長出第二個頭。

「你開玩笑的吧。」杜剛說。

「沒有。」我說。「我沒開玩笑。」

「如果你不介意我問的話，」那女人說，「你到底在想什麼？」

我考慮說出戴瑞斯．布蘭克的事，但我的常識在最後一刻拉住我。我不要下半輩子和我相處的人都覺得我是罪犯。

「不重要。」我說。「重點是我是自願來的，我沒進過監獄，而我加入前也沒有在社群媒體查任何人。」

「我也沒查。」杜剛說。「這是米德加德星首次殖民任務對吧？我想所有參與者一定是最優秀、最聰明的。我不敢相信他們任命繁殖主義者負責。」

「對我們沒什麼差別。」那女人說完轉身望著我。「就只對這傢伙有差而已。」她看我一眼，面露憐憫，然後手伸向杜剛。「對了，我是布麗。我是農業部的。我想我們會一起工作。」

這時其他新到的人都飄走了，應該是去找各自的吊床。布麗和杜剛微笑握手，我開始懷疑，逃離星球大作戰恐怕會出乎意外地坎坷。

「聽著。」我說。「我不是故意裝笨，但你們能有人能跟我解釋馬歇爾的宗教跟我有什麼關係嗎？」

布麗轉身面對我。她一臉覺得杜剛比較有趣。大概是因爲她判斷我這人有病，所以開始對我不耐煩了。

「繁殖主義教會最主要的教義，」她說，「就是相信單一靈魂的神聖性。」

「呃……」

「他們不喜歡備份。」杜剛說。「他們相信一個身體一個靈魂，你原本的身體死時，你的靈魂也死了。」

「對。」布麗說。「所以生物列印的身體，再加上備份人格，等於是無靈魂的怪物。」

「對。」杜剛說。「算是邪惡的事。你懂嗎？」

「不完全的人類。」

杜剛點點頭。「其實應該說不算人類。」

「嗯。」我說。「那是……」

「我知道。」布麗說。「很遺憾。」

「可是，嘿，」杜剛說，「雖然你是消耗工，但這不代表你變了，對吧？我是說，你還是原本那個你，對不對？」

「對。」我說。「我兩天前才簽名加入任務。我甚至還不確定備份要怎麼進行。至少現在我還保有與生俱來的身體。」

「太好了。」杜剛說著拍拍我肩膀。「你想給馬歇爾好印象，唯一要做的就是繼續活下去。」

眞是有用的建議，兄弟。

眞搞不懂我幹麼不好好活著。

007

我通常會盡量準時，尤其遲到會導致食物配額減少的時候。但我沒特別喜歡早到，何況這次是來找耶羅尼米斯·馬歇爾挨罵。我慢條斯理走過走廊，然後在馬歇爾辦公室外遊蕩一會，等我視線邊緣的時鐘顯示十點二十九分，我才舉手敲門。

「請進。」

門打開。馬歇爾坐在金屬和塑膠製成的方形辦公桌後。他從椅子傾身，手肘放在扶手上，雙手交疊在肚子。貝托坐在他對面，轉半身望向我。

「關上門。」馬歇爾說。「請坐。」

我將椅子拉到貝托身旁坐下。馬歇爾瞪著我們兩人，不發一語好長一段時間，非常令人難受。

「所以——」貝托終於開口，但馬歇爾瞪他一眼，打斷他。

「你。」他說。「巴恩斯。你第幾代？」

「呃，」我說，「第八代？」

他聽到我的疑問，抬起一邊眉毛。「你聽起來不大確定。」

「那沒有印在我脖子後面，長官，我死時多半都不記得了。我只是因爲大家這樣叫我，我才知道我是8號。」

「你記得從培養槽出來的事，對吧？」

我望向貝托。他直直望著前方。

「不記得，長官。我通常幾小時之後才會回復意識。我一般會記得在床上醒來，感覺像嚴重宿醉一樣。」

馬歇爾臉蒙上一層陰影，但他表情沒變。

「既然你在尼弗海姆星上拿不到酒，巴恩斯先生，我想如果有那種感覺比較可能是重新啓動，而不是喝了三天酒，對不對？」

我想耍嘴皮子，但覺得現在可能不是時候。

「是的，長官。」我說。「我相信這是合理的判斷。」

「所以那發生了幾次，巴恩斯？」

「七次，長官。」

「所以你是第八代的米奇・巴恩斯？」

「是的，長官。」我說。「我是8號。」

馬歇爾又瞪我更久，然後雙眼望向貝托。「貝托。爲什麼這人是第八代的巴恩斯先生？」

「報告長官。」他說。「作業準則上說，我們必須隨時備有一名功能正常的消耗工。」

「所以呢？」

「昨晚第七代消耗工已失去作用。所以按照準則，我申請讓米奇8號重生。」

「謝謝你。」馬歇爾說。「眞是有夠裝腔作勢啊，貝托。我剛才一度相信了你眞的很在乎準則的內容。」

「長官──」貝托開口，但馬歇爾搖搖頭。

「省省吧，小子。請說白話，不要用手冊上的句子，直接跟我解釋解釋，你昨晚究竟是怎麼把七十五公斤的蛋白質和鈣沖到馬桶裡。」

我其實只有七十一公斤，其中還大多數是水，我們水很充足，外頭就有一大堆。但現在好像不適合說這個。

「好。」貝托說。「嗯，長官……」

馬歇爾向前傾，手肘放到辦公桌上，一手托著腮，眉毛高高揚起。貝托清了清喉嚨。這可能是我見過他最緊張的一刻。

「如同我重生報告指出，米奇在大概……」

「你是指第七代巴恩斯先生。」

「對，長官。米奇7號。我們大概在昨晚二十五點三十分失去他，他當時在基地西南方約八公里處探勘冰隙。探勘行動完全按照你的指示，勘察殖民地四周狀態，掌控當地生物行動。我確認他的屍體無法回收之後……」

「怎麼確認？」

我望向貝托。他雙眼直視前方。好戲來了。

「長官？」

「我想我說得很清楚。」馬歇爾說。「你怎麼確認屍體無法回收？」

「就是……」貝托說，然後迅速瞄我一眼。

「別看我。」我說。「我是那具屍體，記得嗎？」

「如果這讓你不舒服，巴恩斯，」馬歇爾說，「你可以在外頭等我問完話。」

我搖搖頭。「喔，不會。我跟你一樣有興趣。」

馬歇爾的雙眼回到貝托身上。「所以呢？」

「就是，」貝托說，「他掉到一個洞裡。」

馬歇爾向後靠到椅背，雙手交叉在胸前。

「他什麼？」

「他掉到一個洞裡。」貝托說。「非常深的洞。等他摔到底之後，感應器的信號幾乎歸零。」

「幾乎？所以你能定位他。」

「我的意思是……」

「你能定位他。」馬歇爾說。「這代表你可以接回他，不是嗎？」

「哼。」我說。「聽起來非常合理。」

馬歇爾和貝托同時瞪我一眼。貝托清了清喉嚨，再換個說法。

「就我判斷，長官，米奇掉下去的區域，降落不大安全。」

「原來如此。」馬歇爾說。「但是，你一開始覺得讓他在那裡下機很安全，對吧？」

「對啊。」我說。「那又是怎麼回事？」

馬歇爾一根手指指向我。「閉嘴，巴恩斯。我問完貝托再來處理你。」他轉回貝托。「聽著，小子，給你的命令是探勘基地周遭的環境，在適當的時機和地點，觀察你們稱作**伏蟲**的玩意兒。但我希望你們執行命令時，能他媽用點腦袋判斷一下。尤其如果你判斷，消耗工八九不離十會被殺時，那我希望你事先做好回收屍體的準備。我說得夠清楚嗎？」

九年前，我要是聽到問題的關鍵不是貝托害死我，而是他事後沒有積極回收屍體，我可能會覺得受冒犯。但現在馬歇爾要是沒這麼說，我才會訝異。

貝托張開嘴想回答，但馬歇爾雙眼一瞇，貝托馬上改變了主意，他嘴再次合上，默默點頭。

馬歇爾轉向我。「好了，巴恩斯。你對這件事有什麼話好說？」

「我，長官？我對此事恐怕沒什麼意見。如果你記得，我才剛從培養槽出來，7號昨晚死之前，顯然好幾週沒上傳了。我完全不知道你們倆剛才在說什麼。」

「嗯。」馬歇爾說。「對，我想是沒錯。我有時候會忘記你只是一塊合成肉。」

關於這點，我通常會反駁。但一樣，現在眞的不是時候。

「總而言之，」馬歇爾說，「我相信你們兩人都知道，農業部在這環境中，無法讓任何作物好好生長，因此我們最近在限制卡路里消耗。你們過去幾週的行動讓我們的能源預算失去了快三十萬大卡。除非我們能把農業基地建好，生產線全開，不然這次損失會進一步讓卡路里配額減少。」他頓了頓，雙手手肘靠到辦公桌上，身體再次向前傾。「我相信你們都同意，這次損失你們兩人也必須共體時艱。」

「長官——」貝托開口，但馬歇爾搖搖頭。

「不，貝托。我不想聽。所以我在此宣布，你們兩人的食物卡從今天起減少百分之二十。」

「可是——」

「我說，」馬歇爾咬牙切齒，清楚說著每個字，「我。不。想。聽。」他狠狠瞪著貝托，然後轉向我。「你還有什麼要說的嗎，巴恩斯？」

「就是，」我說，「老實說，長官，我不明白我爲什麼會因爲沒有回收屍體連帶受罰。」

馬歇爾狠狠瞪我整整五秒，然後眨眼說：「讓我重新問一次。除了耍嘴皮子之外，你還有沒有什麼話要說？」

我有，但顯然不重要，於是我搖搖頭說：「沒有，長官。」

「很好。」馬歇爾說。「也許咕嚕作響的肚子會提醒你們，未來要珍惜殖民地資產。解散。」

＋　＋　＋

「所以，」在確認馬歇爾聽不到我們之後，貝托問，「當殖民地資產感覺如何？」

「好問題。」我說。「我也有個好問題給你，當個說謊的王八蛋感覺如何？」

他停下腳步。我轉身面對他。他還眞給我設法擺出受傷的表情。

「好了啦，米奇。這樣說不公平。」

「你跟我說我被伏蟲吃了，貝托。」

他別開頭。「對。跟事實有點落差。」

「有點落差？那根本不是事實。你丟下我，讓我在那裡等死，對不對？」

走廊上，一個生物部的女子跑過我們身旁，並盡她所能忽略我們的衝突。過去九年，和一群人擠在一艘方舟上，像兔子擠在窩裡，你會懂得盡其所能讓彼此保有些許的隱私。

「拜託，」貝托說，「別那麼大聲，嗯？」

「好啊。」

我轉身又開始向前走。他猶豫一下，加快腳步跟上。

「聽著，」他說，「對不起。眞的。我應該要跟你講眞話。」

「對。」我說。「你這是廢話。」

「對。」他說。「那是我的錯，但我**沒有**丟下你在那等死，米奇。你摔下去的地方至少有一百公尺深。你落地時就已經死了。我不會爲了馬歐爾七十五公斤的蛋白質冒險，但如果你還活著，而我有機會救你，我一定會救你。你知道的，對吧？」

老天，我現在超想扁他。他昨晚就在現場，聽著娜夏說我掉下去之後，她還有跟我通訊，那時他人就坐我旁邊。貝托顯然以爲只要語氣夠誠懇，屁話就能成眞。要不是他不知道我知道眞相，再加上他比我更高、更快、更壯，還能用扭斷雞脖子手法宰了我，我可能眞的會揍他。

「對。」我說。「我知道。你絕不可能丟下你最好的朋友等死，貝托。但你是可以丟下**殖民地資產**其中的**一代**。那有差嗎？但如果是朋友遇難呢？你一定會盡全力救他。」

他抓住我肩膀，讓我停下，並將我轉向他。但他看到我表情的瞬間，便放開了我，雙手舉高投降，向後退一步。

「哇。」他說。「我不知道你怎麼了，米奇，但你要冷靜點。你昨晚死了確實很遺憾，但拜託，那只是你職責的一部分，對吧？我是說，馬歇爾故意殺死你至少三次了。我就不記得你有耿耿於懷。你現在爲什麼不爽？」

我閉上雙眼，深吸一口氣，緩緩吐出。「貝托，我生氣是因爲我的人生一團亂。我老是頭昏腦脹，全身都是黏液從床上醒來，聽說自己發生可怕的事，卻一點都不記得，更不知道爲什麼。每當事情發生時，我只能相信你和娜夏，相信你們會告訴我眞相。因爲我自己不記得，我必須相信你。但現在我知道你對我至少撒過一次謊，這讓我懷疑你對我撒過多少次謊。你懂嗎？」

也許這句話擊中他了，因爲他和我四目相交。

「我懂。」他溫柔說。「我了解。對不起，米奇。這我眞心話。我從來沒這樣想過。」

他感覺眞的很眞誠。他打撲克牌可能還是有兩把刷子。

「對啊。」我說。「你可能要想一想。」

「可能吧。」他抬頭向上望，露出笑容。「跟你說，下次不管你怎麼死的，我會試著錄起來。如果錄到，一等9號從培養槽出來，我會馬上給他看。」

我還不想放過他。但不管他是不是個說謊的王八蛋，他多少還算是我最好的朋友。

「眞貼心，大混蛋。」

他伸出壯得要命的猴子手臂，熊抱住我。

「說眞的啦，」他說，「對不起我對你說謊，米奇。我不會再犯了。」

「好。」我在他胸膛說。「我想也是。」

＋　＋　＋

我現在剛好想到，我好像有點把貝托形容得太壞了，你可能好奇，我爲什麼一開始會跟這種人當朋友。簡單來說，有一點很重要，我一直相信要接受人生中每個人的眞實模樣。如同一切都不完美，世上也沒有完美的朋友，如果別人一犯錯，你就拋棄他，你會錯過他們端上桌的好菜。

例如我在學校最後兩年，有個朋友叫班．阿斯蘭。班是個大好人。他很聰明，雖然我完全沒有數學才能，但他帶著我通過兩學期的天文物理課；他很好笑，在十二年級時，他讓我在副校長的葬禮笑出聲來，害我停學兩天；他也很忠誠，畢業後的暑假在銅拳演唱會上，我惹毛一群超醉的學長，他沒落跑，陪著我一起挨揍。

但是，班也小氣到難以置信，幾乎到了可悲的程度。

阿斯蘭家族坐擁一家全球城際運輸產業公司的控制股權。他爸爸常登上米德加德前二十五大富豪榜。班自己擁有一台飛機、一輛車、一棟海灘房、有人幫他打掃宿舍房間。即使如此，我認識他這麼久，班．阿斯蘭從沒拿起過帳單去付帳。他沒有植入裝置，因爲他擔心植入的話，有人會把他眼珠子挖出來，竊取他的信託基金。我們出門時，他總是不記得帶電話，也對，他幹麼帶？如果他需要跟誰說話，立刻有人能替他傳達。最後帳單拿來時，他通常會笑一笑，聳聳肩，答應下次他付。

這種事持續了好幾年。

我爲什麼甘願忍受？爲什麼我，一個戶頭不曾超過二十元的小鬼，要替我認識最有錢的人買大桶的啤酒和堆積成山的食物？其實很簡單。我知道班是什麼人，我接受了。我計算他在我人生中的好處，減去隨時隨地由我付帳的麻煩，最後決定整體來說，跟他結交算是正面投資。我一下定決心便不去想帳單的事了。這事不值得多想。

我想這跟貝托的情況類似，但他不是不付餐廳的帳，他只是偶爾會把我丟下，讓我在洞裡凍死，接著事後說謊而已。那就是他。你只要能接受，繼續過活，所有事情就會容易些。

＋　＋　＋

我回到房間，看到8號蜷在我床上熟睡。我原本想讓他休息，畢竟剛從培養槽出來很痛苦，但我也很累，眼下也有事情要討論。我鎖上門，抓住被子，一把扯下。結果他全裸。

我默默提醒自己要記得換被單。

8號抬起頭，朝我眨眼，然後抓住被子，想再次蓋到身上。這時我才發現，他左腕包著壓力繃帶。

「嘿。」我說。「你手怎麼了？」

他瞪著我，一臉不屑。「沒事，白痴。我們看起來要像同一人，對吧？你手腕繃帶不能脫，所以我也必須綁繃帶。」

「不是紫的。」

他低頭看自己手，然後抬頭看我。「什麼？」

「你的手。」我說。「包是包了，但不是紫的。有人仔細看的話，會看得出來你其實沒受傷。」

「如果有人仔細看，」他說，「我們可能已經死了。」

他又倒回枕頭上，把被子拉到下巴。我嘆口氣，再把被子拉掉。

「對不起。」我說。「該起床了。我們有幾件事要確認。」

他坐起來，用指節揉揉眼，把被子拉到腰上。

「沒開玩笑吧？你知道我剛從培養槽出來，對吧？我們不是通常能有一天時間復元嗎？」

我坐到床邊。「對，我們今天沒分派到工作。這是好事，因爲我們必須想一想怎麼處理排班。如果我們不希望馬歇爾把我們兩人都塞到屍洞裡，我們一次只能有一人出去。」

8號打個呵欠，又揉揉眼，望著我。他臉上慢慢露出笑容。「嘿，這是個好主意。這樣其實滿理想的，對不對？只需執勤一半的時間滿好的，對吧？」

「對。」我說。「要是支援農業部和工程部，我們可以一人一半。但要是馬歇爾下次需要有人去清理反物質反應爐呢？」

他笑容消失。「那遲早會發生，對不對？」

「沒錯。我們可能要事先想好怎麼處理，對吧？」

他聳聳肩。「就我來看，這件事沒什麼好討論。你死之前，我不該從培養槽出來。所以要讓事情回歸正軌的話，下一次自殺任務應該由你去。」

對我來說，這怎麼能說沒什麼好討論。我正想開口反駁他，說他論點是狗屁，但是……

我其實找不出好理由。

「好吧。」我說。「如果馬歇爾要我們出自殺任務。我是指像3號那次。我會承擔。但我不要負責所有危險的工作。如果他派我們進行偵查、去外圍防線站哨、或再次和貝托坐飛機，我們一樣猜拳決定。」

他瞇眼盯著我，頭歪向一邊，一時間我以為他要跟我爭。但最後他只聳聳肩說：「好，合理。」

「很好。」我說。「我想下次任務來了，我們可以見機行事。」

「總之，」他說，「除非我們有人犧牲，平常只吃一半食物一定很難受。」

「對喔，」我說，「還有這件事。」

「什麼事？食物還是任務？」

「食物。」我說。「和馬歇爾見面時，事情出現意料之外的發展。」

他臉垮下來。「說吧。」

「他減少我們百分之二十的食物。」

8號呻吟。

「我知道。」我說。「就算是一個人，這也爛透了。這樣的話，不管接下來要撐多久，我們都會超辛苦。」

他向後靠到牆上，頭向後仰，閉上雙眼。

「你覺得咧？這是場災難，7號。我才剛從培養槽出來，現在就餓得要命。如果我肚子沒塞點卡路里，我可能會趁你睡覺，把你手臂咬下來吃。」

我雙手梳過頭髮。頭髮上有薄薄一層油垢，我這才想起我已經快一週沒洗澡。

「你今早有吃東西嗎？」

他睜開眼，別開頭，然後皺眉。「如果那算東西的話。我經過自助餐廳時，有吃點循環糊。」

「好。你吃了多少大卡？」

「六百吧，我想。」

「好。」我說。「我也是。今天我們總共還剩四百大卡。」

「老天啊。」他呻吟。「一人兩百大卡？」

我深吸口氣，憋住一會，然後呼出。「全都給你。」

他眼睛睜大。「眞的假的？」

「我只是讓給你兩百大卡循環糊。」我說。「沒那麼誇張。」

「明天怎麼辦？」

「別得寸進尺。明天我們一樣一人一半。」

他嘆口氣。「好，這樣算公平啦。其實我還占了便宜。謝了，7號。」

我伸手拍他膝蓋。「沒事啦。看在你今早決定不殺我的份上，這是我至少能回報你的。」

「對。」他說。「這倒是。說實話，我眞的是慈悲爲懷。你確定不想把明天全部的額度給我？」

我狠狠按他腿一把，才放開手。「我再說一次，」我說，「別得寸進尺。我相信我們再次能吃到全天份的食物，會是因爲另一人死了。」

他倒到床上，雙手枕在頭下。「期待那天的到來。」

「是啊。」我正想說，未來哪天如果要清洗反應爐，可能也算是件好事。這時我想起在自助餐廳的對話。「嘿，我剛才想到，你回來這裡途中有遇到貝托嗎？」

「沒有。怎麼了？」

「我今早在自助餐廳見到他。他好像暗示有看到你。我覺得他在懷疑我們倆的事。」

他聳聳肩。「如果我們必須告訴他，就直接告訴他吧。他可能會覺得很噁心，但他又不能跟指揮部反應。這事也算在他頭上。」

「也是。」我想再說些什麼，但不禁打個呵欠。8號雙眼已經閉起。

我頂他一下。「過去一點，嗯？」

他移到床邊。我脫下靴子，躺到他身旁。跟自己分一張床有點奇怪，但我想我們都必須習慣。

我漸漸要睡著時，我的電子眼閃現光芒。

指揮部一　米奇，我們需要你馬上到主氣閘艙。出事了。

我心突然一沉。貝托回頭進到馬歇爾辦公室，出賣我們嗎？應該不是。如果指揮部知道我們的事，他們不會只通知我。他們會派保全來，帶著手銬和光束槍。我轉頭去看8號。他雙眼仍閉著。

「我想他們找你，朋友。」他說。

我坐起來。「這是叫我們上工，8號。」

「對。」他說。「如果是危險工作，那你要負責，對吧？如果只是無意義的工作，今天也是你要去，因為我剛從培養槽出來。」

「萬一是那種一半一半的工作呢？我們要猜拳嗎？」

「不用。」他說。「我覺得這次是你欠我的。」

他轉身側躺，把被子拉到肩膀。我花了幾秒鐘，瞪著他後腦，然後雙腳從床邊放下，站起來，穿上靴子。我把門鎖上時，他已經在打呼了。

008

我在基地的工作不少，但沒有特別隸屬於哪個部門，所以他們通常隔幾天會把我調派到任何有苦差事的地方。我幫農業部清理過兔籠，替保安部站過哨。有次我甚至在馬歇爾請病假時，去當馬歇爾的行政代理人。我事後才發現，他生病是因爲他之前自己釀酒，結果大失敗。一般來說，殖民地半自動的人資系統會負責分派工作，但指揮部直接找我的話，就不會是搬箱子之類的小事，而會是消耗工眞正的工作。

從第一天到希默爾太空站訓練開始，他們馬上開宗明義向我說明**何謂我眞正的工作**。我那時已設法找到廁所，在好幾次弄得亂七八糟，吃足了苦頭之後，總算搞懂在零重力狀態下如何尿尿。我甚至找到了自己的吊床，和約四十個人住在一間看起來是會議室的地方。裡頭味道不大好，但我已經開始習慣了。總而言之，我覺得我新生活適應得還算不錯。

我縮在吊床上小睡，終於能想像自己在飄浮，而非墜落，這時有個尖尖的東西頂我肋骨。我把它拍掉，結果吊床開始沿長軸旋轉。我睜開眼看到地板、牆面、天花板、最後是戳我的人。她很高，膚色黝黑，頭上沒有頭髮，她穿著太空站永久工作人員的灰色連身衣。她伸出手抓住我，雙腳撐在地面，讓我不再旋轉。

「你是米奇，對吧？」

我朝他眨眼。「看情況。妳是誰？」

她露出笑容。「我是珍瑪。起來。你該去工作了。」

＋　＋　＋

待在希默爾太空站大部分的時間裡，我都很喜歡珍瑪。她是個非常優秀的老師。她幽默風趣，待人和善，貼心得出奇。我們早上有課程時，她會替我帶熱茶。我事情學不會時，她會慢下來，退幾個步驟再做一次，確定我明白爲止。如果這過程中，她發覺我是個智障，那她也不曾透露。

第一天，我們從德拉卡號引擎系統的原理圖著手。我學會反物質儲存在哪裡、如何保存、反應物放在哪、他們怎麼讓兩者結合，然後如果零件壞了會發生什麼事（這部分珍瑪有特別強調）。

「反物質保存庫出問題沒差，這我們可以跳過。」她說。「那個到頭來自然會解決。」

我們坐在看起來像是廢棄的儲藏間裡，中間隔著一張折疊桌。珍瑪露出淡淡微笑，等我開口。過五秒鐘左右，她笑容垮下。

「你不想知道怎麼解決的嗎？」

我翻白眼。「我們全都死翹翹？」

「對。」她說。「但我原本要用更好笑的方式說。」

我嘆口氣。「我為什麼要知道這些事？我們會有工程師，對吧？如果他們全死了，不管妳未來兩週替我惡補多少知識，我覺得都沒差吧。我喜歡歷史。我可以跟妳說華納・馮・布朗★是誰，但我對推進科技的知識就到此為止了。我在學校高能物理學差點被當掉，而且那是好久以前的事。」

「我不需要你成為工程師。」她說。「德拉卡號上會有充足的推進科技專家。必要的話，他們會告訴你操作方法。但如果出了問題，時間恐怕不多，所以如果你懂些基礎，溝通會快一些。」

「如果出問題，他們會需要我幫忙是因為……」

她笑容消失了。「因為關機一小時之後，內燃室的中子通量仍會非常高，即使全身穿戰鬥裝甲，不到六十秒就會達到致命劑量。而且如果真出事了，相信我，你身上也不會穿著戰鬥裝甲。那玩意兒超貴。」

「好。」我說。「我也不是說他們會自己爬進引擎。畢竟誰會這麼做？我的意思是，他們可以用無人車。」

她搖搖頭。「高能粒子不只會摧毀你，也會摧毀無人車。其實暴露在高濃度粒子下，人體意外能撐得比機械更久。你在裡頭待六十秒，其實差不多就算死了，但你身體需要一小時多才能理解。這段時間裡，你都還可以有效作業。無人車在那環境中不到一分鐘就會壞了。而且一離開米德加德星工業基地，壞掉的無人機比你更難替換。你的正式職稱是**任務消耗工**，米奇。我其中一項工作就是要在接下來十二天裡，確定你完全明白這意思。」

我想大概就是從這一刻起，我開始沒那麼喜歡她了。

＋　＋　＋

珍瑪和我聊的不只是原理圖和輻射中毒。我腦袋暫時裝不下更多科技資訊時，我們便開始聊哲學，這算是我比較擅長的。

結果原來大家早就繞著我人生的核心問題思考很久了。第一天，我們聊完各種我可以把自己搞到不省人事的方法之後，珍瑪告訴我特修斯之船的故事。

「想像一下，」她說，「有天特修斯駕船出發環遊世界。」

★ Wernher von Braun（1912-1977），美國火箭工程師和太空建築師，為二十世紀航太科技的先驅。

「好。」我說。「我知道我應該要知道，但誰是特修斯★？」

「地球上一個古老的英雄。」她說。「眞的很古老，可能在大遷移的三千年之前。」

「喔，然後他駕船環遊世界？」

「對。」她說。「他駕一艘木船環遊世界。一路上，船會不斷損壞或磨損，他必須一一替換零件。好幾年後，他終於回到家時，那艘船的每一塊板子和木頭都已經換過了。所以，這艘船到底算不算他出發時的那艘船？」

「這超蠢的。」我說。「當然算啊。」

「好。」她說。「要是船在暴風雨中毀了，他出航之前必須重新打造一艘船呢？這算同一艘船嗎？」

「不算。」我說。「那完全不一樣。如果他必須重新打造一艘船，那就是特修斯之船二號，算第二代。」

她這時身體前傾，手肘放到桌上。「眞的嗎？爲什麼？他一點一滴換掉每個零件，跟他一次全部換掉整艘船，兩者有什麼不一樣？」

我張嘴想回答，但這時卻發現，我不知道要說什麼。

「這是接受這份工作的關鍵，米奇。**你**就是特修斯之船。我們也算是。我身上沒有一個細胞曾活在十年前的我身上，你也一樣。我們隨時隨地都在重組，像一次更換一塊木板。如果你接下這份工作，你遲早必須進行下一次重組，但說到底，其實沒什麼差別，對不對？消耗工去培養槽一趟，就跟身體隨時間自然重組一樣，只不過你是一鼓作氣更換而已。只要回憶能保存下來，消耗工其實沒有死。他只是經歷了一段異常快速的重組而已。」

＋　＋　＋

我不希望把訓練說得好像全是在講引擎原理圖和特修斯。有些地方其實滿好玩的。例如珍瑪教我線性放射砲的基本使用方式。我在太空站時不能發射眞的放射砲，但她讓我玩了一個非常眞實的模擬器，我可以用放射砲射殺殭屍。好幾年後，我終於有機會玩眞的時，感覺也幾乎沒什麼差別。她教我怎麼穿脫眞空服，也教我怎麼組裝整組的戰鬥裝甲。第六天，她實際帶我到外面，我們繞著太空站爬一小時，用無後座力扳手鎖螺栓。我永遠不會忘記，我和她站在太空站下方，抬頭看著夜晚的米德加德星緩緩轉動。

「我知道。」珍瑪說。「很壯觀，對吧？」

★傳說中特修斯是雅典的奠定者和國王，有許多以他為主角的神話故事傳世，其中最著名的是他手刃半人半牛的怪物米諾陶。

「那塊亮的。」我說。「那是基律納，對吧？」

「對。」她說。「你從那裡來的？」

我點點頭。我面前是反光護目罩，她看不到我點頭，但她似乎了解。

「現在你要永遠離開了。」她說。我們默默在那待一會，看著米德加德星轉動，最後基律納消失在地平線。「我很敬佩你們。」她這時說。「我是說你們這些殖民者。我不了解你們，但我敬佩你們。我懂背後的浪漫。我懂要盡可能讓人類遍布世界，讓我們不至於因一場災難滅絕，這就是大遷移的重點，但我永遠無法拋下一切離開。」

我聳聳肩。「是啊。我想我們有些人天生就是探險家吧。」

珍瑪哼一聲，充滿懷疑。我轉頭望向她，但就跟她看我一樣，我看不到她的表情。

「我以前訓練過消耗工。」她說。「我們太空站偶爾會需要他們。他們通常都滿難相處的。你是討人厭，但通常我帶他們到外頭，我都會擔心他們把我的繩索切斷，把我推到無垠的太空中。你知道爲什麼嗎？」

我嘆口氣。「我知道大多數消耗工都是罪犯。」我說。「但簽約到希默爾太空站當消耗工不大一樣。那只是答應時不時被無意義地殺死而已。可是我簽下的是殖民地任務。就像妳所說，那很浪漫，對吧？」

珍瑪大笑。「喔，得了吧。」她說。「我跟你朋友聊過了。貝托？那個駕駛員？我知道你爲什麼加入任務。」

「喔。」我說。「嗯……」

她又大笑。「別擔心，我不會告訴任何重要人士。你去的理由跟他、馬歇爾和其他人其實都差不多。但我希望你知道，你面對的只是一時的問題，而這是無法回頭的解決方案。」

「大家也是這樣形容自殺，對吧？」

她手放到我肩膀上。「好了，米奇。我們回到裡頭吧。我們需要聊聊約翰・洛克★。」

＋　＋　＋

我第一次備份是在希默爾太空站第十二天早上。身體的部分很直接。他們抽了血液樣本，從我肚子切塊皮，取下腦脊髓液，然後把我塞進掃描機，花三小時記錄我身體每個細胞的分布和化學組成。我出來時，珍瑪在等我。

★ John Locke（1632-1704），英國啓蒙時期哲學家，他心靈哲學上的觀點，常被視為是現代「身分」和「自我」概念的起源。

「我希望你今天毛髮狀態不錯。」她說。「你現在的樣子，會是你接下來這輩子每次從培養槽出來的樣子。」

「喔。」我說。「這只有一次嗎？」

「恐怕如此。」她說。「掃描機會耗費大量的能源，檢查軟體現在要跑一週，整理它讀取的所有資料。另外，你的身體剛才照射了一般來說算是過量的輻射。」

「喔。」

她抓住握把，用力一推，朝走廊飄去。我跟著她。

「等一下。」我們到下一站時，我說。「妳剛才說『算是過量的輻射』，那是什麼意思？」

她面露悲傷，淡淡朝我一笑。「你之後就知道了。」

＋　＋　＋

我從那時起便定時進行人格備份，人格備份比較簡單，但比身體備份奇怪。我坐在椅子上，技師把頭盔放到我頭上。頭盔外面是金屬，一片光滑。裡面全是鈍鈍的凸刺，抵著我的頭皮和額頭。

「這是陣列式 squid。」技師說。「有點不舒服，但不會讓你受傷。」squid 意思是烏賊，牠是舊地球一種意外聰明的無脊椎海洋生物。但我後來才知道，squid另一個意思是超導量子干涉儀。我希望這些詞彙你看的比我懂。

技師說得沒錯，備份過程不痛苦，但是感覺超級詭異。後續定期備份其實只是上傳，整個過程大約一個小時。但第一次花了快十八個小時，而且感覺更久。備份過程像在高燒中做了場夢。你的過去一點一滴掠過，眼前掃過畫面，耳邊聽到聲音，鼻子聞到氣味，全身出現各種感官衝擊，一切全都不受你控制，快到你來不及處理。第一次上傳時，我最鮮明的記憶就是我母親近距離的臉。她在我八歲時偷開飛機去兜風，意外過世，我幾乎不記得她的樣子……但那畫面栩栩如生，她模樣年輕美麗，等他們終於從我頭上取下頭盔，我已泣不成聲。

結束之後，珍瑪帶我去軍官的交誼廳，找了張桌子，跟我說餐點隨便我點。我問她怎麼了，她只是再度露出悲傷的笑容說：「我們在慶祝，米奇。你今天畢業。」

「眞的假的？」我說。「典禮是什麼時候？」

她別開頭。「我們這裡結束之後就是典禮了。你慢慢來。」

我仍記得那是我這輩子最古怪的時光。食物挺不錯的，畢竟大多是培養缸生長出來的，而且是在零重力下料理。對話很尷尬，原因是我完全誤會了。我知道貨物已經開始運上德拉卡號。但不管你信不信，我當時眞以爲，珍瑪難過的是因爲我走之後她會想念我。

晚餐吃完，珍瑪付完帳，我以爲接下來可以回吊床補個眠。我剛才上傳時雖然不是一直醒著，但也沒眞的休息到。我其實不算累，比較像是腦袋放空，失去耐心，也失去和現實的連結。但我準備沿走廊飄去時，珍瑪抓住我手臂。

「還沒。」她說。「你的畢業典禮，你忘了嗎？」

「喔。」我說。「我以爲那是在說笑。」

她望著我良久，然後搖搖頭，她手一撐，再次回頭飄向我們的儲藏間。我聳聳肩跟上去。

＋　＋　＋

「所以，」她關上門之後，我說，「要給我穿披風、戴王冠之類的嗎？」

我飄近她。

我以爲我們要做愛了。

對，我就是這麼蠢。

珍瑪面無表情，像木面具一樣。她手伸入連身服口袋，掏出黑色光滑的……東西……那東西比她手稍微大一點。

「那是什麼？」我問。

她拿起來。那東西上有個槍柄，短槍管上有白晶尖端。這兩週以來第一次，我又感到自己彷彿在墜落。

「這是光束槍。」她說。「能量不大，所以在太空站上使用很安全。槍不會射穿金屬板，但任何有機物質都能破壞。」

她握住槍管，把槍遞給我。過一會，我才接過槍。

「看到槍柄旁的紅色開關嗎？那是保險。」她說。「把保險向前滑開。」

我照她說的做了。槍尖端發出暗黃色光芒。

「好了。」她說。「槍上膛了。扳機要小心。扳機就是你食指旁那個小凸起。」

我拿著槍來回翻看。「我不懂。」我說。

但這時她又露出悲傷的表情，我恍然大悟。

「這就是你畢業的一刻，米奇。你要證明自己了解當消耗工是什麼意思。」

我看著她。她回看著我。

「這是開玩笑的吧。」我說。

「你會希望乾脆一點。」她說。「你頭往一邊轉，轉到底，槍尖抵著耳朵下方柔軟的地方。稍微把槍瞄準的方向往上。槍設定是扇形光束。如果動作正確，你一槍就能摧毀整個延腦，和一大塊小腦。我保證，你什麼都感覺不到。如果你沒射中，我可能要幫你善後。這點我們都不樂見。」

「珍瑪——」

「這其實不是你的畢業典禮。」她說。「比較像是你的期末考。如果你不幹的話，你早上就會搭運輸船回米德加德星，我明天會重新訓練徵召者。這點我們也都不樂見。對不起，米奇，但這是你簽下的工作。長生不死是有代價的。」

我想了一下。我想像自己回去米德加德星，回到破爛公寓，領少得可憐的津貼。我想像告訴朋友說我後悔了，最後沒搭上德拉卡號。

我想到戴瑞斯．布蘭克的折磨。「就像睡覺一樣，對吧？」我說。「我下手之後，我會在吊床醒來，跟新的一樣？」

「對。」她說。「感覺可能會像宿醉一樣，但沒錯。」

她露出笑容。我嘆口氣，別開頭，將光束槍抵在頭上。

「像這樣？」

「可以。」她說。「差不多。」

我閉上雙眼，深吸一口氣，緩緩吐出。

我扣下扳機。

什麼事都沒有。

我僵在原地，全身顫抖，珍瑪過一會伸出手，溫柔地將光束槍從我手中拿走。

「恭喜你。」她靜靜說。「從今天起，你正式成爲米奇1號。」

009

我到主氣閘艙時，那裡已經聚集不少人。馬歇爾也在，還有生物部的杜剛和幾個保全在嘰哩呱啦說話。貝托和娜夏站在一邊。貝托弓著身子，他的臉離她很近。他用力說了簡短幾句話。她別開臉，搖搖頭。

「嘿。」我說。「怎麼了？」

馬歇爾招手要我過去。「你看。」他說著比向氣閘艙的螢幕。我抬頭看。外側的門關上了。角落有個幾乎是人形的黑色爛泥。

「幹。」我更仔細看。我剛才以爲是黑色金屬的地方其實是個大洞，在氣閘艙地面上，大概兩公尺寬。「地板去哪了？」

「不見了。」杜剛說。「葛拉賀在等氣閘艙循環，有東西鑽出來，把地板拆了。」

「葛拉賀？你是說角落那團爛泥？」

「對。」馬歇爾說。「那就是他，我們不得不啓動殺人孔。」

我下巴不禁掉下來。「你把電漿灌入主要氣閘艙？而且同事還在**裡面**？」

「沒錯。」馬歇爾說。「葛拉賀受重傷，不斷失血。把第一塊地板拆開的傢伙，切斷他左腿。控制外圍防線的人工智能發出警告，我不敢冒險。我們不能讓牠侵入圓頂基地。」

我不知道該說什麼。

「是伏蟲。」貝托說。「至少兩到三隻。」

我搖搖頭。「怎麼會……」

「顯然這些怪蟲比外表來得聰明。」他說。「我是說，我看過牠們翻找東西——」

「東西？」我說。「你說像我的腦袋瓜嗎？」

說完這句，現場陷入沉默，尷尬五秒鐘。

「總之，」杜剛說，「我很訝異我們沒有這生物的數據。我從貝托和娜夏的偵查報告找到幾段敘述，就這樣而已。這就是我們叫你來的原因。」

我看向貝托，再看著杜剛。

「貝托說你跟這些生物有接觸。」他說。「也說你對牠們特別有興趣，馬歇爾指揮官跟我說，他近幾週派你去觀察過牠們。我們需要你再多去幾趟。我們必須搞清楚我們面對的生物。如果牠們開始往基地鑽洞，我們就完了。」

我再次望向貝托。他避開我的目光。

「有接觸？」

「對。」馬歇爾說。「因爲牠們吃過你。」

「沒錯。」貝托說。「米奇是被伏蟲吃的專家。」

貝托和娜夏兩人現在都看著我。我翻白眼。

「我們才討論過這件事。我不記得6號或7號發生的事。貝托沒告訴我的話，我甚至不會知道。」

「你確定嗎，米奇？」貝托說。「這很重要。你不記得昨晚任何事？」

貝托直直望著我。娜夏別開頭。

「我今早才從培養槽出來。你明明知道，貝托。」

馬歇爾瞇起眼。「有什麼我該特別注意的事嗎？」

貝托狐疑瞪我一眼，然後搖搖頭。

「沒有，長官。我們都很好。米奇說得對。我們早上有討論，他昨晚死掉前，已經有段時間沒上傳了。」

馬歇爾不是白痴，但我想他暫時沒空管我們。他又狠狠瞪了貝托一會，最後說：「隨便，所有人帶上裝備。貝托和娜夏，你們負責空中掩護。我要你們用透地雷達，對基地防線外兩千公尺內區域進行全面掃描。我想知道到底牠們有多少隻，位置在哪裡。我也希望你們做好遭受攻擊的準備。起飛前請確定發射器裡面已裝填飛彈。我們一旦完成任務，便撤回所有人員，我希望確保一公里內沒有伏蟲。」他停下來，看向四周。「剩下的人十五分鐘後，從輔助氣閘艙步行出動。杜剛，如果要了解這些生物和牠們的力量，你的實驗室一定要有樣本。」他露出笑容，但表情像鬼一樣，沒半點喜悅。「你們要去狩獵了。」

＋　＋　＋

「你知道，」我說，「我幹過這件事。」

「嗯？」

杜剛抬頭望向我。自從第一天在希默爾太空站聊過後，我和他幾乎沒有交流。我不常被派去生物部，頂多去清理實驗室而已。他現在已換上戰鬥裝甲，要不是情況緊急，這畫面真的超級好笑。如果你適合的話，戰鬥裝甲穿一半看起來會像古老神話中的戰神。但杜剛不適合，所以他看起來像拔了毛的雞，準備參加扮裝派對。

「我說我幹過這件事。你最好別穿裝甲。」

他看四周。保全肌肉棒子都已穿好裝備。剛才十分鐘，我都在努力回想他們的名字。滿臉怒容的禿頭男是叫羅勃什麼，無論如何都不要叫他小羅；比較矮的女生叫凱特．陳；第三個人我很確定叫吉利安，但也不敢百分之百肯定。他們目前穿著裝甲，鏗鏗鏘鏘活動著身體，確定所有裝置正常。這會是登陸後我們第一次穿裝甲出動。

「看來大多數人不這麼想。」他說。

我聳聳肩。「他們是保全。如果可以，他們晚上睡覺也會穿著裝甲。裝甲會讓你覺得無敵，但你身體會增加快一百公斤，也無法穿雪鞋，但我們到外頭，你其實會希望自己能踏在雪上。陷到雪裡一公尺多眞的非常不舒服。」

他上下打量我。我包得很紮實，但只穿著極地裝備。他腰間槍袋有兩把光束槍。我帶了把線性放射砲。放射砲比他的槍重，也更不靈活。如果眞要我拿在手上，手腕一定會痛到不行，但這是我訓練時唯一用過的武器。總之，希默爾太空站的最後那一夜經歷，讓我對光束槍沒什麼好感。

「謝謝你的建議。」他說。「但我在氣閘艙看過那些傢伙怎麼對付葛拉賀的腿。我希望我和牠們之間，除了雪衣之外有更堅固的東西。」

「你看到牠們對葛拉賀幹的事。那你有看到牠們對地板幹的事嗎？」

他瞪著我，來回望著我和他的右手手套，手套好像沒辦法順利跟袖子密合。

「我來看看。」我說。他舉起手臂。我轉一下手套，連接栓順勢扣住。

「謝謝。」他說。他活動一下手，確認每個地方都已扣緊，然後手伸向胸甲。「我懂啦。」他把胸甲扣上。「這對你來說不算什麼。但你要知道，米奇，我們其他人不像你，死了按個重啓鍵就沒事了。對我來說，死就死了。所以，對，我要穿裝甲。」

我淡淡一笑。「重啓鍵，嗯？你覺得去一趟培養槽就是那樣？」

「聽著，」他說，「我沒有要爭辯，可是事實上，你就是消耗工，我不是。我們的動機不一樣。我只想出去取得樣本，平安回來這裡。」

我將放射砲背帶繞過頭。我希望綁帶鬆一點，能讓我快速拿好，但又不能太鬆，以免走路時一直撞我的背。

「這我絕對不會有意見。」我說。「但重啓鍵的事，可不像你想的那麼好玩。」

我的電子眼叮咚一聲。

指揮部—娜夏和貝托開始掃描了。該走了。

我望向周圍。保全人員鏗鏘走向氣閘艙。我封上我的循環呼吸器。杜剛戴上頭盔，我們出發。

＋　＋　＋

上次有原生物種認眞反抗登陸已是快兩百年前的事，那星球距離我們大概五十光年。那裡的登陸指揮部可能有替那地方命名，但名字我們永遠無法知道了。我們現在稱那星球羅安諾克星。

羅安諾克星不算是理想的棲息地。它的太陽是紅矮星，星球轉軸傾角幾乎爲零，呈同步自轉，水資源非常少，軌道週期爲三十一天。星球地極一端很熱，環境溫度很少降到攝氏八十度以下，冰冷的另一端會下二氧化碳雪，兩者之間有一條多少適居的地帶，大概一千公里寬，終年日暮。羅安諾克星是個古老的世界。據推測，該星球的環境孕育生物已七十億年。這麼長的時間裡，所有生物都在那乾燥的一千公里區域中，迎著狂風，日日進化，爭搶立足之地。

顯而易見，帶幾百萬公升的水到那裡去就像扛著巨大錢袋進貧民窟。殖民地登陸不到一星期，各種生物前仆後繼。星球的風中有一種咬人小蟲，牠們會鑽進暴露在外的皮膚，讓人起疹子和膿泡，最後引發敗血症死亡。沙漠棲息著一種海星形狀的生物，牠們有能穿透裝甲的尖牙，並能注入讓人組織壞死的毒液，幾分鐘內便能奪走敵人性命。那裡還有半個人大的昆蟲，牠們頭部的腺體能射出濃縮硫酸。星球上大多數的生物彷彿是專門爲了突破殖民基地的防禦而生，雖然我們現在清楚事情來龍去脈，但根據指揮部淪陷前傳來的紀錄，他們當時一頭霧水。

從第一天起，即使在羅安諾克星指揮部保護下，只要有人踏出基地，都活不過一小時。一週週過去，每次任務都損失一到兩人，最後他們不得不違反禁令，開始製造更多消耗工塡補人力。

最後他們終於封鎖基地，準備長期抗戰，並研究那些人到底發生什麼事。但那時異星生物已滲透基地，在內部繁殖。指揮部嘗試了數種消毒方式，但不管怎麼做，牠們還是一直出現。最後，整座殖民基地只剩下複製人。中央處理系統持續造人，直到胺基酸耗盡。

最後一個喪命的消耗工在臨死之際，至少算是窺見了真相。生物部釋放一種噬菌體來對抗破壞他們身體的微生物。耐藥菌株在六小時後馬上出現。消耗工臨終前內臟液化，七孔流血，個人日誌的最後遺言是：「不是我妄想。這裡絕對有人想殺我。」

＋ ＋ ＋

我們踏上雪地時，我腦中想著那個人，他叫傑洛兩百多號之類的。羅安諾克星上，殖民者從不把原生物種放心上，因爲牠們不是傳統上使用工具的文明。牠們沒有運用電磁波，沒有發電廠，沒有道路、車子和城市。就我們所知，牠們甚至沒有農業。可是沒想到，牠們卻是一群強到爆炸的瘋狂基因工程師。再加上牠們極具領土意識和排他性（這點不意外，畢竟牠們的進化史是在那種爛星球和所有生存者戰鬥，爭奪那窄窄一條難以生存的棲地），於是最終的結果就釀成羅安諾克星灘頭堡殖民基地慘劇。

我想到傑洛和我昨晚地道中的巨大朋友。羅安諾克星所有人會死，是因爲當地存在具有意識的生物，而等殖民者注意到牠們，一切已經太遲了。我不知道他們有沒有人像我一樣，碰到星球上的原生物種，確認牠們是有意識的生物，卻沒向指揮部回報。

灘頭堡殖民基地會失敗有無數的原因。但我真的不希望那個原因是我。

＋　＋　＋

地平線最後一絲暮光漸漸消失，東方天空已經看得到幾顆星星。我們從氣閘艙出發走了十分鐘，大概距離基地防線半公里左右，杜剛和貝托與娜夏通訊，討論哪邊可以找到一隻伏蟲，而不是碰上一百隻。這時凱特踏著重重的腳步走向我。在裝甲室時，我們一樣高，但我現在站在快一米的雪上面，她要伸長脖子才能向上看著我。

「嘿。」她說。「你怎麼帶那玩意兒？我以為我們全都會帶光束槍。」

我花了一秒才理解，她是在說我帶的放射砲。我其實不是很想現在解釋珍瑪害我對光束槍有陰影的事。我完全不認識眼前這人，而且即使九年了，那故事感覺仍然很赤裸。

「沒特別原因。」我說。「其實只是個感覺而已。」

「感覺，嗯？第一次約會選衣服的話，那是好方法，但選武器就有點奇怪吧，對不對？」

好。看來她沒打算讓我蒙混過去。

「老實說，我覺得光束槍可能對伏蟲無效。」

「喔。這是個人經驗嗎？」

我聳聳肩。隔著護目罩，我看不到她的臉。但她的語氣絕對有一絲擔心。

「不算是。但我們在裝甲室時，我問自己在這種情況下通常會帶什麼。」

她頭歪向一邊。「然後呢？」

「光束槍。絕對是光束槍。我帶的這傢伙最快射速是一秒一發，而且重得跟鬼一樣。我是說，跟那堆蠢裝甲比起來當然差遠了，但還是很重。」

「我不懂。」

我露出笑容，但在循環呼吸器下，她可能看不到。「我照正常思維想，畢竟之前已經被這些怪物幹掉兩次了。所以我這次打算做相反的事。」

她點點頭。「了解了。眞是充滿禪意，米奇。」

「畢竟我一直重生。」

「也是。」她說。「努力往涅槃邁進，對吧？」

現在開玩笑有點奇怪，但沒差。我搖搖頭。「我不覺得。我一直期待自己回來變成人體內的條蟲之類的。」

「但每次你醒來還是你。也許以轉世投胎而言，米奇．巴恩斯就是你輪迴的最低點。」

我望向四周。好像沒發生什麼重要的事情。

「對。」我說。「我想是吧。」

杜剛站在約二十公尺之外，半身都埋在雪裡，還在跟貝托說話。我能告訴他到哪去找一堆伏蟲，或至少可以找到那隻大的，但我想講出來恐怕沒好事。我抬頭。以尼弗海姆星的標準來看，這是個美麗的夜晚。天空清澈，漆黑而深邃。基地朝天空散發著光芒，所以星星稀疏，但每一顆星都閃爍耀眼的銀光，清晰明亮。

「你知道，」凱特說，「我想我們之前沒聊過天，對吧？」

我回望著她。她看著杜剛，一手放在光束槍上。

「沒有。」我說。「總之我記憶中沒有。」

「很奇怪，對不對？你一直在躲我嗎？」

我正想跟她說，不怪吧，我們沒聊過很正常，因爲德拉卡號上一半的人都覺得我是討厭鬼，剩下一半的人只覺得我很怪，所以過去九年間，除了主動來找我的人，我從來沒主動去認識別人，而顯然她也沒採取主動。但我還來不及開口，重力引擎聲轟然響起，又漸漸消失，娜夏從上方約六十公尺處飛過。

「來吧。」杜剛從通訊器說。「我們走。」

我們朝北方走去，遠離基地，走向我今早從地道出來的地方。要是我巨大的朋友從杜剛面前的雪地鑽出，他會怎麼做？

「想到好笑的事嗎？」凱特問。

「沒有。」我說。「我只是有個想法。」

「跟我說。」她說。「我好無聊。」

我當然不能告訴她。我也不能告訴她我不能告訴她，因爲那樣一來，我就得解釋**爲什麼**不能告訴她。但要怎麼回答，我也不用想了，因爲杜剛這時開始大吼大叫，並跳起舞來。

「嘿，」凱特說，「搞什麼……」

杜剛把右腳從雪中抬起，我看到他腿上有一隻伏蟲。牠尖銳小腳刺進去的地方，在裝甲上留下痕跡，牠的大顎咬著他膝蓋後方的接縫。

現在事情發生很快。剛才十分鐘走在杜剛兩側的兩個保全，將光束槍瞄準他的腿。杜剛原本希望他們趕快開槍，但後來裝甲發光變軟，伏蟲大顎仍不放開，蟲腳反而更輕易刺入裝甲之中。雪遇熱冒出團團蒸氣，瞬間掩蓋住他們的身影，杜剛的吼叫變成尖叫，接著是不成聲的淒厲哀嚎。我轉個半圈，看到大概三十公尺處，白雪中有一塊突出的花崗岩。我拔腿就跑。

穿著雪鞋跑步很沒效率，也不好玩。我才跑三步，就在雪中跌了個狗吃屎。

我雙手亂揮，覺得伏蟲的大顎隨時會插進我後頸，這時一個動力金屬手套抓住我手臂，將我拉起。

「來啊。」凱特說。「快跑！」

她推了我一把，我差點又要跌倒，但我搖搖晃晃向前衝，還聽得到凱特沉重的腳步跟在我後頭，遠方兩個保全不斷咒罵尖叫。我鼓起勇氣向後望一眼。強烈的北風吹開了蒸氣。杜剛不見了，我猜是被拖到雪地裡了。兩個保全還站著，但他們身上都各有兩隻伏蟲，我猜沒多久他們也要拜拜了。

我七手八腳爬上岩石，手伸到肩上拿起放射砲，準備發射，我左手握住槍管，手腕痛得我臉皺成一團。一秒之後，凱特爬到我身旁。我們站在三公尺寬的花崗岩島，約高於雪地半公尺。一隻伏蟲從雪中抬起頭，近到我觸手可及。我瞄準發射。放射砲的反作用力讓我靠到凱特身上，伏蟲身體前三節瞬間爆炸，化爲一團碎片。

「幹。」凱特說。「禪意萬歲，嗯？」

保全都掛了，但我覺得我還看得到雪中有人在掙扎。我張嘴想說話，但重力引擎聲音響起，貝托來了。兩盞探照燈亮起，一盞先照亮我們，另一盞照向杜剛和其他人的地方。

「你有取得樣本嗎？」貝托從通訊器問。

「一部分。」

我從岩石跳下，抓住伏蟲的屍體。貝托的鉤爪已垂下。我爬回岩石上，將伏蟲給凱特，然後將鉤爪勾住她的裝甲。她一手環抱住我的上身，我們向上升起。幾秒之後，我向下看，岩石上已爬滿伏蟲。我們快速進到貝托貨艙口時，娜夏的飛機迅速低飛而來，發出震耳尖鳴，兩枚飛彈已發射。貨艙口關上，我們乘著第一波電漿波，順勢起飛離去。

010

如同馬歇爾的打獵任務，現在的我對自殺任務早已習以爲常，因此被救反倒稀奇。這讓我有點反應不過來。珍瑪在自殺考驗前已再三確認，我百分之百明白自己在危急情況下的命運，結局絕不是貝托像守護天使一樣降臨，帶我逃走。

我有時會納悶珍瑪是否其實失職了，沒讓我好好了解身爲消耗工是怎麼回事。德拉卡號解開繫泊設備，加速衝出米德加德星軌道的前幾週，我意志消沉，悶悶不樂，在走廊四處遊蕩，等待她耳提面命的事件發生，等待有人叫我爬進引擎，走出氣閘艙，或把頭放到攪拌器，看刀片夠不夠利。

但好長一段時間，沒有任何事情發生。星艦象徵著米德加德星累積的巨大財富，系統工程師竭盡所能，確保星艦不會中途爆炸，並順利抵達目的地。雖然我做好最壞的打算，但似乎沒人特別想殺我。

沒有災難的日子愈久，我對於實際的情況就思考得愈多。我漸漸期待自己會平安抵達尼弗海姆星，不需進出培養槽。大家都知道星際旅行很無聊，對吧？星艦加速時，引擎全力作用，艦體承受巨大壓力，你會覺得四處都快解體，但加速期結束之後，旅行變得非常無聊。殖民任務的巡航階段簡直沒事可做。

總之，出事前就是這樣。

我對原生身體最後的記憶是工程師將上傳頭盔戴到我頭上，我雙臂和雙腿痙攣，血從我口鼻流出，積在我滿是水泡的皮膚上。那時離開米德加德星剛過一年。第一段加速已結束，把我們以亞相對論速度推出日磁層頂，並進行第二次加速，準備以接近零點九倍光速，維持長期滑行通往尼弗海姆星。

德拉卡號上的生活大部分都很輕鬆。對星艦人員來說，航行時期的殖民者基本上只是行李。不隸屬任何一個部門的我更是如此。我每天應該要進行兩小時訓練，並在各部門輪班，必要時我才能臨時代打，但許多負責訓練我的人都覺得我很嚇人；而工程師等專業人員則是工作太忙，沒空訓練一個不專業的傢伙，所以訓練變成大概是一週兩小時。除此之外，我就吃喝拉撒睡，在公共區域和貝托玩桌上益智遊戲。星艦的生活除了重力不同，其實跟我在米德加德星過得差不多。

但我隨時會想起，我們不是在米德加德星上。我們正以秒速二點七億公尺的速度穿越星際空間。在那種速度下，牛頓先生和我們道別，高能物理學接手，事情變得十分詭異。

珍瑪仔細向我解釋過，太空其實不是你所想的那麼空，例如每立方公尺高真空空間其實大約有一萬個氫原子。氫原子靜止時無害，但到零點九倍光速時，它們是危險的子彈。德拉卡號艦首錐頭的力場產生器，在掠過星際物質時，能將氫原子推開，化爲一條射過艦殼上方的宇宙射線。所以只要待在艦內，這都不成問題，換言之，船上除了我之外都很安全，因爲在航程中我絕對有機會踏到外頭。

星際空間偶爾也會有宇宙塵埃，每百萬立方公尺中只會有一個，但每一秒艦體每平方公尺的平面，都會經過兩億七千萬立方公尺的空間，所以我們基本上經常撞到宇宙塵埃。大多數塵埃都有足夠的淨電荷，力場產生器都能將塵埃導開。有的淨電荷不足，就會在艦首錐頭造成連續不間斷的小爆炸。星艦設計本身能承受這些爆炸。錐頭的裝甲能耐燒蝕，厚度足以撐過二十年以上的磨耗。

但裝甲設計無法應付比宇宙塵埃更大的衝擊。

平心而論，建造德拉卡號的人沒有錯，畢竟星艦一出日磁層頂，很少會遇到巨大飄浮物。如果眞碰上了，其實再厚的裝甲也抵擋不住。以德拉卡號的航行速度來說，和我手一樣大的石頭就有一百顆氫彈的能量。

幸好擊中我們的東西沒那麼大。

當然，其實我們不知道那究竟是什麼。撞擊一瞬間，它就化爲夸克和膠子。但我們的工程師根據毀損的裝甲體積和星艦撞擊時所受的動能計算，它重量大概在十五到二十克之間。

順帶一提，衝擊力著實不小。我們處在無重力狀態，所以大多數東西都有固定住，但沒固定的全朝前方艙壁飛去，包括不少星艦人員。兩人手臂斷了，一人嚴重腦震盪。我摔倒時抓住桌子邊緣，最後扭到腳踝。

沒人在乎這些小事。艦首錐頭破了個大洞，有個力場產生器組件毀了。星艦內部百分之二十的空間突然充滿大量輻射。

該是我表現的時候了。

麥姬．琳恩找我過去，她是星際航行時的系統總工程師。她在機械商店和我見面，那裡是離錐頭艙口最近、最安全的區域。她兩個手下替我穿上眞空服，同時解釋我的任務目標。

「我們判斷是動力接合器受損。」她說。「但我們不確定，也沒時間浪費，所以你去把整組換掉。」另一個工程師從儲物籃搬出一個五十立方公分的立方體。方塊一側飄著兩條電纜，另一頭有兩個操控手把。「你裝完之後，辦得到的話，把舊的搬回來。」

「辦得到的話？」

「對。」她說。「在你死之前，懂吧？艦艙現在直接面對宇宙。在這零件運作之前，你每三點五秒就會吸收足以致命的輻射量。」

我一定是露出了驚愕的表情，因爲她翻白眼。

「別擔心。你不會一出艦艙就喪命。人體就算吸收好幾倍致命劑量的輻射，到眞的死去之前，還需要一段意外長久的時間。只要你沒直接被宇宙塵埃打中就還行。你死之前應該有充足的時間上傳，我們已在培養槽製作下一個你。」

這短短幾句話中，我有好多意見。首先我最在乎的是我要死的事，我不在乎時間點，也不在乎死前有沒有上傳；再來是根本沒人問過我意願，她居然就直接覺得我會做這件事。

但老實說……她說得對。我必須做。珍瑪鉅細靡遺解釋了力場產生器有多重要，我完全清楚零件換好前星艦有多脆弱。

他們一幫我鎖緊頭盔，我就小心翼翼抬起力場產生器，走向他們安裝在艙口的活動式氣閘艙。

「我有提到我們時間不多嗎？」麥姬透過通訊器說話。我嘟噥一聲回答，但我動作沒加快。無重力狀態下，重物沒有重量，但還是具有質量，如果動太快，很容易把東西撞壞。我進到氣閘艙內，他們便把我身後的門密封，氣閘艙氣體排出時，我的衣服繃緊。空氣抽出的聲音完全消失時，艙口靜靜滑開。

力場產生器總共由六個立方體排列而成，每個立方體都長得和我手中這個一模一樣。我馬上看出問題在哪。我進到艦艙，最靠近我的零件有個兩到三公分寬的洞，洞口有一圈黑痕，洞貫穿到上方。我向上看。星艦天花板有個稍微大一點的洞。一束藍色的光線從裡頭射出，像探照燈一樣，照亮損壞的零件上方。

大概就是這時候，我皮膚開始發燙。起初沒太糟。就像麥姬和珍瑪所說，人體對急性輻射中毒的反應意外緩慢。我將電纜從舊零件拔下，打開固定栓，順利把零件拉出。但我想把新零件放上時，頭一定掃過了那束藍光。

大概十秒之後，我瞎了。

我雙手皮膚這時開始起泡，我幾乎失去觸感。零件已經放置好，我設法接上了第一條電纜，但開始連接第二條電纜時，我找不到連接口在哪。我拿著電纜，胡亂摸索幾秒鐘，心裡愈來愈慌，這時麥姬的聲音透過通訊器響起。

「米奇？你還好嗎？」

我想回答**不好**，但舌頭腫脹，無法說話，唯一從我嘴中發出的聲音是呻吟。

「不要動。」她說。「不要再扯電纜了。」

我停下來，或至少努力停下來。我身體劇烈顫抖，無法靜止。

「你的頭盔攝影機仍在運作。看能不能對準方向，讓我看你的動作。」

我摸到零件邊緣，低下頭對準我覺得是連接頭該去的位置。

「好。」麥姬說。「攝影機不要動。現在把連接頭向左。大概十公分。」

我將連接頭滑過地面。

「很好。」麥姬說。「現在向前約三公分。」

「向右一公分。」

「回來一公分。」

「插入。」

我感覺到連接頭喀一聲連接上。

「太好了。」麥姬說。「力場重新恢復。幹得好，米奇。現在放輕鬆。我們會派人到裡面將你回收。」

我全身內外都在燃燒，意外地難以放鬆。要是我能打開頭盔，讓身體失壓，我一定會這麼做，但我雙手爛到不只動不了，手指也已腫到無法彎曲。所以我飄浮在空中，緊咬著牙，發抖呻吟，等著誰把我拉回世界裡。

我了解他們爲何在死前逼我上傳。珍瑪也有提到這點。危急時刻得到的經驗和知識很珍貴，這一切絕不能隨著一個我的死流失。

但有些事情眞的忘記比較好。

等我從培養槽出來，成爲米奇2號，情況變得稍微沒那麼緊急了。力場產生器已在運作，德拉卡號內部基本上回歸正常。當然這不包括三十四個遭遇不同程度輻射中毒的人員。力場消失時，他們不幸身在錯的地方。但星艦裝甲上仍有個洞，只要有一個宇宙塵埃剛好擊中那個位置，我們馬上又會出狀況。所以我一回復意識，身體活動自如，麥姬和手下又讓我穿上眞空服，派我拿一桶高能修補奈米機器到艦體上，並花五分鐘指示我要怎麼做。

艦體導開的質子流放射線最強的地方是離艦體兩公尺處。麥姬告訴我，如果夠貼近艦體，運氣好，又沒被宇宙塵埃打到的話，我搞不好能活下來。所以我只能盡力一搏。珍瑪帶我在米德加德星上方練習艦外漫步時，是在鞋子裝上重力鎖。這次麥姬則是在我手掌和膝蓋部位綁上小型吸盤。我自艦前氣閘艙出到艦外，爬行一百公尺左右抵達撞擊點。

起初我覺得我可能不會有事。但接近錐頭時，質子流變得更聚集。最後還剩約二十公尺位置，我眼前開始看到閃光；等我到洞口，視線已是一片模糊，嘴中嚐到血。我將奈米機器從背上拿下，準備好噴射器，扣下扳機。

奈米機器像濃稠的漿液衝出。它們黏到破爛的艦體上，我還在噴灑的同時，它們便開始自行組成像周圍裝甲一樣的高密度物質。

我花了快二十分鐘才全部噴完。結束時，艦體的洞不見了，取而代之是一團黏性物質，表面隆起。不到幾分鐘，黏性物質就變得光滑平整，最後可能要用電子顯微鏡才能分辨補丁和原本裝甲的差別。

隔天早上，我從培養槽走出成爲米奇3號時，才知道後續發生的一切。我出來時，他們做的第一件事就是讓我看真空服的攝影機畫面，並聽2號的我喃喃自語，後來2號爬到一半忽然停下，伸手將領口密封栓打開，赤裸裸地面對宇宙。

011

「唉，」貝托從駕駛艙說，「怎麼會搞成這樣。」

凱特狠狠瞪他一眼。貝托向來不敏感。

「剛才死了三個人。」我說。

「對啊。」貝托說。「我看到了。底下發生什麼事？看起來保全拿光束槍在射杜剛？」

「他們想救他。」凱特說。

「那是什麼鬼方法。」貝托說。我們到圓頂基地上方，緩緩盤旋在停機坪上方。「光束槍能量全開的話，就算是戰鬥裝甲也撐不了多久。他們在想什麼？」

我望了凱特一眼。她雙手握成拳頭。

「杜剛腿上有兩隻伏蟲。」她說。「首先，剛才死的是我朋友，混蛋。還有，也許你先警告我們腳下就是他媽那群鬼蟲的窩，就不會搞成這樣了，啊？」

我們降落到停機坪上時，貝托從駕駛艙回頭望過來。看到他一臉尷尬，我有點驚訝。

「對不起。」他說。「我沒有不尊重的意思。」

「對啊，哼。」凱特說。「去你的。」

貝托飛機動力減弱，開始進行關機程序。重力場消散，我感覺身體重量變得更紮實，沉沉坐進折疊椅上。

「剛才發生的事我眞的很遺憾。」貝托說。「我能警告你們的話，我一定會說。我不知道牠們從哪冒出來的，但牠們不是在雪底下移動而已。我經過你們上方時，雷達沒有任何顯示。那不過是攻擊前不到一分鐘的事。」

「隨便。」凱特說。透過頭罩，我看不到她的臉，但我聽到她語氣中的不屑。

「總之，」貝托說，「任務完成了，對吧？」凱特和我解開安全帶時，他從座位爬起，站到我們面前。伏蟲屍體倒在機艙地上。貝托用鞋尖去頂牠。牠兩隻腳突然痙攣，他嚇得腳抽回去，差點摔倒。「幹！」他重新站穩，皺著眉頭，然後再次向前走來，蹲在我們之間。蟲屍不斷抖動。他用手指碰了碰甲殼，但這次牠沒反應。「哼。」他說。「希望這趟値得。」

＋　＋　＋

「你們也行行好。」馬歇爾說。「因爲我眞的不明白，在過去兩小時內我們失去了三人。如果加上葛拉賀，就是四個。如果再加上蓋伯，就是五個。而你卻活了下來。」

凱特坐在我旁邊，不安地動了動身子。馬歇爾身體前傾，手肘放在辦公桌上。他看起來不是在考慮要不要殺我，而是在猶豫要用什麼方法。

「你說得對，長官。」我說。「對不起我活下來了。我下次會進步。」

他又氣得站起來。「不要跟我講屁話，巴恩斯！你是消耗工！你不應該擔心存活！」

他緩緩坐下，我擦去額頭上的口水。

「好。」他說。「我要你明確清楚解釋，你爲什麼選擇逃跑，而不是去幫忙杜剛。仔細想清楚再回答，巴恩斯。因爲如果我覺得答案無法讓我信服，我會親自把你卵蛋朝下推入屍洞。」

「長官——」凱特開口。

「閉嘴，凱特。我問完他再來問妳。」

他們現在都看著我，凱特目光帶著憐憫和擔憂，馬歇爾表情不變，就像老鷹盯著田鼠一樣。

「那個……」我開口，然後猶豫了。我原本要痛斥他，說我每六週都要中輻射、被吃、被融化一次，而他擁有自己原本的身體，安安全全活著，居然在那大放厥詞說我不該擔心存活的事，但我看著他的表情，突然發現他是認眞地想把我推到屍洞裡。於是我重新調整了說法。

「那個，長官，我們出發是有明確目的。你下令要我們取回伏蟲樣本。根據蓋伯和葛拉賀的下場，我們全都明白這是相當危險的任務，但你決定我們還是要試試看。所以我的結論是，我們第一優先是達成任務。當我們發現杜剛出事，我判斷我們無從幫助他。所以我決定盡全力完成任務，就這點來看，我成功了。」

馬歇爾盯著我良久。「所以你是說，」他說，「從貝托錄下的影像中，你其實不是嚇得拔腿就跑，而是爲了進一步執行任務和保護殖民基地所做出的冷靜行動。是這樣嗎？」

我望向凱特。她聳聳肩。

「呃……對？」

沉默維持了漫長的五秒鐘。凱特張嘴想說話，但馬歇爾瞪她一眼，她把話吞口去。

「離開基地之前，你知道光束槍對那些傢伙起不了作用嗎？」

「不知道。」我說。「不確定。」

「那爲什麼你選擇帶放射砲？」

「主要是因爲訓練時，我對放射砲比對光束槍熟悉，長官。此外，我發現前兩次任務中，我遇到伏蟲時都帶著光束槍，而那兩次任務我都沒有生還。所以我覺得這次也許該換個策略。」

馬歇爾眉頭向內皺起，嘴巴抿成一條又薄又緊繃的線。我鼓起膽子朝凱特望一眼。她直直望著前方。馬歇爾將注意力放到她身上。

「妳呢，凱特？妳能解釋妳的行動嗎？妳是去保護杜剛的，不是嗎？」

「是的，長官。」她說。「沒錯。」

「妳拋下他是因爲……」

「我拋下他是因爲我看到發生什麼事了，長官。其他兩名保全是我朋友。如果我覺得自己能幫他們，馬上就會動手。但事實上，我們的武器沒有用，我覺得自己和杜剛一起陪葬沒什麼意義。」

「巴恩斯的武器有用。妳可以拿過來。」

「沒錯。」她說。「但這武器拿來不會有幫助。線性放射砲不精準，長官。我也許能把杜剛腿轟了，但我救不了他。」

馬歇爾從辦公桌向後靠，雙手梳過他灰白俐落的頭髮。

「聽著。」他說。「我們這次遠征出發時是一百九十八人。我們登陸時還有一百八十人，現在人口減少到一百七十五人。從人口來看，灘頭堡殖民基地快要到發展人口的下限了。所以很可惜，雖然我非常想，但現在還不能眞的把你們推進屍洞，甚至不能有效懲罰你們。

「巴恩斯，我強烈懷疑你知道更多關於那些蟲子的事，但你卻隱瞞我們。如果這件事屬實，我只能希望你仔細思考自己的行爲，因爲殖民地毀了，你就會像羅安諾克星那個可憐的王八蛋一樣，最後身邊只會剩一堆米奇・巴恩斯。就這點我可以告訴你，以我跟一個你相處的經驗來看，那絕對是令人難以忍受的慘況。

「凱特，我現在不知道怎麼看待妳。我懷疑妳和巴恩斯之間有關係，這點在任務前就該坦誠。未來，請記得，如果私人情感可能影響任務表現，請務必事先告知指揮部。」

凱特張嘴想回答，但馬歇爾手一揮阻止她。

「我不想聽。」他說。「我只希望未來妳仔細評估自己交友的選擇。」

他看向我，接著目光移到凱特，最後又回到我身上。「以上。」他說。「解散。下次需要會再聯絡你們。」

＋　＋　＋

「哇，」凱特說，「眞好玩。」

我們在自助餐廳吃晚班的晚餐。餐廳裡至少有三十人，三、四人一桌靠在一起，交頭接耳，低聲說話。灘頭堡殖民基地一天內死五人是件可怕的事，而他們多半在遵行古老的人類傳統，也就是偷罵死者有多蠢，並說服自己，他們發生的事不可能發生在自己身上。

「對啊。」我說。「他沒有眞的把我們殺掉。我覺得這就算成功了。」

她笑了。凱特穿著連身服比穿戰鬥裝甲好看多了。她有張心形臉，樣貌溫柔，有著一頭濃密的黑髮，此刻綁成及肩的馬尾。她撥著一盤烤番茄和黏軟的兔腰腿肉。我吞著一百大卡的循環糊。我知道我答應要把今天的量全給8號，但他在睡覺時，我差點死了。這不爲過吧？

「所以，」我說，「馬歇爾覺得我們做愛了，嗯？」

凱特皺起眉頭，一臉憤怒。「馬歇爾可以去吃屎。」

「哇。」我說。「這話好狠。妳不希望有人懷疑妳跟消耗工有關係，嗯？」

她搖搖頭。「不是。我不是繁殖主義者什麼的。就我而言，你跟其他簽約參加任務的怪胎都一樣。我不喜歡的是他暗示，我是因爲**荷爾蒙**作祟，才沒盡忠職守。我是說，他不會對你講這種屁話，對吧？」

「我覺得……」我不說了，因爲我原本想說**我覺得他不是這個意思**，但我後來想一想，對，他可能眞的這麼想吧。

「你覺得怎樣？」

「沒事。」我說。「妳說的太對了。去他媽的。」

「阿們。」她說著向我舉起水杯。「去他媽的。」

我用馬克杯和她乾杯。

她喝水時，我從她托盤拿了顆番茄，趁她來不及反應塞進嘴裡。

「嘿。」她大喊，接著手伸過桌子，重重揍我肩膀一拳，力量大到我恐怕瘀青了。「別亂搞，米奇。你再碰我食物，小心我把你手折了。」

「對不起。」我說著把那杯循環糊遞給她。「如果妳想的話，可以喝我的一點。」

她又瞪著我，把杯子推回來。「謝了，不用。如果你想吃番茄，你幹麼不自己去點？你真的在任務前把你一整天的食物都吃完了？」

「對。」我說。「差不多。我過去幾天過得很辛苦。」

「喔。」她說。「對。我忘了你昨晚剛死過。你才重新從培養槽出來，嗯？」她吃一口食物，咀嚼一會，吞下肚。「那是什麼感覺？」

「什麼？從培養槽出來嗎？」

她點點頭，並拿起兔骨，咬著關節剩下的一點肉。「對啊。一醒來知道自己剛死，而幾小時前，身體只是生物循環機中一團蛋白質糊。我對這過程一直很好奇。所以那是什麼感覺？」

「唉，」我說，「你在培養槽裡沒意識。一醒來你就在床上，但會有點搞不清楚狀況，頭昏腦脹，不記得自己怎麼在床上。你會以爲自己也許前一晚去哪喝酒，只是地點你也不記得。你最後記得的是連線上傳。」

她向後靠，點點頭。「原來如此。這時你就會想起來。」

「沒錯，就是這樣。我已經重生七次，每次都難受得要命。」

她笑了笑，面露同情，但後來她目光移到我左肩，笑容消失。我轉頭看到娜夏站在我身後，雙手交叉在胸前。

「嘿。」她說。「指揮部的事還好嗎？」

我移了身子，給她個位子。她跨過長凳坐下。

「還行。」我說。「嗯，應該說結果算滿意。馬歇爾威脅要把我塞進屍洞，不過也沒眞的動手。」

娜夏皺起臉。「那對你來說像威脅嗎？打從我們登陸第一天那王八蛋對你做出那種事之後，他爲什麼覺得自己還能嚇唬得了你？」

凱特看著娜夏，然後再看向我。「嗯，」她說，「他確實有說這次推進屍洞時，會從卵蛋開始。」

娜夏搖搖頭，手伸到我下背。「妹妹，妳絕對不知道這人經歷過多可怕的事。」

「妳在說醫護部的事。」

「對。」娜夏說。「我說的就是醫護部的事。」

凱特這時別開頭，繼續去撥她的兔骨。我用手肘頂了頂娜夏。凱特才經歷一段恐怖的事，不該這樣嗆她。娜夏嘆口氣。

「總之，」她說，「我很遺憾吉利安和羅勃的事。我知道你們感情很好。」

「謝了。」凱特說。「我已經問過貝托，但……那些傢伙攻擊我們前，你們有掃描到什麼嗎？我是說，牠們不可能憑空出現，對吧？」

娜夏搖搖頭。「沒有。什麼都沒有。我那時進行了可見光、紅外線和透地雷達掃描。我最後經過時，我發誓你們是百分之百安全的。」

「對。」凱特說。「貝托也這麼說。私下說，我們當時空檔不到三十秒。這說不通，對吧？」

「我不知道。」娜夏說。「他們是從地底鑽到主氣閘艙，對吧？透地雷達無法穿透花崗岩。也許牠們就像礦工。不，也許牠們現在就有地道直接連到我們下方。」

凱特看一眼腳下。「謝了，娜夏。這想法真討厭。」

娜夏咧嘴一笑。「幸好我們全都是最上層的房間，對吧？」

「對。」凱特說。「幸好。」她心不在焉戳著托盤上最後的番茄皮，然後看向我。「所以你們倆一直都在一起，對吧？從米德加德星開始？」

我望向娜夏。她聳聳肩。

「幾乎是。總之，他沒被吃、被燒或被掉落儲存櫃壓扁時都在一起。幹麼？

妳對他有意思？」

「倒不是。」凱特說。「幹麼？有好到那種程度嗎？」

娜夏望向我。「也許有。就看妳喜歡什麼了？」

她們兩人放聲大笑，我感覺自己臉紅了。

「開玩笑的。」娜夏說，一手摟住我肩膀。「這是我的。妳可以碰他，但我會把妳開腸剖肚。」

凱特雙手舉起投降。「喔，別擔心。」她說。「這個番茄小偷送妳。我其實差不多要走了。」

她從桌前起身，收拾東西。她走了之後，娜夏額頭靠著我，一手捧住我臉。

「順帶一提，」她說，「我開腸剖肚的不會只有她。」

她迅速親我一下，起身走了。

＋　＋　＋

我回到房間，發現8號坐**我的**椅子，在**我的**桌前，看**我的**平板電腦。他聽到我進門就馬上關機。他還把壓力綳帶解下了。

「嘿。」他沒抬頭說。「怎麼樣？」

「很順利。」我說。「我們死了五個人，再多死幾個你就有自己的房間了。」

「喔。」他把平板電腦放回抽屜，站起來伸展身體。「我們一直是變態殺人魔，還是這是上傳後，你近期人格的新發展？」

「眞的嗎？我們一直是變態殺人魔嗎？」

他露齒微笑。「對不起。這個情況分不清楚你我了，對不對？」

「對。」我說。「我想分不清楚。至於你的問題，不是，我們不是殺人魔。我們只是非常餓而已。」

8號大聲乾笑一聲。「喔，不。」他說。「我不想聽你抱怨餓的事。我才剛從培養槽出來，記得嗎？你試試看只吃循環糊的滋味。」

「關於這件事，」我說，「我剛才吃了一百大卡。你現在只剩兩百大卡了。對不起。」

他神情變嚴肅。「好人裝膩了，嗯？」

我搖搖頭。「別這樣，8號。你在睡覺的時候，我差點死了。這不爲過。」

「我可能沒提過，」他說，「但我眞的快餓死了，7號。」

當然，他說得對。6號和我剛出來時，天天都在抱怨食物的事，但跟8號比起來，我們吃得像國王一樣豐盛。我脫下上衣，扔到地上，坐到床上，解開鞋帶。8號坐到我旁邊。

「總之，」他說，「外頭發生什麼事？通知剛才說有四人意外死亡，一人失蹤，全都發生在基地外。怎麼回事？」

我解開鞋帶，脫下鞋，躺倒到床上。「唉，」我說，「首先，嚴格來說，不是全發生在基地外。有一人是在主氣閘艙遇害，主氣閘艙現在也壞了，因爲他們用了殺人孔。」

這段話迎來一陣沉默，氣氛尷尬。

「殺人孔。」8號終於開口。「他們用來幹麼？」

我雙手枕到頭下，閉上雙眼。「伏蟲。」

8號大笑，這次笑聲沒那麼乾了。「好。我知道了。你在鬼扯。說眞的，發生什麼事？」

「我沒唬你，伏蟲衝破地板，他們把電漿灌進氣閘艙殺牠們，結果把一個叫葛拉賀的保全烤焦，不過他本來就死得差不多了。」

「伏蟲是動物耶，7號。你不會用電漿去殺動物。」

「我覺得你沒聽到我說的。」我說。「**牠們衝破地板**。」

「你說『衝破』是指……」

「我指的是牠們直接破壞地板，把地板一層層剝開。」

「剝開？你是說牠們……把地板拆走？」

我聳聳肩。「似乎是。你知道，這星球缺乏金屬。也許牠們要拿去幹麼。」

「喔。」他搔搔頭頂。「移過去一點。」

我移動身子，替他騰個位子，他躺到我旁邊。這感覺還是很怪，但過去二十四小時怪事一籮筐，現在這個根本不算什麼。

「跟大家想的不一樣，我們原本以爲牠們無害。」8號說。「但動物能挖穿星艦的地板，這點很難接受，對不對？」

「你說得沒錯。」我正要繼續說，但不禁打個哈欠。前天晚上睡兩個小時後，我至今沒有闔眼。「老實說，我沒有看到地板的事，但我有看到主氣閘艙地板上的洞。我也看到一群伏蟲幹掉兩個全副武裝的保全，還有個嚇壞的生物學家。很恐怖。」

「你是說，你看到伏蟲咬穿千萬織裝甲？」

「嗯啊，」我說，「也不是那樣。我看到牠們爬到千萬織裝甲上，並看到穿著裝甲的人被幹掉。至於能不能咬穿裝甲，大概就不用多說了吧。」

8號手肘撐起頭，靠向我。「這沒道理。物種不會進化出環境用不到的能力。那個裝甲是設計來抵擋十克放射砲子彈，爲什麼在冰天雪地生活的蟲子會進化出咬穿裝甲的能力？」

「這是非常好的問題。」我說完又打個哈欠。「我醒來絕對會給你一個好答案。」

8號繼續說話，但他的聲音變成模糊低沉的背景音。我最後記得的是他起身，床輕輕晃動。

＋ ＋ ＋

過去幾週每個晚上，我幾乎都做重複的……夢？不，與其說是夢，我覺得比較像是情境。每次都是我剛睡著時，或快醒來時出現。這是我不上傳的其中一個原因。我有點擔心自己在重生過程出現小毛病。如果真是如此，我不希望輸入到人格紀錄中。

更重要的是，我不希望心理醫療部的人注意到，並建議殺了我，重新再造一個看看。

在情境中，我回到米德加德星，在烏勒爾山峰頂的森林中。那裡有條自然的山徑，八百公里毫無人跡，有一座座瀑布，數百公里的景觀，還有三百年前環境重塑工程師首次種下種子後，便自由生長的樹木。我從頭到尾走過四遍了。米德加德星上有許多無人之境，但在星球無人之境中，那是最沒人的地方。我在那裡的時光，碰上的人類頂多就兩、三個。

我在野外露營過夜，坐在火堆旁的木頭上，望著火焰。目前都很不錯，對吧？也許我只是想家了。但後來我聽到一個聲音，好像有人清了清喉嚨。我抬起頭，火堆另一頭坐著一隻巨大的毛毛蟲。

我知道照理來說，我現在應該要嚇得半死，但我沒有。這段經歷中，這是最像做夢的一點。

毛毛蟲和我說話，或是至少在試著和我說話。牠嘴巴在動，發出的聲音聽起來像字詞，但我都聽不懂。我叫牠先停下來，慢慢說，如果牠能講得更清楚，我就能明白牠說的話。但牠沒停，就只是一直說，後來我聽到頭都痛了。我看著火焰。火焰在倒退，回復成剛才吞噬的木頭，煙都從空中吸了回來。我再次抬頭，毛毛蟲愈來愈淡，愈來愈透明，只剩牠的笑容留下。

最後連笑都消失，好像我從半眞實的世界進入眞正的夢裡。這幾年，我不時會做這個夢。夢裡我還是2號，又回到德拉卡號的艦體外，爬向艦前氣閘艙，我的皮膚一塊塊脫落，血液從破裂的血管滲出，像發燒冒汗一樣，讓我全身溼透，並流入嘴巴、喉嚨和肺臟。我停下來，伸手抓著脖子。我的手指像香腸一樣腫脹龜裂，但我不知怎地，設法撥開了一個釦鎖，接著又撥開下一個。我的頭盔飛走，眞空將一切從我身上抽走。

空氣。

血液。

屎。

一切。

012

米奇2號是我活得最短的一代。

米奇3號是最長的。

我花了點時間，才放下米奇1號的遭遇。你絕不會忘記初吻，對吧？所以你絕不會忘記第一次原生身體死掉，那次經驗還留下嚴重的心理創傷。2號死時沒那麼可怕，大多是因爲我其實不記得了，但光看他寧可劇烈降壓，一了百了，也不想再受折騰，我就好難受。那幾週，3號的我大多數時間都無精打采，四處閒晃，活得心驚膽戰，等待大難臨頭。

但時間飛逝。好幾週、好幾個月過去，最後一整年旅程都平安無事，沒有任何意外。說來好笑，沒想到連擔心自己慘死，擔心得太久也會感到無聊。

大概是這時候，我對歷史有了新的興趣，我開始對失敗的殖民星歷史特別著迷。我以爲星艦的圖書館不會有這種書，畢竟無助於士氣，但艦上眞的有。老師在學校從沒提過失敗的案例。我不會說學校課程是**搞政治宣傳**，但每一科，不論是生物、歷史或物理，老師一定會提到大遷移理念有多麼崇高，多麼重要。就算不曾實際著墨，課文都強烈暗示，人類分布到螺旋星系就是一連串的成功，所以當我發現過去一千年中，失敗案例和成功案例幾乎一樣多時，我非常訝異。

殖民者乘坐像德拉卡號的星艦出發時，他們其實不知道自己在旅途終點會發現什麼。依照反物質引擎的原理，引擎規模無法縮小，再加上燃料製造極其困難又昂貴，所以不可能在發射殖民星艦前，先送一堆探測機去星球探勘。一切必須仰賴家鄉星系上的觀察。例如我們離開米德加德星時，只知道自己要前往一個G型的主序星。我們知道它至少有三顆較小的類地行星，其中一顆位於適居帶外側。我們知道那顆星球（我們的目標）的大氣有水蒸氣和至少一些氧氣，以此推斷，星球上一定有某種生物。

老實說，差不多就這樣。因爲以殖民而言，米德加德星和尼弗海姆星其實距離不遠，也因爲觀測技術不斷進步，我們知道的資訊已比許多殖民星艦來得多。我找到遠征最短的紀錄是從亞設星出發的殖民星艦，這大約是一百多年前的事。亞設星位於人類所及星系的最外緣，那裡的恆星散布得更稀疏。他們的目標超過二十光年遠，是殖民星艦所能達到最遠的距離，甚至還超出一點範圍。等他們完成減速，成年出發的殖民者都已老態龍鍾，疲憊飢餓，星艦基本上快解體了。

不幸的是，他們的目標世界不在他們推測的軌道上。它有點太靠近恆星。他們曾在大氣觀測到氧氣的吸收光譜，所以受到誤導。星球上確實有氧氣，但因爲地表溫度太高，所以沒有液態水。理論上這應該不可能，但宇宙是個說不準的地方，你也只能認命。他們猜測那顆星球之前也許還適合人居住，也真的有生物，它們有辦法分解二氧化碳，產生氧氣，但後來溫室效應失控，最近生物才都消失。如同大遷移前幾年，地球許多地方已變得不適合人居住。如果這推測正確，他們在大氣層探測到的剩餘氧氣，可能只是還未消散而已。

花一百年進行環境重塑，他們也許能存活下來。但他們沒有一百年。按照他們星艦的狀態，他們可能連十年都活不過。於是他們把發現的資訊傳回家鄉，然後讓星艦駛入穩定的軌道，依照個人意願服下安眠藥，並打開氣閘艙門。米奇 2 號能告訴你，劇烈減壓雖然不好玩，但至少速度很快。

讀這段紀錄讓我想到 2 號。那大半個月裡，我心情不斷螺旋向下。

將我從憂鬱中拉起的是娜夏。

當然我有看過娜夏，最早是在希默爾太空站。當你活在一個大鐵罐中，人數總共不到兩百人，遲早會見過所有人。但我從沒和她說過話。就像我從沒跟德拉卡號上多數人講過話一樣，原因都差不多。許多人不想跟我有牽扯，我對他們也無所求。

撞擊殺死米奇 1 號和 2 號一年之後，我們才真的認識。我們那時已進入滑行期，在一陣嗡鳴中劃過宇宙。我們速度接近光速，處於無重力狀態，每日食物量都很少，而且無聊到家了。指揮部命令所有人員在每次工作時間裡，至少要花兩小時待在轉輪上，說好聽是為了讓我們保住骨頭什麼的，但其實我覺得是為了讓我們打破一成不變的生活，以免我們開始互相殘殺。

「轉輪」，物如其名，是星艦中間一個直徑一百二十公尺的大圓輪，裡面有條六公尺寬鋪著橡皮的平坦表面。他們讓轉輪轉速維特在每分鐘三圈，速度快到能產生標準重力的一半，但不會讓你站不直，科氏效應也不會害你把食物吐出來。

我們在轉輪時應該要運動，但只要在規定時間待在那裡，管理階層其實不在乎我們去幹麼。自命清高的人跑步經過時，看到你沒在做深蹲推舉、瑜伽或以色列格鬥術，他們會瞄你一眼，但就我所知，沒人閒到真的去檢舉。

我之前很配合，每天至少會在轉輪上慢跑幾圈，直到米奇1號和2號喪命。事件發生後，我內心的動力直線下滑。當你的保存期限像打開的優格一樣短，又何必擔心骨頭礦物質密度和肌肉張力，對吧？我開始把平板電腦帶到轉輪，找個遠離深蹲推舉的地方，靠在牆邊，閱讀其他灘頭堡殖民基地的紀錄。我就是在那時得知亞設星、羅安諾克星和其他災難。

不消說，讀那些紀錄不會增加我運動的動力。

於是有一天，我坐在轉輪的牆邊，讀著一千年前差點失敗的第一人稱紀錄。那是聯邦人口最多的世界，那裡的問題是農業一直無法發展，最後他們發現問題出在土地中一種特有病毒。那時他們沒有生物循環機，照敘述者所說，他們解決問題之前，糧食已嚴重缺乏。

敘述者恰巧就是殖民星生物部部長，我正讀到他如何英勇培育出噬菌體，爲人類食用植物殺出一條路時（意外順勢殲滅了讓當地植物生存的微生物，進而完全破壞了原生生態系統），有人用靴子頂我肩膀一下，差點害我翻倒。我抬頭看到一個穿著黑色保全制服的女子，雙手交叉在胸前。

「嘿。」她說。「你現在不是應該要做伏地挺身嗎？」

我狠狠瞪著她。她咧嘴露出大大笑容，蹲到我旁邊。

「我在鬧你啦。你是消耗工，對吧？」

「我叫米奇．巴恩斯。」我說。「妳是誰？」

「米奇．巴恩斯啊？你現在不是應該自稱米奇3號嗎？」

噢，正中痛處。

「對。」我說。「是呀。」

她靠到牆上。我嘆氣，挺直身子，把平板電腦塞到胸前的口袋。

「我是娜夏．艾迪雅。」她說。「戰鬥機飛行員。」

我轉頭望向她。她髮辮垂在臉前，但我仍看得到她的笑容。

「戰鬥機飛行員，嗯？妳是貝托的朋友。」

「貝托？對，他還可以。波格球打得比較好，飛行能力普普通通，但我們還算處得來。」

我淡淡微笑。「妳說得對。我好奇我們抵達之後，他那兩個技能哪個比較有用。」

她彎向我。「你該不會在質疑戰鬥飛行員對任務的重要性吧，是嗎？」

「我是啊。」我說。「是有點疑惑。在灘頭堡殖民基地會需要很多戰鬥飛行員嗎？我是說，我們推測那星球上有空軍？」

她笑得更開了。「我想沒人能確定，對吧？沒發生過不代表永遠不會發生。」

「你們也就兩人。」我說。「但願空軍規模不大，對吧？」

她大笑。「那根本沒差。我是非常厲害的飛行員。」

「對。」我說。「我相信妳是。」

我們並肩而坐，沉默不語。我開始考慮是不是要再把平板電腦拿出來，或乾脆起身離開，這時她轉頭望向我。我回望著她。她笑容消失了，雙眼瞇起。她瞳孔烏黑，幾乎是死黑色。

「所以，」她說，「死是什麼感覺？」

我聳聳肩。「就像出生一樣，只是反過來。」

「哈！我喜歡這說法。」她微微一笑。「你知道，以殭屍來說，你滿可愛的。」

「謝謝。」我說。「我用了很多潤膚乳液。」

她摸我的手，一根手指撫過我的前臂。「我猜也是。」她說。

她的笑容變得嫵媚。

「我猜……也……是。」

＋　＋　＋

後來我們回到我房間，衣服脫到一半，在黑暗中抱成一團，這時她說：「你知道，我不是個戀鬼癖。」

那是我第一次聽到這詞。但不是最後一次。

「戀鬼癖？」我說。

「對。」她說。「你知道的。」

我等一會，希望她繼續解釋。但她手撫過我背，抓住我的耳朵，力量大到我皺起臉。

「不。」我說。「我不知道。」

「喔。」她說。「好，你知道艦上有一群繁殖主義者，對吧？」

我皺眉頭。「對，我知道。那是我保持獨處的其中一個原因。」

「好。」她說。「不是所有人都希望你自己獨處。」

我扭過身，讓我們額頭抵在一起。「什麼？」

她吻我。「你這趟跟多少女人睡過。」

「我不知道。」我說。「幾個？」

她又親吻我。「全都在撞擊之後，對吧？都是你從培養槽出來之後？」

我沒答腔。顯然她都知道。

「戀鬼癖。」她說。「對繁殖主義者來說，你是終極的禁果。我聽她們聊過。」

「但妳不是。」

「對。」她輕聲說。「我不是。」

＋　＋　＋

在殖民星艦上約會很辛苦。就活動而言，你沒多少選擇。你們可以一起吃飯，但在食堂裡，吸著塑膠包，繫著繩子，以免飄去撞另一個在吸塑膠包的人，這非常不浪漫。你們可以一起散步，但唯一的地點就是轉輪，在那裡，你躲深蹲推舉的人的時間，會比放在約會對象身上還多。你們也可以去前觀景窗看星星，但我一看到那畫面，馬上想起一條條高能原子流，並擔心如果力場產生器零件故障，我就必須再下一次地獄。約會中創傷症候群發作也很不浪漫。

所以我們通常就只是做愛。

沒有做愛時，我們花許多時間聊天。娜夏有許多故事。她父母是移民，由於在聯邦旅行花費高昂，耗費大量時間，除了灘頭堡殖民者，沒人能聊旅行。他們三十年前乘坐失落號來到米德加德，那是來自新希望星的難民星艦。新希望星是離米德加德星最近的世界，但後來居民開始互相殺戮。

你會以爲像米德加德星這種天堂，移民生活應該很容易，畢竟我們又不是沒空間和資源接納幾百個流離失所的靈魂。但你錯了。人類有集團意識，難民光口音就讓他們被貼上外來者的標籤，更別提他們大多數人比米德加德星居民膚色更黑。他們踏上米德加德星不到一個月，匿名文章便一篇篇出現在資訊頁面上，控訴他們帶來吞噬了新希望星的瘋病，如果讓他們滲入我們的社會和政治生活中，他們會把米德加德星拖往同樣的厄運。雖然政府分配了基本的薪水和住所，但打從一開始，他們就幾乎不可能找到眞正的工作。落腳兩年之後，幾十個難民組織靜坐示威，後來演變成抗議，最後形成暴動。在那之後，就連難民小孩要進公立學校都變得困難重重。

大概在這時候，娜夏出生了。

娜夏從沒告訴我她的童年，但她不時會透露些蛛絲馬跡，所以我知道應該很辛苦。但她直接說出她學習飛行的動機。她從小就知道殖民任務會出現，她想要加入。她無法讀書取得天體生物學博士學位，她也沒有人脈能讓她進到保全或指揮部。但她能學習如何駕駛戰鬥機。從新希望星來的人很擅長殺東西，對吧？

「米德加德從來不是我的家鄉。」有天晚上她對我說，我們在她吊床上彎身抱著彼此。「永遠不會是。但我們去的這個地方……」

「一定很棒。」我說。「那裡會吹著溫暖的微風，有著白色的沙灘，沒有東西會想吃了我們。」

角色死前的經典台詞，對吧？

＋　＋　＋

那時我、娜夏以及大約二、三十人在公共區域，我們終於切斷主引擎，轉換到離子推進器，準備進行尼弗海姆星軌道嵌入。因爲引擎排氣的眩光，我們還無法觀察到我們的新家，每個人都非常興奮終於能看到我們的目的地。大家的電子眼都跳出無重力狀態的警告，三十秒之後，我們的重量消失，全都在甲板自由飄浮。約一分鐘之後，橫越將近八光年距離，我們的殖民星球出現在主屏幕。

前面有人想歡呼。但聲音才剛要叫出來便消失了。

我不知道我們在期待什麼。綠色的大陸和藍色的海洋？城市霓光？

我們看到的是一片白茫。我們仍距離好幾百萬公里遠，但從這裡望去，星球看起來像顆波格球，光滑潔白，沒有羽毛。

「那是……」有人說。「那是……雲嗎？」

我們緩緩駛向前，無聲看著星球，星球慢慢轉動，我們的視角改變。但畫面上什麼都沒變。體感感覺過了幾個小時，但實際上可能才十分鐘，娜夏開口：「那不是雲。那是冰。這顆星球是顆雪球。」

我們這時牽起手，只是希望兩人不要分開。我握了握她的手，她也回握了握。我想著曾讀過的所有故事，人們有著各種理由無法在殖民星落地生根。這星球不像是張開雙臂歡迎我們，但也許……

我將她拉近，嘴巴湊到她耳邊。

「這可以。」我說。「舊地球原本也像這樣，就在生命開始之前。這裡水資源充足，還有氮、氧組成的大氣。我們需要的其實就只是這樣。」

她嘆口氣，轉過頭親吻我的臉頰。

「但願如此。我可不想大老遠跑來尋死。」

話音在我們之間未落，我的電子眼叮一聲響起。

指揮部－至生物部報到。準備開始工作。

013

再怎麼樣，夢到**星艦外**那個詭異夢境，本來就很難再重新睡著。更何況有8號擠在我身旁，扭來扭去，喃喃說著夢話，我根本別想睡了。試了半小時左右，我徹底放棄了。我下床，從書桌拿起平板電腦，走到餐廳讀資料。這麼早除了偶爾有保全經過外，走廊空無一人。到餐廳時，整個空間就我一人。我坐到和入口相對的角落。現在要是剛好有人進來，我希望他們別來煩我。

我一坐下，肚子就開始咕嚕作響。顯然它知道這是用餐的地方。我很想吃點東西，但我的食物卡已經用光了，點數要到八點才會重新更新，距離現在還有好幾小時。壞處是什麼？壞處是到那時候，我大概會連肝臟都消化掉了。好處是什麼？好處是雖然我不見得想知道，但我有不少時間選個殖民星，一口氣讀完它是以什麼有趣的方式搞砸的。

我目前剛好沒在讀什麼，所以我花幾分鐘瀏覽檔案庫，但沒找到特別有興趣的。最後出於好奇，我點開了新希望星的檔案。開始讀大遷移的憂鬱和哀愁史之後，我其實沒特別想調查新希望星，因為就跟過去三十年生活在米德加德星的大家一樣，我已經大致知道那裡的故事。

在灘頭堡殖民基地建立約二十五年後，新希望星宣告失敗，主要是因爲他們打了一場迅速、可怕的內戰，一方是最初的殖民者，另一方是在新希望星出生的第一代。當時新希望星的環境依然險惡，戰爭又破壞了許多生存所需的設施。和尼弗海姆星的情況一樣，他們原本的殖民星艦仍在軌道繞行，一群年輕世代的難民設法登艦，逃往米德加德星。他們將船上大半東西都丟了，只留下能撐過五年星際跳躍的必需品。他們沒有胚胎、環境重塑器材和農業部，只保留了生命維持器、一台循環機和最基本的原料。他們甚至放棄大部分的生活空間。

最後星艦的總重量不到德拉卡號的十分之一。除了星艦剩餘的燃料外，他們設法從殖民星的發電廠廢墟取得反物質燃料，讓他們勉強能橫跨星際空間，來到米德加德星，投入當地人略帶不情願的懷抱中。

我開始讀之後，漸漸從文章細節感受到和學校教材截然不同的一面。文章細膩描述了戰爭的起因。我一直以爲內戰不外乎是因爲種族、宗教、資源、政治哲學等亂七八糟的事。但根據這篇文章，戰爭之所以開打，是他們在爭論某種長得像烏鴉的原生物種是否具有意識，以及牠們到底是需要保護和尊重，還是因爲牠們很好吃，所以應該抹上香料，拿到烤架上烤一小時。

這點沒多著墨，但我想我懂背後的原因。如果殖民星能因這種事毀了，人類離滅亡大概也只有一步之遙。只是我不確定能從這故事得到什麼教訓……也許只學到，事情一旦急轉直下，便很難扭轉。

我用力熬過最後十分鐘，終於可以讓掃描器掃我的電子眼，並懷著半期待半噁心的感覺裝滿一杯循環糊。這時人資來通知，他們派我今天去支援保全部，我要在八點三十分前往二號氣閥艙報到，全副武裝進行外圍防線巡邏。

這聽起來適合8號。

我正要跟他說時，他先傳訊息過來了。

米奇8號　嘿，7號。你要去氣閘艙了嗎？

米奇8號　其實，我覺得今天該換你了。你知道，畢竟昨天你在睡覺時，我差點被吃掉。

米奇8號　我是覺得可以，可是……

米奇8號　少在那邊可是，8號。這是你欠我的。

米奇8號　不對喔，兄弟。你記得的話，我是先公平贏了猜拳定生死，後來還大發慈悲才沒把你推下屍洞。就我看來，是你欠我一條命。還有，我還沒空吃早餐。這工作你接。明天看他們分配什麼工作，我再去做。

我開始寫回覆，開頭絕對是**給我聽著，你這王八蛋**……這時第二個視窗跳出。

凱特陳０１９７　嗨，米奇。我今早看到你在班表上。他們也派我去巡邏外圍防線。想一起嗎？我覺得我們昨天配合得還不錯，對吧？

我正想要怎麼回答，8號又出現了。

米奇８號　好啦，這樣就決定了，嗯？我完全不知道你跟凱特昨天的事。她只要跟我聊五分鐘，我們就露餡了，對吧？好了，我要繼續睡了，可以吧？再跟我說工作順不順利。

他關上視窗。我想再打開視窗，也考慮乾脆衝回房間，抓住他腳踝，把他從床上拖到氣閘艙，但……

但老實說，他說得對。

凱特陳０１９７　你在嗎？

米奇8號 嗨，凱特。有，我在。我只是在出發前吃點早餐而已。二十分鐘後見。

「所以，」凱特說，「不要穿裝甲，拿放射砲，對吧？」

我原本低頭綁著雪鞋鞋帶，隨即抬起頭，搖搖頭，繼續綁鞋帶。

「我不會告訴妳該怎麼做，凱特。杜剛昨天說得對。你們跟我條件不一樣。」

「條件？」凱特說。「你是說我們不能冒險被外頭那些傢伙撕成碎片？」

「對。」我說。「就是那個。」

我站起來，從長凳走開，跺跺腳，確認鞋子有穿好。凱特像我一樣，穿了三層白色迷彩保暖衣和雪鞋，呼吸器暫時掛在額頭上。我們的武器仍在架上，但這件事她也說對了，尤其經過昨天的事件，我絕對選放射砲。

「我不信。」她說。「我看過你昨天的樣子。你跟我們一樣，都不想被幹掉。我知道你應該算長生不死，但你的行爲不像你眞的相信這件事。」

我看著她良久，然後聳聳肩，拖著腳步走到武器架。「妳有把手伸進切碎機過嗎？」

她大笑。「幹麼？沒有啊。」

我將放射砲從牆上拿下，確認是否有動力，並檢查彈藥。「幹麼不要？又不會死，他們給妳的新肢會比妳原本的手還強壯。去醫護室幾小時，妳就像重生一樣。」

「喔。」她說。「我懂你的意思了。」

「妳懂了吧。」我說。「就算我相信長生不老，但除非必要，不然我也不想老是死過來死過去的。死亡很痛苦。」我背好放射砲，戴上手套。「說到這個，關於伏蟲我有個理論。我覺得牠們不是在追我們。我覺得牠們要的是金屬，就像羅安諾克星一樣，那邊的原生物種想要的是水。如果我想得沒錯，穿著戰鬥裝甲走在外頭，就像包著培根走進狼窩一樣。」

「金屬？」凱特說。「牠們是動物耶，米奇。牠們要金屬幹麼？」

我聳聳肩。「誰知道？也許牠們不是動物。」

凱特自己也拿了把放射砲。「我不喜歡這話題。我們回來聊長生不死。你怎麼想？」

我望向她。「什麼怎麼想？」

她翻白眼。「你相信你長生不死嗎，米奇？」

我嘆口氣。「有聽過特修斯之船嗎？」

她頓了頓，想一下。「好像聽過？是那個他們搭去伊甸星的星艦嗎？」

「不，」我說，「不是。特修斯之船是舊地球時代的一艘帆船。它撞壞了，必須重新打造……就算沒壞，還是需要修理……」

「等一下。」凱特說。「帆船？放在水上的那個？」

「對。特修斯乘這艘船航行世界，有時撞壞，有時沒撞壞，總之它都必須去修理。」

「我搞迷糊了。這是像薛丁格的貓之類的嗎？」

「什麼？」

「薛丁格的貓。」她說。「你知道的，有個箱子和毒氣？量子疊加現象什麼的？」

「什麼？不是，我就跟妳說了，是一艘船，不是一隻貓。」

「我知道啊。」她說。「我不覺得你的船是貓。我只是在說，是同樣的東西，對吧？」

我不得不停下來想一想。在那一瞬間，感覺她說得其實滿有道理的。但就只有一瞬間而已。

「並不是。」我說。「完全不一樣。妳爲什麼會這麼想？」

凱特張嘴想答，但她還來不及說話，氣閘艙內側門旋轉開來，坐在門旁一臉無聊的保全招手要我們過去。

「凱特、米奇，走了。」

「我們之後再聊。」凱特說。

我們把呼吸器拉下。凱特和我互相檢查封栓。

「不管你們有沒有進去，氣閘艙門十秒就會關上。」保全說。

凱特背好武器，我們走進去。

＋　＋　＋

「這根本狗屁。」凱特說。

我回頭望向她。她沒透過通訊器說話，呼吸器再加上尼弗海姆星的大氣讓她聲音變得更高，聽起來刺耳又小聲。我們拖著雪鞋，繞著外圍防線走，檢查一座座鐵塔，尋找侵入的痕跡。外頭還有兩組人，等距走在直徑一公里的圓形區域，這就是這星球上人類存在的地區。我們要保持穩定的速度，在班表六小時中，繞行外圍防線兩圈。每次我們經過鐵塔，鐵塔會記錄我們的位置，並在電子眼中更新其他組的位置。

「哪個部分？」我說。「妳是說我們花一整天，屁股都要凍僵了，在圓頂基地繞圈圈？還是我們沒理由在外頭，等伏蟲把我們撕成碎片？」

「都不是。」凱特說。「走路對你身體好，另外，我在想要加入保全部時，早就準備好要被撕碎了。我說的狗屁是這個。」她手臂一揮，比向我們周圍的一切，從圓頂基地、白雪到遠方的山峰。「這地方應該要能住人的，記得嗎？位於適居帶，含有氧氮的大氣層什麼鬼的。」她將一團白雪踢到空中，然後看雪散成一片粉塵，在斜陽下閃閃發光，落到地面。「但這裡根本不能住人，米奇。這事實上就是狗屁。」

我張開嘴，想告訴她亞設星任務前往的星球更鳥。至少這個星球沒馬上要了我們的命。但她轉身繼續走了，我打消念頭，不說了。我不是很敏感的人，但活到我這把年紀，已經能知道跟悲慘的人講更慘的狀況，通常沒幫助。

外圍的鐵塔間隔是一百公尺。我們走到下一根時，電子眼傳來通知，我們移動速度比另外兩組快，必須減速百分之十。

「唉，」凱特說，「還要我們多慢啊？」

「他們可能全身穿裝甲。」我說。「又沒穿雪鞋。記得我們昨天玩得多開心嗎？」

「也是。可是還是很煩。」

這時電子眼又叮一聲響起。指揮部要我們在原地等十二分鐘再前進。凱特嘆口氣，靠到鐵塔上，目光沿著放射砲向前望，瞄準五十公尺左右一塊從雪中突出的岩石。

「我自從在米德加德接受基礎訓練之後就沒發射過這玩意兒。」她說。「希望我還記得怎麼用。」

「瞄準發射。」我說。「發射就靠目標鎖定軟體，剩下的就交給砲彈了。」

她的武器發出呼呼聲響，撞上她肩膀，岩石上方馬上爆出一團花崗岩碎片。

「好。」她說。「我想沒問題。」

我正想說彈藥省著點，也許之後用得著，岩石旁的碎屑都已落下。

有隻伏蟲蹲在那，頭從凱特擊中的地方探出，身體後段仍留在雪中。牠的大顎張開，顎鬚擺動。

「凱特？」我說。

「噓。」她說。「我看到了。」

她仔細瞄準，放射砲呼呼作響並發射。砲彈呼嘯，伏蟲前段消失，後段身體落入雪中。

「中了。」她說。「對牠們絕對有用。」

岩石旁的白雪開始攪動。

地面的騷動有如波浪，雪升起又落下，然後又再次升起。

波動朝我們席捲而來。

「米奇？」凱特說。

一隻伏蟲從大約三十公尺處鑽出雪地。凱特瞄準發射，但動作太驚慌，只揚起一陣蒸氣和雪，伏蟲毫髮無傷。我們正上方鐵塔的光束槍開始運作，光束掃過岩石旁的雪地，緊接著我們左右的鐵塔也開始發射。蒸氣一團團冒起，遮住了我們的視線和面前的波浪。我此時已拿好武器，但還來不及發射，眼前畫面就一分爲二。我右眼沿著放射砲，瞄準我猜帶頭第一隻伏蟲會出現的位置，但我左眼卻從遠方看著圓頂基地。我看到凱特所射的岩石，還有光束槍讓雪蒸發後，揚起的一團團白霧。畫面扭曲，顏色慘淡，人影都變得平面。

透過層層蒸氣，我看到兩個人類像火柴人一樣回瞪著我。

我緊緊閉上雙眼，但眼前忽然只剩電子眼傳來的風格化畫面。我一定是接收到了鐵塔的畫面，是嗎？我搖搖頭，後退半步。這時我左腳雪鞋卡了一下，自己向後摔倒。在電子眼的畫面中，一個火柴人的卡通步槍掉了，向後搖搖晃晃跌倒，另一人轉動氣球般大的頭望向我。現實中的我雙手揮舞，四腳朝天，但我眼前視線不變，我看到倒地的火柴人消失在一格格呈像素的白雪中。另一個火柴人舉起武器，一次次發射，每一發都擊中火柴人前方的地面。

我聽到一個聲音，卻分不清是通訊器的聲音、是凱特的怒吼或是別的聲音。那聲音平靜細小，但又無法理解。剩下的火柴人舉起槍，槍忽然從一條線變成一個點……

「他醒了。」

那聲音很陌生。我花了點時間才發現這句話是在說我。

「他聽得到我們說話嗎？」

那是凱特的聲音。我睜開眼，發現自己躺在醫護部某處的檢查室。凱特在上方彎身看我。她一臉擔憂。

「嘿。」她說。「你在嗎？」

我花幾秒鐘才有足夠的口水開口。

「在。」我終於說。「我在。發生什麼事了？」

凱特站直身體，我試著坐起。一雙手從後方伸過來抓住我肩膀，溫柔將我按回去。

「別急，米奇。我們先確定你全身正常，再試著動動看。」

我回頭，一眼看到白鼻毛的中年禿頭醫護師柏克。

我一看到他，心裡就充滿不安。他殺我好幾次了。

「對不起。」我說。「我有什麼問題嗎？」

「不知道。」柏克說。「我找不到身體創傷的痕跡，你的胃電圖目前都正常。但照凱特所說，你在外頭沒來由像麵粉袋倒下去。一般從醫學角度來說，那不是個好現象。」

「我們怎麼沒死？伏蟲朝我們撲來，不是嗎？」

「原本是。」凱特說。「我不知道牠們為何停止。」

「鐵塔。」我說。「鐵塔有開火，對吧？」

「對。」凱特說。「鐵塔的光束槍比人持光束槍力量更大。蒸氣消散之後，沒有伏蟲屍體，但也許伏蟲被逼得鑽回地下了？」

「也許吧。」我說。但不知為何，我覺得不是這樣。

「或者，」凱特說，「也許我擊中伏蟲老大了。」

我肩膀從柏克手中掙開，坐起來。「什麼？」

「鐵塔開始發射之後，我看不到前方發生的事。蒸氣太多了，對吧？所以我抬頭，山坡上有隻巨大的伏蟲從雪中探出來。」

這話引起我注意。「多大？」

她聳聳肩。「很難說。距離至少一百公尺遠。也許比其他大兩倍？可能更大？總之，那是我唯一能瞄準的目標，所以我就攻擊了。幾秒之後，鐵塔就停了，伏蟲都走了。」

我雙腳從桌邊盪下。「牠有幾對大顎？」

凱特皺起眉頭。「沒有，我射了之後就沒了。之前的話？我沒去算。」我站起來。世界晃動一會，然後穩定聚焦。

「你應該要多待一會。」柏克說。「神經出問題可不是開玩笑的，米奇。我希望能做一些檢查。你可能有腫瘤。」

我瞪他一眼，然後搖搖頭，拿起旋轉椅上的衣服，他們把我帶來時，看來有人隨手將衣服扔在那。

「我沒有腫瘤。」我咕噥。

「你怎麼知道。」柏克說。

「我們之前就聊過這話題了。」我說。「你不記得嗎？腫瘤需要長時間生長，我才活一天半。」

他臉嚇得皺了一下。我想他還記得。

「好。」他說。「不是腫瘤。但讓我再檢查一個東西。」

他轉身翻找抽屜，拿出一個細長的棒子，一端看起來像吸盤，另一端像讀取器。我從頭上套上衣服時，他走向我，一手放到我肩膀。

「別動。」他說。「向上看著天花板。」

我吐出氣，像是無奈的嘆息，盡力將眼睛向上轉。柏克一手托著我後腦，棒尖抵著我左眼。

「噢嗚。」

「你小孩子喔？一下就好了啦。」

棒子嗶一聲，他拿開。「喔。」他說。

凱特走向前，從他肩膀看讀取器。「那是什麼意思？」

他轉身看向她。「看來他的電子眼在過去一小時曾發生電力爆衝。你要去檢查一下，米奇。那東西直接連上腦袋，你知道的。電子眼出問題很危險。」

「好。」我說。「你能檢查嗎？」

他搖搖頭。「我只負責腦和神經。你要去找生物電子部的人員。」

當然了。

「謝了。」我說。「我馬上去。」

＋　＋　＋

「所以，」凱特說，「剛才你到底發生什麼事，米奇？」

我們來到第一層的主要走廊，靠近循環機的地方。我知道醫護部為何設在這，但我們經過循環機的入口時，我還是感覺毛骨悚然。

「不知道。」我說。「我就昏倒了。」

但眞的是這樣嗎？卡通版的自己和凱特，感覺很像腦袋燒壞前最後的畫面，可是……

「我會建議你去看醫生。」凱特說。「但我想你剛才已經看過了，嗯？你要聽柏克的話，去找人看一下你的電子眼嗎？」

「可能會吧。」我說。「但我今天下午有事情，明天有空的話，再跟他們約一下。」

「聽起來，你的電子眼應該要愈早檢查愈好，但我想你自己決定吧。」

「謝了。」我說。「我會考慮一下。」

我說謊。這件事我已經考慮完了。如柏克所說，內植式電子眼和視神經交織，也連結了大腦許多地方。你不能直接把電子眼挖出來，換一個就完事。任何人內植式電子眼出問題，需要經過漫長、難搞的顯微手術才能裝進替代品。

不知何故，我覺得他們會省掉這些步驟，乾脆讓我直接從培養槽出來。

我們走到中央樓梯。我踏上一階，回頭看。凱特沒跟來。

「我還有三小時班。」她說。「阿蒙森說我可以先確認你是否沒事，但我現在得回去了。」

「喔。」我說。「他們需要我嗎？」

凱特淡淡一笑。「在剛才的事之後嗎？不，目前不會，可能短期都不會。保全不大需要在交戰時昏倒的人。」

喔，眞狠。

「我沒有昏倒。」我說。「我的電子眼出問題。我收到某個訊號……」

她訝異地揚起眉毛。「收到訊號？」

「對。」我說。「我那時候……」

我突然想到，我可能不該跟凱特說我倒下時看到的畫面。我不希望她以為我崩潰了。

我也不願去想，如果那畫面**不代表**我崩潰的話是什麼意思。

「我不知道。」我說。「事情確實怪怪的，但我絕對不是單純昏倒。」

凱特一臉不安。「沒關係，米奇。你不是第一個被交火嚇到昏倒的人。」

「妳覺得是那樣嗎？」

她別開頭。「我怎麼想不重要，對吧？我們晚點見，米奇。」

＋　＋　＋

我和凱特分開之後，我去一趟餐廳，再拿一杯循環糊，回去我房間。不然我還能怎麼辦？我到房間，看到8號坐在床上，我們的平板電腦放在他膝上。

「嘿。」他說。「你提早回來了。」

我一屁股坐到椅子上，開始解鞋帶。「又被攻擊了。又差點死了。這次送到醫護部。他們叫我回房。聽著，從現在起，你也要開始幹這些狗屁工作。」

8號把平板電腦放一旁，伸個懶腰，站起來。「嗯哼。好吧，既然你回來了，我要去吃點東西了。你留了多少食物給我？」

「不確定。」我說。「也許九百大卡？」

「太好了。」他說。「我要全吃了。」

我想討價還價，但他已經走出門。

「別想跟我爭。」他沒回頭說。「我才剛從培養槽出來。」

「嘿。」我對他背影說。「手腕包上繃帶，好嗎？」

他拉起袖子給我看。繃帶在，但根本沒對好位置。我正想開口，他就翻個白眼打斷我。

「別擔心。」他說。「有人問的話，我就說我復元很快。」

他走了之後，我爬上床，拿起平板電腦。他剛才在讀亞設星的任務。我花五秒鐘納悶他居然和我執著同個事件，後來我才想到，他不這樣才奇怪，因爲除了一些小差別，他基本上就是我。

總之至少是少了過去六週的我。不知何故，我漸漸感覺這點差別很重大。

我想過這點，亞設星任務有個重點。他們的情況其實跟我們很像。他們的目標星球太熱，無法支持生命。我們的星球不算太冷，但也快活不下去了。如果能更精準測量大氣中的氧氣含量，米德加德星任務規畫人員也許就能判斷，尼弗海姆星生物圈其實瀕臨滅絕，但畢竟兩地距離超過七光年，你來了也只能認命。

我不禁好奇，如果這地方再糟一點，我們會怎麼做。再冷個幾度、氧氣再少一點、大氣中含有毒氣之類的？我們是帶了環境重塑工具，但那過程超級慢。我讀了數十個殖民星的案例，他們都面臨同樣困境。有人進行重組，增加燃料，前往下一個目標。有人守在軌道，發射環境重塑工具，讓它運作。

有人則是就像亞設星的殖民者，直接放棄，一了百了。

那些繼續努力的人當中，成功的我一隻手就能數完。在適居星球建立殖民地很難。在不適合人居的星球，幾乎是他媽不可能的事。

那像尼弗海姆星這樣的星球呢？我想未來才會知道。

我思考著這問題，想著如果事情不順利，那對我而言又是如何。這時我的電子眼響起。

紅鷹 嘿，米奇。我聽說你今天不順。我四點下班。想一起吃晚餐嗎？我請客。

答案是，**當然好**，但我腦中又想，**你哪來的額度付晚餐錢**？我還沒想通，或想出個答案，另一個訊息跳出來。

米奇8號 當然好，到時候見，兄弟。

喔，**他媽**最好是這樣。我打開私人視窗。

米奇8號　不，你不能這樣，8號。這是我的晚餐。

米奇8號　培養槽出來很不舒服，7號。我需要吃點真正的食物。今天食物卡上還剩三百大卡。你可以拿回去吃。

米奇8號　聽著，朋友。過去二十四小時，我差點喪命兩次，兩次你都在睡覺。如果你再逼我，我們二十分鐘後約在循環機碰頭，這次來真的。

米奇8號　哇。這進度推太快了吧。

米奇8號　我沒在開玩笑，8號。如果你三點四十五分沒回來，我們乾脆直接做個了結。

米奇8號　……

米奇8號　所以呢？

米奇8號　好啦。好啦。你好好吃頓大的，幼稚鬼。天啊，我真的等不及看你被吃掉了。

014

「儘管點。」貝托說。「你想點什麼就點什麼，老弟。」

我目光飄向兔肉。

「別太誇張。」他補一句。「我也沒那麼多大卡，你知道。」

我環視自助餐廳。現在還不到晚餐時間，所以餐廳人不多。但門邊有一群像保全的人。其中一人和我四目相交。他對朋友說了些話，整桌的人爆出笑聲。

好極了。現在我是怕死的消耗工了。我相信以社交階級來說，我已落到最底層。

「嘿。」貝托說。「你還在嗎？」

我轉回食物機台前。「給我一個限制。」我說。「我現在餓到眞的可以吃完他們所有的食物。」

貝托看著食物機台，搔搔頭。「不如這樣，一千大卡以下，好嗎？」

我盯著他。「一千大卡？眞的假的？」

「對。」他說。「我之前說的是認眞的，老弟。你是我最好的朋友。我不該對你說謊。我想這是我道歉的方式。」

他還是在對我說謊，但現在我根本不在乎。我點了馬鈴薯、炸蚱蜢、一小碗碎生菜和番茄。這樣才七百大卡，於是我又點了一杯循環糊。不能浪費一絲一毫，對吧？我托盤從食物機滑出時，我看到貝托也在點餐。

他點了兔肉。

「貝托？」我說。「搞什麼鬼啊，朋友？」

他咧嘴一笑。「你以爲我要爲你挨餓，是不是？拜託，米奇。我是覺得很內疚，但沒那麼內疚。我不是在懲罰自己。這可以說是財富分享。」

我們一天總共只有兩千四百大卡。貝托把電子眼湊近掃描器。掃描器亮起綠燈。

「說眞的。」我說。「什、麼、鬼、啦。」

貝托笑得更開了。「你記得我帶你出去飛的那次？」

喔，老天，怎麼忘得了。

「記得。」我說。「算記得吧。」

他的托盤滑出。我們拿著食物，走到後頭的桌子。我感覺那群保全盯著我後腦杓瞧。

「記得大概在基地南方二十公里，我們越過那個山脊？」

整趟路其實一片模糊，我完全不知道他在說哪，但爲了讓他說下去，我點頭。我們坐下，他馬上吃起他的兔腿。

「山脊上有個石頭陣。」他滿嘴肉，一邊說。「我們直接飛過去，你記得嗎？」

到這時候，我覺得敷衍得差不多了，只好說，「不記得。我眞的不記得。」

他聳聳肩。「不重要。想像一塊尖尖的花崗岩，大概三十公尺高，另一塊比較短斜倒在它上面。兩個石頭最底下，兩邊距離可能頂多十公尺，上面則愈來愈近，最後互相靠在一起。」

「好。」我說。「我想我想像得出來。」其實他現在描述完，我已經記起他說的那地方。我那時候想，這裡很適合攀岩。

當然，那是在遇到伏蟲之前。

「好。」貝托說。「所以過去幾週，我一直在跟大家說，我覺得我可以飛過那岩縫。瘋了，對吧？我是說，就算飛機轉九十度，機翼要能順利飛過，離上面大概只能半公尺，而且你可能要在十分之一秒的瞬間開始讓飛機翻轉。」

「對。」我說。「聽起來超瘋的。所以呢？」

「所以，」貝托說，「大家也都以爲我瘋了。我四處在收賭金。」

他停下來吃一口，但我不需要他說出結論。

「你成功了？」

「對。」他眉開眼笑地說，我覺得自從贏得天殺的波格球錦標賽之後，就沒看過他這笑容。「我成功了。我贏了總共三千大卡。很爽，對吧？」

「你……」我開口，然後停下來，重新冷靜。「你搞不好會死，貝托。」

「搞不好。」他說。「但沒有。」

我把叉子放在托盤旁，雙手握拳。「你冒著生命危險。你冒著他媽的生命危險，就爲了兩天份的食物。」

他的臭屁笑容消失。「嘿。」他說。「冷靜點，好了，老弟。這不是什麼大事。」

「不是什麼大事？你爲了天殺的卡路里賭上性命，貝托。你他媽爲我連個屁都不敢賭。」

貝托臉垮下來。他瞪著我。我也瞪著他。

這時我才發覺，我剛才跟他說了我不該知道的事……等一下，有嗎？老天，我已經跟不上自己說的謊了，更別說貝托的謊。

「米奇？」貝托說。「你這話到底是什麼意思？」

我張嘴想回答，但嘴巴又合上。

「你才從培養槽出來。」他說。「是這樣嗎，米奇？」

我別開頭。有個保全在盯著我們。

「是啊，貝托。你明知道的。」

「我以爲我知道。」貝托說。「但不得不說，我覺得你很可疑。」

我又個馬鈴薯，塞到嘴裡咀嚼。這頓飯是我兩天以來第一次吃固體食物。要是我不能好好享受，那簡直是一種罪。五秒鐘之內，我猶豫不決，一下決定老實跟他說，一下又改變主意，來回好幾次。我回望貝托時，他緩緩嚼著食物，瞇著眼盯著我。我想像自己跟他說，**我沒死，你拋下我，留我在那他媽的冰隙裡，但後來我沒死**。他又咬一口兔肉，我想像自己補一句：**也許我應該送你幾天食物，要你來救我，嗯？**我醞釀心情，正準備開口時，一直盯著我們的保全從桌前起身，開始走向我們。

我認識這傢伙，至少有點印象。他叫戴倫。他在殖民者中塊頭算大，幾乎和貝托一樣高，可能再重十公斤。他留著黑平頭，下巴下方長著一叢奇怪的捲毛鬍子。他不笨，入選這任務的人沒一個是笨的，但我總覺得他是你給他一點權力，就會踐個二五八萬的那種笨蛋。他站在貝托背後一、兩步，雙手交叉在胸前，頭歪到一邊。

「嘿。」他說。「兩位享受今晚的食物嗎？」

貝托轉頭去看，然後把兔腿拿到嘴邊，故意慢慢咬一口。

「對。」他滿嘴是肉說。「非常享受。」

戴倫皺起臉，惡狠狠瞪人。「你是個混蛋，貝托。你今早可能會害死自己，撞毀我們唯一運作正常的飛機。」

貝托聳聳肩，轉向我，又吃一口。

「反正少了我，飛機也沒用。娜夏不會飛沒有重力場的飛機。」他嚼了嚼，吞下肚，用袖子擦擦嘴。「總之，如果你這麼想保護殖民星資產，又幹麼下注呢？要不是有這麼多人賭，我也不幹。」他笑容回到臉上，回望著我，眨了眨眼。「喔，我在開什麼玩笑？我當然還是會飛。這地方太無聊了，飛得真爽。」

飛得真爽。他媽的當然爽。我咬緊牙關，咬到牙齒都要裂開了。戴倫目光轉到我身上。

「你有什麼毛病，米奇？」

我怕我沒好話，不敢回答。戴倫眉頭糾結，向前走半步。

「說真的，」他說，「如果你有話要說就說。如果沒有，你那表情最好收回去。」

「別鬧了。」貝托說。「米奇這幾天過得很不順。」

「是啊。」戴倫說。「我聽說了。他昨天害我們兩個人被殺，然後今天又在交戰中昏倒，二十四小時之內讓凱特救他兩次。我懂你的心情。」

貝托小心翼翼將他在咬的兔骨放到托盤，雙手平放到桌上，臉上笑容消失。

「走開，戴倫。」

「管你的，貝托。我剛才晚餐吃他媽的循環糊，我沒心情……」

他不說了，因爲他自尋死路，伸手推了貝托頭一把。如我所說，戴倫是個大塊頭，而且是保全。他可能習慣性認爲大家不敢找他麻煩。

就我所知，對方一動手，貝托絕不會善罷甘休。

貝托雙手一按，從桌前站起，他後腳已經站穩，順勢掃開長凳，撞上戴倫的腿脛。

貝托波格球打得好是有原因的。雖然他長得又高又瘦，但他速度快得不像人。戴倫的手甚至還沒舉起，貝托拳頭已打中他左臉，讓他瞬間倒地。

我繞過桌子，看到戴倫試著站起。他好不容易單膝跪地，貝托一腳踢中他肩膀，又讓他倒下。貝托一腳抬在空中時，從戴倫那桌來的第一個保全撲向他，重重將他面朝下壓到桌上，桌子滑開半公尺，我趕緊向後跳開，以免被撞到。貝托想掙脫，但又來兩人壓住他，並踢開他的雙腳，將他雙臂扣在背後。我用沒受傷的手抓住一人肩膀，這時有人抓住我領口，把我抬起，面朝下摔在地上，膝蓋抵住我的背中間。我最後感覺到的是電擊棒抵住我後頸。

「解釋一下。」

我望向貝托。他直直望著馬歇爾頭後方牆上的一點。五秒尷尬的沉默後，我說：「這只是一點誤會，長官。」

馬歇爾閉上雙眼，下巴咬緊。他再次開口，嘴巴只開個縫。

「誤會。」他說。「你會這樣形容今天下午發生的事件嗎，貝托？」

「不會，長官。」貝托說。「我相信事件中每個人都非常清楚知道發生什麼事。」

「好。」馬歇爾說。「那大家都很清楚的事是什麼？」

貝托臉上忍不住浮現一絲笑意。

「基本上，保全對自己誤判的結果感到不滿，於是決定攻擊無辜的路人發洩。」

「喔。」馬歇爾說。「戴倫攻擊你？那你解釋一下，為何他現在在醫護部，顱骨斷裂，而你看起來毫髮無傷？」

貝托聳聳肩。「我說他攻擊我。我沒說他攻擊有效。」

馬歇爾眉頭皺得更緊，他轉向我。「你同意貝托對於事件的描述嗎，巴恩斯先生？」

「基本上沒錯。」我說。「戴倫自己來找我們說話。我們甚至連看都沒看他。他看來是因為晚餐必須吃循環糊而滿不爽的，我想他是為此想找我的碴。後來事情發展確實出乎他意料之外，但我不懂他有什麼好驚訝。畢竟是他先對貝托動手。」

馬歇爾的臉皺成一團，露出彷彿**吃到狗屎**的表情。

「我明白了。」馬歇爾說。「所以跟這個沒有任何關係？」

他點了一下桌上的平板電腦，我的電子眼跳出一個影片。我眨眨眼播放。那是個模糊遙遠的鏡頭，畫面中貝托的飛機俯衝向雪白山脊頂端的一堆岩石。堆成的樣子差不多和我印象一樣，在一個岩石平面有兩塊石板立起，形成一個狹窄的三角形。從這個角度，感覺飛機不可能鑽得過去，雖然我知道結果，卻仍感覺得到自己肚子糾結。貝托在一百公尺左右將飛機拉平，稍微調整高度，然後在最後一刻翻滾，順利穿過岩石，連漆都沒磨掉。

「喔。」貝托說。「你們拍到了，嗯？」

「對。」馬歇爾說。「我們拍到了。我們目前是高度警戒狀態，貝托。我們不停失去人員，每個人力都很珍貴。因此我們會注意這事。你們做的事，我們很少不知道。好了，你們都知道我們人力和資源都有所短缺，你能不能解釋，你為何冒著自己生命危險，更重要的是，還連帶賭上兩千公斤無法取代的金屬和電子零件，去做這種不成熟的特技？」

貝托沉默不語，雙眼望著牆。馬歇爾瞪他，感覺時間過了好久。

「好。」馬歇爾最後說。「我當然知道你的賭注。我想我不需要跟你說，你過去兩天觸犯了多少規定，因爲你顯然不在乎。」他傾身向前，手肘放到辦公桌上，嘆口氣。「這個節骨眼，我不知道該拿你怎麼辦，貝托。我不能罰你停飛，老實說，你至少該受這種懲罰，更可惜的是在聯邦標準指導方針下，鞭刑不被允許。」他頓了頓，然後轉向我。「巴恩斯先生，你有什麼建議？」

我迅速瞄向貝托，然後目光回到馬歇爾。「我？長官？我不知道，長官。」

馬歇爾又嘆口氣，身子向後靠。「我的選擇不多，我想我最好的辦法是增加你們的工作量，減少你們的食物。接下來五天，你除了自己的工作，還要負責娜夏的班。至少那能讓你不再四處惹麻煩。除此之外，我要再減少你百分之十的食物。你應該沒差，反正你根本沒時間吃飯。我也會取消你的食物額度傳送功能，以免你又想出什麼鬼點子，誆騙你的夥伴。」

「長官——」貝托開口，但馬歇爾在他說完第一個音節之前打斷他。

「別浪費唇舌，貝托。如我所說，你至少該受這樣的懲罰。如果你再挑戰我，就是在逼我用更極端的方式解決你造成的問題。」

貝托看來欲言又止，但掙扎一會，他吞下口水，目光回到馬歇爾後方的那一點上說：「是的，長官。謝謝，長官。」

「非常好。」馬歇爾說。「解散。」我們起身轉身離去時，他說：「喔，巴恩斯先生？我不知道你在這事件中的角色，但我猜你可能有關係，我也會減少你百分之五的食物。」

我轉向他。「什麼？不行！」

「百分之十。」馬歇爾說。我再次張嘴，他說：「想變百分之十五？」

我下巴馬上用力合上，發出喀一聲。

「不想，長官。」我說。「謝謝你，長官。」

015

「再百分之十？老天，7號！你不能這樣對我！」

「首先，」我說，「不是我對**你**。這是我對**我們**。其次，這不是**我**害的。如果你想罵人，去罵貝托。是他決定騙走一半保全的食物，然後在餐廳揍其中一人。」

8號跌坐到床上，臉埋入雙手中。「我辦不到，7號。我才從培養槽出來，一直沒機會好好復元。你知道這身體還沒他媽吃過一口固體食物，對吧？我從醒來到睡覺，腦中一直想的就是吃。現在我們剩多少，一人七百二十大卡？我辦不到。我他媽辦不到。」

「對不起。」我說。「說眞的，我知道你現在很難受，但聽著，我們無能爲力。除非我們回去屍洞一了百了，不然我們得認命。」

他抬起頭。「我坦白說，7號。屍洞方案聽起來愈來愈合理了。」

我坐到桌前的椅子上，脫下靴子，腳跨到床上，放到他旁邊。「最後恐怕躲不掉，朋友，但我們還沒淪落到那個地步。不如這樣，你今天可以吃完我們剩下的額度，我想……明天給你九百大卡？有幫助嗎？」

他呻吟。

「聽著，」我說，「那樣我未來三十六小時就只有五百四十大卡，貝托引起小騷動之前，我甚至還沒吃完晚餐。我知道你餓死了，但這對我來說也不輕鬆。」

他嘆口氣，翻起來仰躺。

「我知道。」他對天花板說。「我知道你也在受苦，我眞的很謝謝你多分給我。你是好人，7號。我趁你睡覺勒死你，吃你的屍體時，一定會覺得很難過。」

我還來不及想到怎麼回嘴，我的電子眼就響了。

黑胡蜂 嘿。你下班了嗎？

我還在想答案，8號就回應了。

米奇8號 對。我以為妳晚上要飛？

黑胡蜂 原本是，但現在不是了。不知何故，接下來幾天，他們把貝托換到我的班，所以在通知我之前都算是放假。想一起玩嗎？

米奇8號　當然好！

黑胡蜂　太好了。十分鐘後見。

「對不起。」8號說。「你必須離開。」

「嘿。」我開口，但他打斷我。

「不，7號。別鬧了。我需要這個。我**需要**。我說要趁你睡覺勒死你是開玩笑的，但如果你要跟我爭，我發誓我會殺了你。」

他說的話其實一點都不嚴重，但我卻怒火中燒。這我自己知道。

我知道，但我不在乎。

「聽著，」我說，「我知道你很難受，他媽的小寶寶，但你真的得寸進尺，你知道嗎？你在這裡睡覺，我卻接了兩個危險任務。接下來兩天，因爲我愚蠢的好心，分給你我們四分之三的食物。好，你才剛從培養槽出來，你很餓，但我也很餓，而且我昨天差點死掉，總之就我所記得的是，培養槽出來不舒服，不會讓我們特別想做愛。所以如果你繼續堅持，我們現在就一起去馬歇爾辦公室，一了百了。」

他盯著我整整五秒鐘，下巴微微張開。

「等一下。」他終於說。「什麼？你覺得這是要做愛？」

我不禁嚇一跳。「呃……是啊？」

他呻吟坐正，他雙手揉著臉。「老天啊，7號。我不是才告訴你我餓到快死了嗎？你以爲我現在還有力氣做愛？娜夏來這裡，我不會去脫她連身服，白痴喔。我會說服她請我吃東西。就算你沒吃完，你還算是從貝托那吃到了一頓飯。你這次機會要讓給我。」

就這樣，我的怒火都消失了。

「喔。」我說。「好。」

「好。所以呢？」

我瞪著他。他瞪著我。我們大眼瞪小眼幾秒之後，他翻白眼，指向門口。

「好。」我又說。

我穿上靴子離開了。

＋　＋　＋

肚子餓其實滿有趣。大家都知道伊甸星是第一個殖民星，對吧？那是舊地球首度成功在別的世界養出她的孩子。但不是所有人都知道，在伊甸星上建立灘頭堡殖民基地的任務其實是第二次嘗試。

第一艘星艦叫鄭石氏號，比第二次早將近四十年，大約是泡泡戰爭結束後二十年左右。那次任務是人類首度奮不顧身逃出日磁層頂。而就像我們大多數的第一次，事情不大順利。星艦沒有循環機，引擎和我們現在相比效率不高，地球到伊甸星即使以現代標準而言，仍是很長的跳躍。他們預期星際航行時間會是二十一年，並打算靠星艦上的農業維持整段旅程。

他們面對未知的挑戰，科技相對原始，對於星際環境在相對速度會給自己帶來何種影響簡直一無所知，其實他們能撐那麼久，已著實令人敬佩。他們航行了十二年，作物才開始出現問題。從他們的通訊來看，他們不曾了解原因。我看到的紀錄中，他們最接近謎底的推測是植物受到輻射累積破壞，作物生長好幾代之後，情況加劇，出現太多突變，最後再也無法生長。鄭石氏號的力場生產器效率不佳，而農業部位於星艦前三分之一處，理論上只有人類才眞正需要防備輻射，所以可憐的作物受到嚴重破壞。

星際旅行的災難有的進程快，有的進程慢，但兩種都能讓你死得很難看。鄭石氏號死得很慢。有一點他們幹得不錯，他們留下整段過程的紀錄，就算他們明白自己的處境絕望，他們還是希望確保下次任務不要犯下同樣的錯誤。一年之間，由於糧食短缺，他們大半時間都面臨食物減少的威脅。發現撐不住時，任務指揮官公告徵求自願者跳入卡路里槽，化爲卡路里資源。

飢餓逼死人。出乎指揮官意料之外，船上出現不少自願者。

再過三年，指揮官終於面對現實，就算把艦上人員減到能維持航行，並在終點能培育胚胎的最低人數，他們都撐不到終點了。農業部這時幾乎毫無產出，但任務計畫全仰賴作物來進行碳循環，並為人員提供食物，所以事情在好幾個層面都瀕臨崩潰。他們距離伊甸星還需要四年，到最後十二名星艦人員切斷動力，脫到只剩內衣褲，走出主氣閘艙。

鄭石氏號仍在宇宙某處嗡嗡航行，以零點六倍左右的光速飛過虛無，所以我想也包括那十二個原本要成為殖民者的屍體。我有時不禁好奇，會不會有人某天觀測到他們，好奇他們這麼急要去哪……以及為什麼他們沒穿衣服。

＋ ＋ ＋

你在大氣有毒、原始生物危險的星球，基地擁擠不堪，又被踢出房間時，最大的難題就在於你沒多少地方可去。我們沒有劇院和咖啡廳，沒有公園、廣場或景點。大多數都是工作區域，其中大半都不舒適（像汙水回收站），或對我有敵意（像保全準備室）。農業部其實不賴，只要你看到作物狀態不佳，心情不會受影響就好，但除非我被派去工作，不然那裡也不歡迎我。

我沒有更好的選擇，只好去餐廳。

現在過了晚餐時間，所以我覺得人不會太多，但我走進門，裡頭比我預期的人更少。後頭有四個人坐在那，吃著兩托盤的馬鈴薯，有個生物部我不熟的人單獨坐在另一頭角落，喝著一杯像循環糊的東西，頭低低地看著平板電腦。他叫海史密，可說是個歷史宅之類的。我有次跟他相談甚歡，聊了大遷移和人類最初從舊地球非洲遷移出去很像。他的意見大多是錯的，但我瘋狂糾正他，度過一段盡興的時光。

我稍微考慮了一下（非常短的一下）要不要加入他，後來我想到我今天食物額度已歸零，我來餐廳沒拿食物，就直接坐到他對面攀談實在很怪。於是我坐到門旁的桌子，跟他和其他人保持最遠的距離，拿出平板電腦，開始找東西看。

十分鐘左右，我實在沒靈感，最後決定走老路，看舊地球維京人格陵蘭殖民地失敗的文章。沒想到他們的處境和我們有許多相似之處。他們在不適居的冰天雪地中試圖建造永續的社會，在那裡傳統的作物也都無法生長。他們和不友善的原生物種戰鬥。我覺得他們的領導者也是個混蛋。

最後他們全餓死了。

結局讓我想到8號，他躺在床上，唉唉叫說自己要把肝消化掉了，然後我想到娜夏，她上樓可能原本想找些樂子，結果卻是8號的我，求她買東西給他吃。

買東西吃。

他們會去哪裡買東西吃。

這想法還沒成形，我就已經站起。長凳向後翻倒，我撲到地面上，海史密聽到聲響從平板電腦抬起頭。過多久了？8號需要花多久說服娜夏來餐廳？他們走過來要多久？我不知道這些問題確切的答案，但我猜這些可能全都導向同個結果。我聯絡8號。

米奇8號 你在哪？

米奇8號 我們在往餐廳路上。幹麼？

米奇8號 確切位置是？

米奇8號 中央樓梯最下面。搞什麼鬼啦，7號？

他們再十秒鐘就會彎過轉角。

也許不到十秒。

沒問題。我有時間。我甚至不需要跑，只要沿走廊快走到下一個岔路口轉彎。我拐彎之後，靠到牆上，深吸口氣，緩緩吐出口。要是我沒及時那麼靈光一閃怎麼辦？要是娜夏和8號走進餐廳，看到我坐在那看平板電腦怎麼辦？說到這裡，海史密看到我匆忙出門，二十秒後卻和娜夏走回來，他會怎麼想？

呃。跟娜夏走進門，還穿著不同的衣服。希望他觀察力沒那麼好。最好別多想。更重要的是，現在我要去哪？

我不能回房間。我覺得8號一吃完東西，他們恐怕又要回房間了。

我考慮去娜夏的房間。她和農業部的楚迪分一間房。楚迪人很好。如果我跟她說我在等娜夏，她可能會讓我待一會。娜夏最後會出現，可能會納悶我怎麼從房間比她還快到這，還有我到底來幹麼。

不行，這行不通。

基地裡只剩一個公共空間。幸好那地方保證都沒人。

我嘆口氣，站起身，走向健身房。

＋　＋　＋

灘頭堡殖民基地的健身房設備不多。我們有健身房是因爲耶羅尼米斯・馬歇爾堅信健身的重要性，他認爲只要保持身強體健，就能維持道德倫理。

健身房是基地唯一隨時空無一人的地方，儘管耶羅尼米斯・馬歇爾積極推廣，但飢荒時絕對沒人想來健身。

其實，我甚至不知道健身房在哪。我要打開電子眼中的基地空間配置圖才能確定。結果健身房原來和生物循環機位於同一條走廊，此時感覺莫名合適，畢竟這時候去這兩個地方，肯定都是想不開。

我繞了遠路，沿走廊到外圈，然後繞基地半圈再走回去，這樣比較不會遇到要去餐廳或要去農業部輪班的人。但我還是經過了好多人，我覺得他們看我的眼神都怪怪的。妄想症？也許，或者也許他們都有看到8號和娜夏經過，已經搞懂發生什麼事，等我一離開他們視線，他們馬上通知保全。

才跟8號一起相處兩天，我已經快瘋了。

我終於來到健身房，打開門，像被追一樣躲到裡頭。我用力關上門，閉上眼睛，額頭靠到冰涼的塑膠表面。

「怎麼了嗎？」

我頭轉過去，心臟跳得好大力，一時間我怕自己會暴斃。這裡算不上是健身房，只有一排跑步機、一組單槓和幾個啞鈴，大概是我房間兩、三倍大。

裡頭不是空的。

裡面有個女人在跑步機上。她現在轉過身，腳踩在側邊，跑帶在她身下不斷向後。

我嚇得心臟亂跳，花了好久才發現是凱特。

我們瞪著彼此。她把跑步機停下，走到地面，雙手交叉在胸前。

「妳在這裡幹什麼？」我擠出這句話。

她翻白眼。「你確定這問題該由你來問嗎？」

我閉上雙眼，緩緩呼吸，讓脈搏回到正常。我再次睜開眼，凱特表情不再是困惑，反而有點擔心。

「對不起。」我說。我走三步轉身，坐到最後一台跑步機上。「我今天過得很詭異。」

「對。」她說。「我知道。你需要回去醫護室嗎？你現在看起來有點像瘋子。」

「不用。」我說，也許回答太快了。「不用，我沒事。我只是需要一點自己的空間，結果被妳嚇到了。我從沒想過眞的有人會來健身。」

她露出笑容，雙手放到身側，走來坐到我旁邊。「有道理。」

我轉頭看她。她頭髮向後綁成馬尾，穿著戰鬥裝甲下的灰色緊身衣。不知何故，她穿起來很好看。她其實沒流汗，所以我猜她還沒來多久。

「說眞的，」我說，「妳在這裡幹麼？妳知道我們現在鬧飢荒，對吧？」

「對。」她說。「我知道。」

「所以呢？」

她嘆口氣。「吉利安·布蘭琪是我的室友。」

「喔。」我說。「那是誰？」

她狠狠瞪我一眼，眼神憤怒。「我們對你來說都只是無名保全？啊？」

我向後仰，雙手舉高投降。

「不是！不是，絕對不是你們的關係。是我的關係。我不跟別人交朋友，凱特。這裡很多人覺得我是個討厭鬼，妳知道嗎？許多人會跟我說話，只是想滿足怪癖。所以我覺得乾脆一個人比較輕鬆。」

「喔。」她說。「戀鬼癖，是嗎？」

「對。」我說。「妳不是……」

她眼睛瞇起。「你說什麼？」

「對不起。」我說。「只是……」

「我已經告訴過你，我不是繁殖主義者，如果你問的是這個的話。」

「對。」我說。「我是說，這樣很好。貝托一直跟我說被人迷戀會很爽，但相信我，一點都不爽。」

她表情變得溫柔，我放下手。

「對。」她說。「我懂。你可能沒注意，但麥姬．琳恩和我是尼弗海姆星上唯二有內雙眼皮的女人。我也碰到差不多的問題。」她咧嘴一笑。「那就這樣吧，我不要物化你，你也不要物化我。」

我伸出手。「一言爲定。」

我們握手。她笑得更開了，然後她鬆開手，笑容消失。

「總之，」她說，「吉利安是昨天出擊的其中一人。」

「喔。」我說。「對，**那個**吉利安。」

她點點頭，別開臉。

「喔。」我說。「喔，對不起。後來妳看起來沒有很……我是說……」

「我也不想誇張。」她說。「她確實不是我最好的朋友。和別人分享一個小空間沒那麼容易。老實說，我們平常根本算不上朋友。」

「但是……」

「對。」她說。「但是。今天下班之後，我回到我房間，但我……」

「待不住？」

她用雙手揉臉。「對。我待不住。」她輕笑幾聲，然後臉埋進手中，好像笑一笑就啜泣起來。「你會以爲自己能獨占一間房，應該要很高興，對吧？」

我伸手摸她肩膀。她抬起頭，看著我，然後移到我的跑步機上，我們的屁股靠在一起。我手摟住她，她頭靠到我胸膛。

「對不起。」她說。「你來這裡不是來安慰我的。」她挺起身子，轉頭看我。「老實說，你爲什麼來這裡？你有自己的房間，對吧？如果你想要獨處，爲什麼不回房就好？」

「這是個好問題。」我說。

她看著我，我看著她。過了大概十秒鐘，但感覺像永遠一樣，她說：「你要回答嗎？」

我嘆氣。「娜夏在那裡。」

「喔。」她說。「你是說……」

「她跟別人在一起。」

她聽到頓了頓。

「在你房間。」她終於說。

我聳聳肩。她搖搖頭。

「你知道嗎？我不想知道。」

「對。」我說。「好主意。」

我們沉默坐了一會。我開始考慮像他媽的尼弗海姆鬼魂★一樣，一整晚在走廊遊蕩，這時她說：「我可能會後悔，但……我是雙人房。」

我轉頭去看她，一邊眉毛揚起。「妳現在是在物化我嗎？」

她大笑。「沒有。我現在只是分一張空床給無家可歸的人。但我不得不說，我有點驚訝你和娜夏關係那麼開放。昨天感覺她不像是這麼想。」

★ Niflheim 是北歐神話中一個冰冷黑暗，充滿霧的世界，由死亡女神海拉掌管，沒有英勇死亡的鬼魂會在此游蕩。

我聳聳肩。「很複雜。」

「好吧。」她說。「會複雜到我明天被開腸剖肚嗎?」

「不會。」我說。「我是說,可能不會。頂多有天我會被推下屍洞而已。」

她一根手指放到下巴,假裝沉思。

「好吧,」她終於說,「我覺得我願意冒這個險。」

016

「嘿。」凱特說。「起床。」

我睜開眼，一陣迷糊，隔一會才想起自己在哪。我們昨晚把凱特和她前室友的床推在一起，但我們最後都睡在她床上。我想凱特是出於習慣，我則依稀有種顧忌，覺得睡在死者的床上有點不尊重。凱特現在用手撐著頭，一手放在我肩膀上，臉幾乎要靠到我臉上。

我先自清：昨晚我們沒有發生任何親密的關係。

說來奇怪，我們基本上都疊在一起了，但說到底，我五味雜陳，不論是對凱特，還是對娜夏和8號在一起的感覺，而凱特的話……我想她只是需要一個溫暖的身體，讓她不要害怕。

這我沒問題。我懂她的感受。

「快九點了。」她說。「你需要去哪嗎？」

這其實是個好問題。我眨眼點開今日班表查看。看來我今天要負責水耕栽培，努力讓一堆半死不活的藤蔓擠出一兩顆番茄。其實我在一小時前就該報到，但我沒有收到曠職通知，所以應該是8號現在去那，修剪枝芽，檢查酸鹼值。

看來是我負責被伏蟲吃的任務，他負責照顧作物。關於這點我們需要好好討論。

但這就代表，我今天的時間都屬於自己。我們登陸之後，這大概是頭一遭。我唯一要做的就是不要靠近8號，或碰到今天可能見過他的人。

要不是我們住在一個倒扣的沙拉碗，直徑不到一公里，這點應該會容易些。

「我今天不需要值班。」我說。「妳呢？」

她聳聳肩。「過去兩天，我執勤時差點喪命。在保全部，我想那算是贏得半天班的機會。我中午之前不需報到。」

我從她手臂下鑽出來坐起，小心不要碰觸發腫的左腕。她翻身站起。我們兩人都還穿著灰色內衣和短褲，上面因爲流太多汗、洗太多次，不少地方都掉了色。看到她穿那麼醜的衣服，我莫名覺得這甚至比全裸還更親密。

「所以呢？」凱特說。「你今天有什麼計畫？」

我用雙手揉揉臉，將頭髮從額前往後撥。她打開置物櫃，拿出乾淨的上衣。

「不確定。」我說。「我已經好久沒放假了。」

其實我的計畫是在基地四處蹓躂，希望不會有人發現我同時在農業部用滴管爲小番茄澆水，但我不能告訴她。凱特穿上褲子，坐回床上，穿上靴子。

「好，」她說，「我目前計畫是去找東西吃。你想來嗎？」

我露出笑容。「當然好。妳要請客嗎？」

她轉頭瞇眼看我。「不，我沒要請客。」她說。「順帶一提，如果你再碰我的食物，你受傷的就不只是一隻手了。」

對，合情合理。我穿上衣服，我們便出發了。

＋　＋　＋

走廊這時間幾乎是空的，經過的人都沒特別注意我們。有幾個人跟凱特打招呼，但就連那些人都把我當空氣。尤其在登陸之後，我的工作都是獨立作業。不知何故，他們就算不覺得我是沒靈魂的怪物，也多半不想接觸常被判死的傢伙。

這一刻，這點似乎滿有好處的。

不過也沒人想靠近聞起來像是巨人臭腳丫的人，於是我們中途去洗了一趟化學澡。我們到淋浴室，凱特露出耐人尋味的表情。她是想問我要不要一起嗎？我露出笑容，稍稍欠身朝她行個禮，揮手要她先進去。她聳聳肩，走進隔間，關上門。她幾分鐘後出來，換我進去。我脫下衣服，刷洗身體並擦乾，然後穿回我的髒衣服，其實就算我回房間，我唯一乾淨的衣服也被8號穿走了。

這讓我想起，關於米德加德星的生活細節，我有著各種程度的想念，但最想念的一項絕對是熱水澡。也因此最煩的是基地外頭其實到處都是水，但基地**內部**

系統是沿用自德拉卡號，所以我們還是處處節水，好像我們仍在星際沙漠一樣。在我們打造好當地建築物之前，這點都不會改變。但中間我們還有一大堆事要完成，包括製造金屬及解決伏蟲和我們之間的事。

以清潔而言，目前靠化學澡就很足夠，也絕對能抑制體味，但一點也不令人享受。

總之一人在裡頭時確實不享受。

這讓我想到娜夏，然後想到8號。

現在最好別去想這件事。

+　+　+

我們到自助餐廳時，裡面幾乎沒人。食物台對面有幾桌有坐人，他們頭靠近彼此，輕聲交談，門口有一個孤零零的保全吃著炸蚱蜢。我們經過時，他朝凱特點頭，她手指朝他揮一揮。我走到食物機台，把電子眼湊到掃描機前。機器嗶一聲，我每日食物配額出現在視線左上角。

上面寫著我今天只剩六百大卡。看來8號吃了頓豐盛的早餐。

我想生氣，但我不能怪他。剛從培養槽出來的前幾天真的很煩。

我站在那，雙手抱著我咕嚕作響的肚子，掙扎著要不要揮霍一下，點些山藥塊配我那杯循環糊，讓這成爲我今天唯一一餐，這時凱特站到我身旁，近到快碰到我肩膀。

「你要點嗎？」

我皺眉頭，按下循環糊圖示的按鈕。

凱特笑了笑，讓電子眼掃描一下，點了山藥和番茄炒燴。我感覺口水都流出來了，但根據我所剩的預算，既然都是幻想，與其幻想山藥，還不如幻想牛排算了。我臉皺了皺，喝下杯中那口循環糊，然後轉身時再裝一杯。三百大卡。這代表我今晚上床睡覺之前，至少能再喝半杯。

「我不懂你怎麼能受得了那玩意兒。」凱特的食物從台子另一端的開口滑出。

我望向她，張口想回嘴，但覺得算了，搖搖頭。

「要是我們農業部的朋友再不快點搞定作物的話，」我說，「我想妳可能就會懂了。」

她歪嘴笑了。我拿起那杯黏糊糊的玩意兒，走到餐廳中間的桌子。凱特跟了過來。

「妳知道，」她坐下時我說，「妳現在就像當我的面吃昂貴的山珍海味一樣。」

她大笑，但有點遲疑，顯然不確定我是不是在開玩笑。

其實我沒在開玩笑。

但我的問題都不是她的錯。我露出微笑，她看到放鬆了點。

「總之，」我說，「保全部今天怎麼樣？外圍巡邏慘敗之後，有什麼新消息嗎？」

她咬一大口山藥，咀嚼後吞下。我皺眉喝著手中的循環糊。

「總之，」她吃第二口說，「阿蒙森很積極在處理伏蟲的事。他讓我們隔十二小時輪班，每個人都超級痛苦，出勤的人必須隨時帶著放射砲，這也不是好事，因爲放射砲很笨重，下班時會肩膀痠痛。但好處是，過去兩天的事之後，我們都必須待在基地內，所以不用冒風雪再去外頭巡邏。」她停了停，吞下食物。「我甚至不確定他覺得我們在基地裡頭要怎麼用放射砲。你知道十克放射砲子彈在這彈跳能造成多大傷害嗎？」

她看著我，面露期待。我花了整整五秒鐘，才發覺這不是詰問。

「嗯。」我說。「我不知道？」

「很大的傷害。」她說。「就是這樣。」

我快喝完我的循環糊了，卻還是覺得肚子空空的。

「總之，」她說，「我大概就這樣。你呢？你今天放假要幹麼有想法了嗎？」

「喔，」我說，「妳知道。四處晃晃，喝喝循環糊，等著聽馬歇爾接下來要怎麼殺我，就是快樂的一天囉，我想。」

她大笑。凱特的笑聲不文雅。你聽她笑，會以爲她剛才看到你在流冰上滑倒。

「所以告訴我，」她舀著最後一點食物說，「你是怎麼決定來當消耗工的？」

我考慮胡謅個理由，講些責任義務的鬼話，但不知何故，我覺得我不該對凱特說謊，拿好聽話搪塞她。於是我聳聳肩，告訴她眞相。

「我想離開米德加德星。這是唯一能離開的方式。」

「啊。」她說。「懂了。」

我點點頭，將杯子舉高，讓最後殘存的黏糊流入口中。

「等一下。」我說。「懂什麼？妳聽懂什麼？」

「你爲何參加啊。」凱特說。「你是罪犯，不是嗎？殺了人之類的？」

又來了。

「不是。」我說。「我沒殺過任何人。」

「喔。那又怎樣？勒索？持槍搶劫？性犯罪？」

「不是，不是，也不是。我不是罪犯。我是的話，妳眞的覺得他們會讓我參加米德加德星第一個殖民星任務嗎？」

「當消耗工？也許會喔。訓練時，我聽說他們考慮用徵召的方式。」

「對。」我說。「我也有聽說。不過這樣一來，妳的判斷力就有問題了，不是嗎？妳昨晚讓一個謀殺、勒索、性犯罪者在妳房間過夜。」

她咧嘴一笑。「我從來沒說過我聰明。」

我手指劃過杯子裡面，刮起卡在底部的黏糊。

「哇。」凱特說。「你真的很愛這玩意兒，嗯？」

我皺眉頭。「喔，對啊。這最好吃了。」

她撥著托盤，把最後烤焦的山藥屑吃下。「我從來不覺得你是謀殺犯。」她說。「我不相信他們會派那種人來殖民星任務，最起碼他們不會想汙染基因庫。但跟我聊天的人聽到有自願者，都覺得那是謊言。很難想像會有人答應……你知道……做你的工作。吉利安相信你一定是囚犯之類的，他們放出自願的傳言，讓我們不要排擠你之類的。」

「喔。」我說。「眞是有效。」

她翻白眼。「喔，拜託，你有朋友。我看到你跟貝托混在一起，娜夏感覺也很喜歡你。但你還是沒回答我的問題。你簽下賣身契，成為灘頭堡殖民基地正式的碰撞測試假人時，到底腦子在想什麼？」

我現在可以坦白我進到關恩辦公室的眞正原因。

我可以，但我不要。也許說些好聽話也不賴。

「誰知道？」我說。「也許我是理想主義者。也許我只是在找方法，爲聯邦盡一份心力。」

她再次大笑，這次笑得更大聲了。「哇。」她說。「結果你滿意嗎？」她這時正色，低頭看她空空的托盤，然後抬頭望著我。「其實，」她說，「對你來說很不錯，對不對？反正比吉利安、羅勃和杜剛好。」

我不確定她說這話想表達什麼，但不知何故，我後頸寒毛直豎。

「我說的是，」她說，「在這種地方，殺不死絕對是個優勢，對不對？」

「我不是殺不死。」我說。「我他媽經常被殺死。那是身爲消耗工的重點，對吧？」

「但是，」她說，「你還是在這裡。吉利安今天在哪？」

我無法回答。我們沉默對坐，凱特點了來配食物的循環糊，她皺眉喝下。醫護部說我們一天要喝幾毫升的循環糊，補充維他命。顯然全靠山藥和蚱蜢不算均衡的飲食。凱特喝完之後，她向後靠，笑容又回來。

「總之，」她說，「完全不相關，但我想說……我想……謝了，米奇。我知道昨晚有點怪，但是……」

「不怪。」我說。「我懂。」

她別開頭。「對。我只是……需要有人陪，你知道？」

我不確定要怎麼回應，所以我手伸過桌子碰觸她的手。她將另一手握到我手上，停留一秒，然後收回手。

「嘿。」她說。「你今天晚上的班表怎麼樣？」

我猶豫一下，但我找不到好理由說謊。「我想我今晚沒班？」

她再次傾身，從桌子一撐站起，拿起托盤。「眞的？你現在也放假，對吧？這怎麼可能？」

「妳知道的。」我說。「我才剛從培養槽出來，他們會給我多點時間休息。」

「哇。」她說。「眞的假的。當消耗工的好處不斷啊，嗯？」

她走向回收桶，把托盤扔進去，我看不出她有沒有在笑。

「總之，」她說，「你有空的話，晚上十點敲我。也許我們可以一起做點有趣的事。」

凱特走後，我拿出平板電腦，研究一下消耗工在殖民星任務的歷史。我一直以爲這是任務標準作業的一環，但其實這項技術不過存在兩百多年而已，而即使在這段時間，多數任務都沒有消耗工。從實際面來看，這根本瘋了。你離最近的補給好幾光年遠，成人數量有限，還有一堆胚胎要花好幾年培育才能利用，依照需求創造新殖民者的技術應該多少值得運用。

但我沒想到有許多阻力。像我本身跟宗教沒交集，但宗教界顯然會有意見。當然還有道德問題，像從街上或監獄抓出一人，逼他爲你們一次次犧牲。有人自願當然會降低不少顧慮，但出現自願者的機率多高？

也許在給關恩我的ＤＮＡ之前，我應該先讀這些資料。我不確定這會不會讓我打退堂鼓，畢竟躲避討債者的折磨是個強大的動機，但知道這些，我至少能要求更多好處。

我讀完時，時間已近中午，餐廳人愈來愈多。我肚子已經空了，咕嚕作響，看殖民者同伴用食物堆滿托盤更不開心。我眨眼查看我的食物卡。我今天還剩四百五十大卡。

更正。**我們**今天還剩四百五十大卡。如果我要遵守我和8號的協議，其中三百大卡是他的。

這眞的很難說。

如果我不管了，就吃光我們的食物，最糟會怎樣？難道8號可以去指揮部申訴？

當然我也不行。如果我兩天前回報這亂七八糟的情況，我可能有機會存活。

但現在，我相信要是給馬歇爾逮到的話，我們倆都會化爲爛泥。只是8號今天早上還提到要趁我睡覺殺我，可能我最好還是遵守協議。這樣我只剩一百五十大卡，但我無法想像自己再吞一杯黏糊，所以我決定回房間，也許睡一覺，保留能量。

我走到中央樓梯，不得不擠過穿著防護衣的一男一女，他們大聲爭論，手不斷揮舞。我經過他們兩步時，男人叫住我：「嘿，米奇？」

我轉身，腦袋尋找他的名字。萊恩？布萊恩？

「嘿。」我說。「怎麼了？」

「你還沒下班。」他說。「你要去哪？」

喔喔。

「我要去房間拿個東西。」我說。「五分鐘後就回去。」

他皺眉頭。「三分鐘。我們下午要在番茄上試新的噬菌體，可能會很危險。他們會需要你。」

「當然好。」我說。「交給我。」

他們繼續爭論。我猶豫一下，轉身繼續走，現在一次踏兩階。

在這之後，睡覺變成壞主意。我回到房間時，心臟怦怦作響，我花了一小時才平靜入睡。我睡著時，又做了毛毛蟲的夢，但這次只是正常的夢，牠沒說話，只長出巨大的大顎和顎鬚，在森林裡追著我。不久森林消失，我回到地道，盲目亂跑，被石頭絆倒，牠上千隻小腳在後頭窸窸窣窣，愈靠愈近。

我聽到門栓拉開醒來。8號結束今日農夫工作回來了。

「嘿。」我一從惡夢回過神來便說。心跳也慢慢回到正常的節奏。「番茄怎麼樣？」

他搖搖頭。「老實說？不大好。藤蔓大多要死了，沒死又好不容易長出的番茄看起來都像大顆紅色葡萄乾。馬汀覺得是空氣有東西，也許是微生物，或某種微量氣體，莫名影響光合作用。但他沒有實際推論，所以現在都是猜測。我們唯一確定的是我們的番茄生病了。」他從頭上脫下衣服，然後擦去額頭光亮的汗漬。「但說實話，我用盡全力才阻止自己把他媽的番茄塞到嘴裡。」

「對。」我說。「我懂。謝謝你控制自己。如果我們再受罰，食物配額再減少，我們絕對會餓死。」

他大笑，但沒有一絲幽默。「我很確定那無論如何一定會發生，朋友。我早餐吃了三分之二的食物，現在已經餓到可以吃了自己的手。」他一屁股坐到床上。「過去點，嗯？」

他脫下靴子，然後嘆氣躺下。

「對了，」他說，「你跟凱特．陳一起嗎？」

喔喔。

「對。」我說。「算是。怎麼了？」

「不確定。我回來這裡時遇到她，在主氣閘艙附近。她跟我說別忘了聯絡她。」他轉頭看著我。「我們沒有對娜夏出軌，對吧？因爲有的話，我必須跟你說，我覺得那是非常、非常糟糕的主意。」

「沒有。」我說，嚴格來說這是眞話。「相信我，我也非常不希望我們被分屍。」

「很好。」他說。「聽到你這麼說我就放心了。先不提娜夏，老實說，凱特感覺怪怪的。她說我的手看起來很好，我說我不知道她在說什麼時，她看起來一臉疑惑。」

他低頭看著我放在肚子上的左手。我手緊緊包著繃帶，但紫色的瘀血蔓延到了拇指根部。

他的繃帶掛在辦公桌椅背上。

「喔。」他說。「喔，對喔。那個啊。對不起。」

017

對不起。

又一次，眞是謝謝你喔，王八蛋。

如果你不屬於繁殖主義教會，也沒學過聯邦歷史，你可能會好奇：我爲什麼對這件事反應那麼大？兩個複製人有什麼大不了？我是說，表面上，同一時間多幾個消耗工感覺更有用啊，不是嗎？例如，要是自殺任務需要兩人配合？你不會想犧牲一條眞正的**人命**，對吧？

要了解多數人民對於複製人內心的看法，你必須認識艾倫．梅尼柯瓦，你必須熟悉他對葛特星做的事。

我們發明消耗工不過是這兩百年的事，但生物列印其實發明很久了，甚至在鄭石氏號發射之前。但在艾倫出現前，大家對這件事不怎麼好奇。就像馬歇爾害死我後，會用生物列印機重組我一樣，他們當時的系統也能掃描身體，記錄樣貌，重新製造細胞。他們甚至設法進行了突觸連結，這點現代系統根本懶得去處理。當時理論是說，如果不能重塑意職，那至少要足以精準重塑行爲，但經過反覆實驗（起初是用動物，後來甚至進行人體實驗），他們發現理論基礎有誤。當時生物列印製造出的身體是個空殼，像白紙一樣，沒有意識，無法靈活操控身體，像新生兒一樣。如果忽略道德問題，這技術拿來製作醫學實驗體沒問題，但無法達到長生不老的目標。

老實說，舊有的生物列印技術不算完全沒用。大家偶爾會用這技術重新製造出生前後過世的嬰兒，但即使如此，事情通常也不順利。生物列印的嬰兒從培養槽出來多半能呼吸，心臟也會跳動，但他們無法吸吮、呑嚥和哭泣。專注照顧之下，有的嬰兒能撐過那段時間。但通常情況是，父母最後都在幾天或幾週後，再埋葬另一個嬰兒。

接下來艾倫出現了。

伊甸星由富可敵國的政治王朝帶領，而艾倫．梅尼柯瓦是王朝唯一的繼承人。如果他想要，他可以爽過一生（說實話，誰不想要？）。一般人在他的位置，就學時期一定會一路狂歡，也許空降成爲政府中階主管之類的，總之他一輩子應該可以享盡榮華富貴，飽食終日，歡快過活。

但艾倫．梅尼柯瓦不是一般人。他是定義時代的天才，頭腦敏捷，不安於室，二十五歲前便取得三個表面上毫無關連的博士學位。

他也是個喪心病狂的瘋子。這點在故事最後有關係。

大概在那時候，艾倫決定他學位蒐集夠了。他父母突然在幾天之內雙雙過世，死因不詳。六個月後，當地警方雖然進行調查，但無法找到艾倫謀殺父母的證據，最後他進入了聯邦十大富豪之列。一年之間，他將所有遺產都投入一家叫共同永恆公司的企業。

伊甸星主流媒體當時認爲共同永恆公司只是在騙錢，或也許是爲了逃稅。但艾倫的規畫卻不是如此。如果只是財務方面的伎倆，他這間公司維持虛擬狀態就行了，但他完全沒有。共同永恆公司打造一座巨型研究中心，距離最近的城鎮兩百公里，雇用了許多工程師和科學家，然後……

然後什麼都沒有。大家從園區來來去去，但沒人對外人說裡頭在幹什麼。有人推測公司在研究年老的祕密，也許是冷凍技術，但實質證據不曾外流。過了一年左右，媒體無聊了，大家不再注意艾倫在園區幹什麼。

五年過去，他有天出現在談話節目上，宣布他終於解開記錄和複製人腦的祕密。

又一次，我們看到艾倫．梅尼柯瓦和一般人的差別。他馬上進行初步展示，他複製了公司的人資主管，讓她和聚集的政要說幾句話，然後馬上用麻醉槍讓她昏迷，將她化爲爛泥，共同永恆公司股價應聲飆漲，聯邦十大富豪和艾倫的財富等級瞬間拉大，他一夕之間變成首富，伊甸星人民原本覺得他是古怪的弒親嫌疑犯，現在覺得他是古怪的天才名人，甚至是人類史上最偉大的天才。多數人此時會買棟富麗堂皇的房子，也許找到一、兩個美人相伴，在吹捧中度過餘生。

又一次，艾倫並未如此。他將擁有的一切全都結算，包括共同永恆公司。交易牽扯大量金錢和空殼公司，歷史上只有少數人能一手造成星球經濟衰退，他是其中之一。一年之後，他乘坐客製的星艦，一人飛到軌道，艦上有著各式設備和補給，還有他用來展示複製技術的同一款機器。他沒跟任何人說他要去哪。有人猜測他打算成為第一個橫跨銀河平面的人，他想藉著複製技術，讓他活過整趟旅程。

如果這是眞的，對所有人來說就太好了，但他其實是要去最近才建立的灘頭堡殖民基地。那顆星球大約位於銀河反旋方向，距離伊甸星七光年之外，殖民者命名它爲葛特星。

就算艾倫還沒出現，葛特星本來就是有趣的地方。不像聯邦歷史中那些成功的殖民星，葛特星遠征隊不是由伊甸星政府組織，而是由私人團體組成。他們個個都是有錢人，並擁有生產星球一切所需的自動化系統。這批人還在伊甸星上時，伊甸星政府像米德加德星和其他世界一樣，爲了不讓一般人民餓死街頭，就向他們課以重稅，他們對此非常不滿。

葛特星基本原則是極端自由派，講求自力更生，這代表登陸的一百二十名殖民者對追求共同利益都毫無興趣。他們馬上拆成二十多個家族，劃出各自的領地，試圖自己存活。他們一開始資源都算充沛，葛特星雖然不完美，但算是非常適居的地方，所以大多數人都設法活下來了。而生存遇到問題的，當然並未得到鄰居的幫助。看來極端自由主義者聽到有人喊**救命**，**我要死了**，他們的回答是**哎呀**，**你收行李時怎麼沒想到**。

這一切的終章，就是艾倫抵達之時，他發現這破碎的社會總人口大約一萬人，大多數人已大致定居，沒有立即餓死的危險，但沒有一個部族過得特別好。起初大家視他爲救星。他帶來許多葛特星部族都還無法自己生產的東西。他迎合一個較小的部族，給予他們食物、種子和這兩百年或他們出發之後，伊甸星發展出的新科技。於是他們給他一個地方居住，讓他在那自由行動。

他安全落腳後，便開始專心製造更多艾倫．梅尼柯瓦。

就像馬歇爾再三跟我強調的事，從零開始製造人類必須耗費大量資源，尤其需要大量鈣和蛋白質，但也必須混合一堆其他東西。生物列印機能接受基礎材料，但要做出人類，需要大量的大麥、牛肉、橘子，而且如果你沒把廚餘回收成食物，提供給飢餓的殖民者，生物列印的過程會產生超多廢料。

最理想的原始材料想當然爾就是活著的人體。

艾倫花了九個月，才用完他帶去葛特星的原料。到那時，他已複製了一百個自己，並且又造了兩台複製機。幾個月過去，才有人開始發現好多人失蹤了。艾倫一開始是抓窮人和獨居者，葛特星上這兩類人本來就不少，但最後能抓的都抓完了，他便開始抓有家庭和朋友的人。一如過往，大家馬上懷疑起鎮上新來的傢伙。向來善待他的部族派保全到他家，想客客氣氣找他問個話。

這時他們才發現，艾倫對於種子和珠寶非常大方，但他沒有和大家分享他帶來的先進軍事科技。

在比較理性的世界，就算沒有單一政府，只要不同政體偶爾有聯絡，也許就能阻止艾倫。當他意圖變明顯時，星球上的人口依然多過於他，比例大概二十比一。遺憾的是，葛特星不是理性的世界。艾倫把接納他的部族人民全推進原料口，把他們全變成自己，並給他們武器，突襲最接近的部族。一年之後，殘存的部族才開始考慮聯合起來對抗他。那時艾倫已經是星球上的絕對多數。最後幾個部族確實團結起來，但為時已晚。他們最後只實質完成一件事：傳了一封危急訊息回伊甸星，描述他們的遭遇，乞求家鄉幫忙。

當然，幫忙不可能及時到來。訊息花了七年才傳到伊甸星，然後政府花了快兩年決定要怎麼辦。葛特星人民出發尋找新家園時，伊甸星的大家對他們就沒好感，後來幾年他們名聲也差不多爛。大眾意見傾向**關我屁事**和**他們活該**。但最後，伊甸星議會決定艾倫未來可能會成為威脅，所以必須處理。

這是聯邦首度，也是唯一一次的星際軍事任務。

究竟進攻七光年外的地區應該要怎麼辦，大家設想許久。地面軍力當然很荒謬。伊甸星是個資源豐沛的廣闊世界，但光打造和準備一艘殖民船艦的燃料，就讓這世界的預算瀕臨失衡。他們當然不需帶重塑環境的機器和胚胎，但軍事武器也很重。最後他們決定派出一艘武裝稍嫌不足的殖民星艦，命名為伊甸正義號。星艦在收到葛特星求救訊息四年後出發，載著兩百名星艦人員，數架軌道轟炸機和一大堆氫彈。他們認為他們可以進入葛特星軌道，聯絡艾倫，逼問出他對聯邦和伊甸星的意圖，必要的話，他們會靠武力封鎖整顆星球。

首先，他們抵達葛特星時，艾倫有將近十八年能鞏固他對星球的掌控，並能製造更多自己，加強防禦。

其次，伊甸正義號航行時，沒有偷偷摸摸的選項。星艦減速時發出的光芒在一光年外就能看見，根本沒辦法掩飾。

第三點，可能是最重要的一點：艾倫．梅尼柯瓦不是坐以待斃的人。

結局就是，葛特星之戰大約歷時十二秒。伊甸正義號尚在減速，刺眼的光芒讓他們對攻擊渾然未覺，此時十多枚核子彈頭從艾倫在葛特星衛星建造的基地發射，直接擊中伊甸正義號。

但對艾倫來說，有個壞消息，只是就聯邦而言，那可能算好消息，也就是葛特星當初的訊息並未只傳給伊甸星。離葛特星第二遠的世界遠家星也接收到了，遠家星是第二代殖民星，星球發展更年輕、更窮困。眞要說起來，那裡的政府比伊甸星政府更緊張，但他們沒有野心和資源像伊甸星一樣大張旗鼓出征。

他們的反應更簡單、直接，也更便宜。他們幫這計畫取名爲**子彈**。

星際航行最重要的一點是：動能等於質量乘以運動速度的平方。所以過程非常昂貴，也非常危險。伊甸正義號因爲減速而露了餡。子彈沒有這問題，因爲它不會減速。當物體速度達到零點九七倍的光速，它不需要多大，就能把星球像蛋殼一樣衝破，而子彈就在伊甸正義號炸毀三個月後撞入葛特星。更讚的是，其實沒有方法能防禦相對論速度攻擊，就算眞的偵測到光波，知道子彈即將到來，反應時間也不過一秒而已。也就在大概一微微秒的時間裡，子彈衝擊葛特星生態系統的能量相當於二十萬顆氫彈爆炸，如此衝擊下，無人能生還。

看我們在尼弗海姆星掙扎就知道，外頭其實沒多少適居星球。而且眾所周知，把其中一顆星球化爲一團爐渣是聯邦歷史中最重大的罪行。

但沒人怪遠家星。他們怪艾倫。從此之後，在聯邦多數地區，民眾心裡都覺得複製人比拐賣兒童的人口販子和殺人魔還糟糕。

018

晚上十點了。我沒有敲凱特。她發現我和8號的事了嗎？大概不知道，但下午她遇到8號之後，一定是察覺了什麼不對勁。我莫名覺得她是不會放過這種噁爛事的人。我漸漸認爲，若是不想變成一團蛋白質糊，最好是離她愈遠愈好，甚至有點希望她快被伏蟲吃掉。

計畫沒多久就宣告失敗了。凱特十點零二分敲我。

凱特陳0197 所以，你有空嗎？

「要躲她，你還能躲去哪？」8號說，「你要回覆嗎？」

我轉頭看他。他在床上，雙手交疊在後腦，身體向後伸展。我坐在旋轉椅上，腳放在桌上。我剛才在讀另一個殖民星的災難，那個灘頭堡殖民基地連名字都還沒取就結束於叛變和內戰，但敘述一點也不吸引我。我一直甩不掉要被推下屍洞的念頭。

「要。」我說。「我猜我不得不回，對吧？」

米奇8號　嘿，凱特。我剛好在忙，但好啊，我有空。

我愈看到自己叫米奇8號，愈感到奇怪。我覺得這非常觸霉頭，像一般人經過墓碑，看到自己名字在上頭一樣，名字尾端寫著8號就像在咒自己死。

凱特陳0197　好極了。我們應該聊聊。

米奇8號　在妳房間見？

凱特陳0197　……

凱特陳0197　不要，米奇。我們再去健身房，嗯？十分鐘後見。

米奇8號　……好。到那邊見。

「健身房？」8號說。「那是怎麼回事？」

我聳聳肩。

「說實話，」他說，「誰會在飢荒時健身啊？」

「就是個地方而已。」我說。「我昨晚在那裡遇到她，我不敢回來，因為我覺得你會跟娜夏來這裡。」

「順帶一提，我們確實在這。」

我惡狠狠瞪著他。他雙腳腳踝交叉，咧嘴一笑。

「總之，」他說，「小心點。她怪怪的。」

「隨便。」我說。「如果她殺了我，食物都歸你，不是嗎？」

他笑得更開了。「說得對。嘿，你手怎麼辦？」

我低頭看。手已經不腫了，但我還是用繃帶包著。

「不知道。」我說。「我想我可以把繃帶拆了？」

「是我就不會拆。手還是紫色的耶。只好……我不知道……把手一直插在口袋裡？」

我搖搖頭。「我覺得不行。老實說，光想到就痛。也許你應該代替我去？」

「不行。」他說。「不可能。你們倆相處過。不管你們昨晚發生什麼事，要是她想聊怎麼辦？」

可惡，這話真的很有道理。

「總之，」他說，「我今天工作很累了。你好好玩。」

他閉上雙眼，我張嘴想回應，但我不知道要說什麼，只好站起來離開。

＋　＋　＋

往健身房的路上時，電子眼有訊息響起。

米奇8號　什切＊＊？

搞什麼鬼？

米奇8號　8號？

米奇8號　幹麼？

米奇8號　可……了？

米奇8號　搞什麼鬼，7號？

米奇8號　回去睡覺，8號。別鬧了。

米奇8號　萁＊＊而迦？

隨便，我切斷連線。

「嘿。」凱特說。「你怎麼沒敲我？」

她坐在跑步機上。她今天看起來沒要跑步。

「我正要敲妳。」我說。「妳沒給我機會。」

她聳聳肩。「不重要。沒關係。坐吧。」

她拍拍另一架跑步機。我猶豫一下，後來覺得如果她要殺我，不需要騙我到跑步機上。於是我坐下了。

「所以，」我說，「嗯……我們要運動嗎？」

她盯著我，感覺過了好久。

「不要。」她終於說。「我們沒有要運動。選健身房是因爲我想私下跟你聊天，除了我之外，基地其他人絕對不會自願來這裡。」

「我們可以在妳房間見面。」

她別開頭。「我覺得那不是個好主意。總之在我們把事情搞清楚之前不行，懂嗎？」

「好。」我說。「懂了。所以，我們要聊什麼？」

她又看了我良久。「你手怎麼樣，米奇？」

我嘆口氣。「有變好了。謝謝妳。」

她點點頭。「今天下午感覺完全好了。」

沒理由拖時間。「聽著。」我說。「告訴我，我們到底來這裡幹麼。」

「好。」她說。「攤牌吧。有兩個你，米奇。今天早上吃早餐的是你。昨晚在我床上，你的手受傷，今天休假。但幾小時前，我在走廊上遇到的是另一個你，他手沒受傷，今天在種番茄。我不知道是怎麼回事，但你們是複製人。」

我知道她知道了，但我肚子仍感到糾結，一瞬間感覺心臟快跳到我喉嚨。

「妳跟指揮部說了嗎？」

她露出被冒犯的表情。「眞的假的？兩天前你算救了我一命，昨天我救了你一命。**你還睡在我床上**。我們經歷這一切，你眞心覺得我會不先跟你談，就直接舉報你？」

我閉上雙眼，肚中的糾結稍微放鬆一點。

「別誤會。」她說。「我絕不認同你做的事。你到底是怎麼讓生物部製造兩個你？這算重大犯罪，所有相關人士都會受罰，不是嗎？」

我搖搖頭。「我沒有**讓**他們多製造一個我。我知道法律，我可不想被化爲一灘爛泥。這只是不小心犯下的錯。」

她揚起眉毛。「不小心？像是有人不小心跌到生物列印機，結果你就從另一頭滑出來？」

「對。」我說。「類似那樣。」

她張開嘴，猶豫一下，然後搖搖頭。「你知道嗎？我不想知道。如果你倒大霉，我不想受牽連。這就是我不希望你進我房間的另一個原因。但我告訴你，遲早有人會發現你有問題，到時你得有個更好的藉口，而不是說『這是不小心的』。」

「對。」我說。「妳說得對。」

我們沉默對坐一會。我想問她帶我來這裡幹麼。看來她不想殺我，目前也沒表示要勒索我。我另一個猜想就是她想再續前緣，但她說『我絕不認同你做的事』，所以感覺就不可能了。我考慮向她道晚安回房時，她說：「你覺得你長生不死嗎？」

出乎意料的問題。

「什麼？」

「你覺得你長生不死嗎？你被殺死幾次？七次？」

「六次。」我說。「目前六次。那似乎就是現在的問題。」

「隨便。你覺得登上米德加德星運輸船的那個你和現在的你是同一個人嗎？」

我必須思考一下。

「其實，」我終於說，「當然不是同一個身體。」

「對。」凱特說。「但我問的不是這個。」

「對。」我說。「我知道，所以對，我記得在米德加德星身爲米奇．巴恩斯的事。我記得他成長的公寓。我記得他的初吻。我記得他最後一次見到母親的事。我記得簽名參加這蠢任務。我記得這一切，好像不是別人，而是我自己的經歷。但這能代表我**就是**米奇．巴恩斯嗎？」我聳聳肩。「到底誰知道？」

她盯著我瞧。雙眼眯起，我感覺到早上那陣寒意再次竄上後頸。

「我去查了特修斯之船的故事。你描述得眞爛。」

「對。」我說。「我知道。這就是那種事嘛，我以為還記得上過的課，結果我才開口，就發現沒有，我其實一點都不記得。」

「我很訝異。這比喻放你身上眞的是非常貼切。我以為你會牢記在心。」

我聳聳肩。「對不起。」

「那是非常具說服力的說法，你不覺得嗎？」

我想回答，但後來搖搖頭，重新開口。「我有點不明白，凱特。妳說這些話到底是什麼意思？」

「我想表達的是，我想知道你是不是米奇．巴恩斯，還是你只是穿著他衣服到處跑的傢伙。」

「我跟妳說了。」我說。「我不知道。我知道珍瑪在希默爾太空站是怎麼跟我說的，我知道我**感覺**像在米德加德星上的自己，可是……我眞的不知道。那些說法還有另外一面，對吧？我是不是同一個人，其實無法以任何方式量化分析，所以我根本不可能確定。這是個無法回答的問題。」

「不過，」她說，「你也不確定自己**不是**他，對吧？」

「對。」我說。「我不確定。」

她沒回話。我們沉默坐了一會。我正想問我們是不是聊完了，她開口：「你知道，我過去這兩天想了很多。」

「嗯，」我說，「好。想什麼？」

「死亡。我一直在想死亡的事。我才三十四歲。應該再過五十年我才需要面對死亡，但看看現在這狀況。」

灘頭堡殖民基地是個危險的地方。我不知道他們是不是像我一樣，也在訓練中不斷被告知這點。但我沒機會問，因爲她顯然知道她該知道的事。她站起身，然後伸手拉我。

「聽著，」她說，「我喜歡你，米奇。」

「謝謝。」我說。「我也喜歡你。」

「我覺得你是個好人。要不是複製人的事……」

要不是這件事，我昨晚就會和娜夏在一起，而不是跟她在一起，但這可能不是提起這事的好時機。我站在原地，試著擠出我**能**說的話，這時她踮起腳尖，親吻我的臉頰。然後她向後退開，朝我露出悲傷的笑容，打開門。

「代我向另一個你問好，嗯？」

我站在原地，嘴巴微微張開，看著她離開。

＋＋＋

我回房間時，房門鎖上了。我湊上電子眼，等門栓打開，然後推開門。房間一片漆黑，但走廊的光照進來，我看到兩人躺在床上。

兩個全裸的人。

一人是8號，另一人是娜夏。

我站在門口，全身僵住。我完全不知道該有什麼感受。嫉妒？憤怒？悲慘？

「進來。」8號說。「關上門。」

「可是你……」我結巴。「什麼啦，8號？這到底是什麼啦？」

「抱歉。」他說。「我以爲你又要跟凱特過夜，或你可能被殺了。」

娜夏撐在手肘上。「你跟別人睡覺了？」

「沒有。」我說。「我的意思是，有，我睡在她房間，但我們沒有……」

「喔。」她說。「你們只有抱抱啊？」

我張嘴想反駁，後來發現她在笑我。

「對不起。」我說。「但妳那時跟8號在一起。」

「8號？」娜夏說。「你們現在這樣稱呼彼此？7號和8號？」

「對。」8號說。「有更好的建議嗎？」

「沒有。」她說。「我覺得滿可愛的。」

「8號。」我說。

「7號。」他說。「關門。」

我關上門。裡頭很黑，我的電子眼轉換到紅外線模式。8號發出淡橘色的光。娜夏全身明亮，散發紅光。我坐到椅子上，臉埋到雙手中。

「所以呢？」8號說。「你後來跟凱特怎麼樣？」

我抬頭看他。「什麼？誰在乎凱特？你們在這裡幹麼，8號？」

「還用問嗎？」8號說。「不是很明顯嗎？」

「不是！」我說。「我的意思是……幹你媽的！你明知道我在問什麼！」

「8號他啊，」娜夏說，她聲音低沉，像貓一樣咕嚕作響，「是在偷走你的女人。你打算怎麼辦呢？」

「8號。」我說。「我們聊過這件事。在你把娜夏扯進來之前，爲什麼不先問過我？」

「喔，放輕鬆。」娜夏說。「我不打算向指揮部舉報你們這兩個變態。」

「我們不是變態。」我說。「這是個意外。」

「我跟她說發生的事了。」8號說。「她只是在鬧你。但說眞的，你跟凱特怎麼樣？她想殺你嗎？」

「凱特？」娜夏說。「凱特・陳，保全部那個？」

「對。」我說。「妳昨天說妳要把她像魚一樣開腸剖肚，記得嗎？」

「除非她碰你。她有碰你嗎，米奇？」

「沒有。」我說。「我是說，有，算有吧，但她沒興趣，我覺得，尤其是現在。她對於複製人的事非常排斥。」

「不意外。」娜夏說。「保全那幫人都超級老古板。」

「倒帶一下。」8號說。「她知道了？」

「對。」我說。「她知道了。手奇蹟似的好了又壞，壞了又好，她就搞懂了。還有，顯然今天你跟她說要在農業部工作，而我卻跟她說我今天放假。」

「哦喔。」8號說。「這樣不妙。你怎麼脫身的？」

我嘆氣。「老實說，我不知道。她沒說要舉報我們，所以我想是好事。但她也沒保證不會，所以我想也難說。」

「你有考慮幹掉她嗎？」娜夏問。「把她留在氣閘艙外，說伏蟲吃了她？問題不就都解決了，對吧？」

8號竊笑。「如果今晚有人要被殺，肯定不是凱特。」

「沒錯。」我說。「但我不確定你在笑什麼。如果我被推入屍洞，你也要跟著陪葬，記得嗎？」

「沒人要被推下屍洞。」娜夏說。「凱特不會舉報你們。」

「眞的嗎？」我說。「爲什麼？」

我是說，我也覺得不會，但我猜娜夏跟我的理由非常不一樣。

「因爲，」她說，「她不想面對後果。」

「後果？」8號說。

「我。」娜夏說。「我就是後果。」

其實這是個好答案。我也不敢惹娜夏生氣。

當然，我也不敢惹凱特生氣。保全都很嚇人。

「聽著，」娜夏說，「一切不會有事。你們兩個必須低調點，等你們其中一人去幹些自殺任務。我們就可以把活下來的人登記成米奇9號，從此之後，大家就能過著幸福快樂的日子。」

「嗯哼，」8號說，「也不是所有人啦。」

「對。」娜夏說。「不是所有人。」

「我不知道。8號出培養槽才不過兩天，就已經有兩人發現我們。照這速度，過兩週，全基地的人都會知道此事。我不確定我這麼快就會死。」

娜夏大笑。「你知道嗎，米奇？你想太多了。把衣服脫了，來這裡。你需要讓血液離開腦袋一會。」

我看著她。

「來嘛，7號。」8號說。「我們已經是變態了，對吧？別管後果什麼的，我倆會不會都被推下屍洞，我可沒那麼篤定。這樣何不趁我們都在時，找點樂子？」

＋　＋　＋

接下來兩個小時很怪。我不想多談。

但我必須說：我不後悔。

＋　＋　＋

我癱軟在床的一邊，8號在另一頭，娜夏夾在我們之間，三人才剛陷入平靜中，便有人敲了門。娜夏原本一直在跟8號說在我們被回收之前，能玩得多開心，但她話講到一半，便噓一聲抽氣。

敲門聲再次傳來。

「我要應門嗎？」我輕聲說。「我可以把他們打發走。」

8號手越過娜夏伸來，打一下我的側腦。「閉嘴。」他用氣音說。「那可能是貝托。我們保持安靜，他就會走了。」

「米奇？你在嗎？」

喔，媽的。不是貝托。

娜夏轉身，嘴巴湊到我耳旁。

「你有鎖上安全鎖，對吧？」

門栓靜靜喀一聲滑開，門口出現一道光。

「沒有。」我低聲說。「我沒鎖。」

「米奇？」

幹。幹幹幹。

門打開。

「嘿。」8號說。「凱特，對吧？妳好。」

凱特看著我們，她嘴巴無聲開合。

「凱特？」我說。「門關上。我們可以解釋。」

她搖搖頭。

「凱特。」

我坐起來，手伸向她。她退了半步。「你在幹麼，米奇？」

「看起來像在幹麼？」娜夏說。「不進來就滾，凱特。不管怎樣，把門關上。」

凱特轉身，快步而出，門都忘了關。

「你可能要去關。」娜夏說。

我走下床，將門關上，這次，我記得把安全鎖扣上。

「這樣不妙。」我說著一屁股坐到椅子上。

「她早就知道我們的事了。」8號說。「你說過，不是嗎？所以沒有改變什麼。」

他說的彷彿很有道理。那爲什麼我胸口還會怦怦作響？

「沒事。」娜夏說。「回來床上，米奇。」

我深吸口氣，憋住，然後再吐出來。也許他們是對的？

他們不對。我知道他們不對。

但現在也無力回天。我拉開被子，爬回床上。娜夏扭身親我。

「放輕鬆，米奇。我們睡一下。」

＋　＋　＋

安全鎖喀一聲被解開，我在漆黑中驚醒。一道光隨即照入，低沉的聲音響起：「你他媽跟我開玩笑吧。」我瞇眼看著走廊傳來的強光。兩個保全擠進我房間。他們兩人都拿著光束槍。

「老天爺。」身材較矮小的那人說。「你們到底是有什麼毛病？」

另一人搖搖頭。「不管了。起來，你們三個，拜託穿好衣服。你們現在全都跟生物循環機有約。」

019

我快瘋了。

快瘋了比真的發瘋了感覺還糟。

娜夏現在抓狂很正常。她從來沒遭人壓著處決。但我沒藉口。這對我基本上是家常便飯。我曾經在兩週內被殺三次。

＋ ＋ ＋

殖民星艦抵達目的地之後，並不會直接登陸。多數飛向另一個恆星的星艦都單純爲太空航行而設計。艦體龐大又脆弱，無法進入大氣層，承受地心引力。殖民星基地的物資都是從軌道一點一滴運輸到地表。

我們到軌道幾小時之後，第一個到尼弗海姆星地表的是娜夏駕駛的登陸機，上頭有個生物隔絕室，人員有醫護部小隊、生物部小隊和我。

我們那時已經發覺，從新家的氣候和大氣來看，未來不太樂觀。馬歇爾發現我們沒有呼吸器無法在外面生存時，他其實有考慮航行去第二目標，但大量討論和吼叫之後，杜剛和生物部其他人說服他，我們只要規畫在環境系統放入藻類，就能在合理的時間內，讓大氣的氧氣分壓提高到能存活的程度。所謂合理的時間是指正常成年人這輩子不一定會看到，但我們帶來的胚胎那一代可能可以。

我記得我講過，我們殖民任務成功抵達第二目標的機率趨近於零，所以馬歇爾最後決定給尼弗海姆星一個機會。

還有，抵達殖民星的第一件事就是，確認當地有無危害人類健康的微生物。坦白說，當地微生物不只可能，而是絕對會危害人類。

當然，確認方式就是讓任務消耗工接觸從當地環境分離出來的一切，看他會發生什麼事。

我們到地表不到一天，娜夏給我最後一吻，拍拍我臉頰之後，醫護部的專業人員阿卡迪就帶我進到隔離室。他離開我之前做的最後一件事就是讓我戴上掃描頭盔，持續上傳備份。我問他這是幹什麼，他說：「我猜他們事後會想問你感覺如何。」

「眞的假的？」我說。「你要給我超級疱疹病毒？沒問題，這是我的工作。但我眞的需要記得這一切？」

他聳聳肩，走出隔離室，關上門。

＋　＋　＋

隔離室是個圓柱型的房間，寬度我伸長雙臂就幾乎碰到兩邊，高度我站起來不會撞到頭。中央有張金屬椅，把滑蓋滑開就是個馬桶，天花板有個通風口，門對面的牆上有個抽屜，他們會給我一點零食，以免我馬上死掉。我坐下來，通風口開始嘶嘶作響。

「深吸幾口氣。」阿卡迪透過通訊器說。「方便的話，用嘴巴呼吸。」

我其實沒有，因爲飄進通風口的氣體像狗屁一樣臭。嚐起來也像狗屁。

一分鐘左右後，通風口喀一聲關閉。

「謝謝。」阿卡迪說。「讓自己舒服一點。這可能要好一陣子。」

我逼自己吞下已經到嘴邊的酸言酸語，我好想酸說我不希望自己給他帶來麻煩，一定會盡力盡快死去。

幾分鐘之後，娜夏的臉出現在門口的小窗前。

「嘿。」她說。「裡面怎麼樣？」

我臉皺起。「超棒。」我指著後方的抽屜。「他們給了我零食。」

她笑了笑。「眞幸運。我們這裡只有循環糊和水。」

我轉身，翻了翻抽屜，找到一根蛋白質棒，拉開包裝。

「哼。」我咬一口說。「最好的都要提供給獻祭小豬，對吧？」

「是羔羊。」她說。

「什麼?」

「羊，米奇。我們會獻祭羔羊。豬好噁心。誰會獻祭豬啊。大家只會吃豬而已。」

我嘆口氣。「不論是哪個，牠們最後都死定了。」

＋　＋　＋

娜夏很努力。老天見證，她眞的盡力了。我們第一次接吻時她可能就已經知道，她有天會目睹我死。但八年後，一切終於發生了，我覺得她有些不知所措，也不知該作何**感受**。所以她站在窗外四小時，和我聊天。她向我形容星球透過景觀窗看起來的樣子。她聊到阿卡迪這人有多混蛋。她說她最近在看劇情片，內容是關於米德加德星上有錢到不行的王八蛋家族。

她聊到等一切結束，我從培養槽再次回來時，我們可以一起做的事。因爲她很努力，我也很努力，我不希望她比原本感覺更難過。但過了幾個小時，我感覺不大好。起初我以爲是心理因素。誰聽過蟲子那麼快就害人生病，對吧?但沒多久，我瞬間高燒。阿卡迪回來問我感覺如何。我跟他說，我感覺像感冒初期的症狀。他點點頭，又離開了。三小時後我開始咳嗽。三小時半我初次咳血。娜夏這時已不再說話，但她還待著，透過窗戶看我，一手按著她臉旁的玻璃。

到了四小時，我吸足一口氣，要她走開。我不希望她看到接下來發生的事。她沒離開。我快死時，她揪住阿卡迪，逼他幫她穿上防護服，讓她進隔離室陪我。我起初不希望她來。但後來病況變糟，我咳斷一根肋骨，咳出一塊塊組織，她握著我的手，讓我的頭靠在她肚子上，安慰我。她做的事情很可怕，同時也很美，如果我再活一千年，我永遠都會感激她。

在那之後不過一個多小時，一切便結束了。未來請一定要記得，如果能選擇死亡方式，絕對不要選肺出血。在這方面，我覺得自己應該算是權威。相信我，這絕對不會是你想死的方式。

＋　＋　＋

我醒來，全身赤裸，身上都是黏液，躺在登陸機載下來的行動培養槽旁。

「眞的假的？」我把最後一點黏液從我不再流血的肺咳出時說。「我連個房間都沒有？」

我在醫護部的老朋友柏克扔給我一條毛巾。「你全身都是黏液。」他說。

「我才不想洗床單。」

我盡可能刮掉身上的黏糊，然後穿上他給我的灰色連體服。

「吃點東西吧。」他說。「你還有二十四小時，在那之後，你要再進去。」

＋　＋　＋

「所以，」娜夏說，「眞痛苦。」

我隔著公共空間的桌子看著她。她不肯和我對到眼。

「對。」我說。「很痛苦。謝謝妳陪我。」

她抬頭望向天花板，然後看著自己的雙手，就是不看我。

「米奇……」她說。

我等她繼續說，但看來她不想說了，我不想讓她爲難。

「妳不用再經歷一次。」我說。「不該有人必須看著自己……」

「愛的人死。」她說。

我情不自禁露出微笑。我們那時已經在一起八年，那是我們第一次說愛這個字。

「妳不該目睹我死那麼多次。」

「不。」她說。「我會在。死亡……哪怕只是暫時的，也不該在你死時，就只有阿卡迪那個混蛋陪你。」

我手越過桌面。我們手指交扣。

「總之，」她說，「總要有人在那邊看著你，以防你逃跑。」

＋　＋　＋

結果他們將近一週才讓我回到隔離室。那段時間，我大多和娜夏在一起。我們有時聊天，有時玩她從德拉卡號拿來的卡牌遊戲。但大多時間，我們都抱著彼此。沒別的事好做。

四天之後，柏克來到我掛塊窗簾睡覺的小角落。他要我拉起袖子，用像鋸短水管大的針筒打了我好幾針。到一半，他還得換手，因爲我左肩已經發紫。我問他那是什麼。他表情很清楚——跟實驗天竺鼠有什麼好解釋的。但我再問一次時，他翻白眼說：「前兩針是加強免疫系統。另外四針是疫苗，用來對抗上次殺死你的微生物。我們會給疫苗兩天時間，然後再試一次。」

「太好了。」我說。「你覺得我這次有機會活下來嗎？」

他看著我，聳聳肩，別開身子。「誰曉得。」他撥開窗簾出去，窗簾在他身後落下時，他又補一句：「……大概沒有。」

＋　＋　＋

我不記得米奇4號後來發生什麼事。我知道他多少像米奇3號一樣，死在娜夏懷中，因爲他們後來讓我看了監視影像。但我不記得，因爲他們打開隔離室通風口時，米奇4號第一件做的事就是拉下掃描頭盔的線路，脫掉頭盔。

「嘿。」阿卡迪說。「你在搞什麼？」

他翻白眼。「你說呢？」

「戴回去。」阿卡迪說。「這不符合規定。」

4號搖搖頭。「對不起，阿卡迪。如果接種成功，你讓我走出這裡，我們可以馬上進行全面記錄。如果疫苗沒用……」

「如果沒用，我們會損失珍貴的數據。」

他翻白眼。「珍貴數據？你在說什麼？你根本沒問我3號發生什麼事。」

「我們知道上一代的你發生什麼事，米奇。他肺出血。我們不需要問任何問題。但萬一你身上發生更有趣的事呢？」

4號透過小窗瞪著他整整十秒鐘，然後大笑失聲。

「有趣？」他笑完之後說。「有趣？我告訴你吧，王八蛋。如果我在這裡發生任何**有趣**的事，我一定會告訴你。可以嗎？」

「米奇。」阿卡迪說。「把頭盔戴回去。快。」

4號雙臂交叉胸前，露出輕蔑的笑容看著他。

「防護服很脆弱。」他說。「很輕鬆就能弄出個洞，對不對？好好考慮一下，你有種進來逼我戴回去啊。」

＋　＋　＋

結果，4號的下場沒特別有趣。他比3號撐更久，過了二十四小時，他才開始有症狀。但殺死他的蟲開始作用時速度很快。牠先清空腸胃道，讓他上吐下瀉血水。腸胃道都沒東西後，牠就前往他的肝和腎。他三十二小時後出現敗血症狀，三十六小時後失去意識。四十小時過後，4號過世。

＋　＋　＋

我又從地板醒來。這次有十一根針在等我。

「哇。」我說。「這次眞快。」

「其實還好。」柏克說。「上次實驗已經是八天前的事了。杜剛要我們先做出下一輪疫苗，再把你製造出來。反正要送去回收，沒理由浪費食物養你，對吧？」

他一根根針替我注射。右肩打了四針，左肩打了三針，剩下打右大腿。

「喔。」他打完之後說。「杜剛也要我告訴你，馬歇爾說你這次要戴頭盔。」

「不要。」我說。「我不要。」

「對。」他說。「他想到你會這麼說，就要我告訴你，如果你不答應，我們可以不打針，把下一個你直接丟進隔離室，我們可以一直重複這麼搞，直到你配合我們的計畫。」

他說完走開了，讓我裸身坐在培養槽旁，思考哪一個選項比較糟：不會記得，卻面臨永無止境的折磨；還是慘死一次，永遠記在腦海裡。

＋　＋　＋

最後，我戴上頭盔。臨行前娜夏又來看我。這次她親吻我時，雙臂緊緊擁抱住我，直到阿卡迪將她拉開。

「就是這次了。」我踏進隔離室時，她說。「你這次會活著走出來。」

「你覺得呢？」阿卡迪連接線路到頭盔時，我問他。「這次會成功嗎？」

他聳聳肩。「再怪的事都發生過。」

＋　＋　＋

隔離室第一天，我感覺很好。

兩天之後，我感覺很好。

三天之後，我試著在那張爛椅子上睡覺，搞得全身僵硬，滿肚子火，零食櫃的東西我也快吃完了。除此之外，感覺都不錯。

＋　＋　＋

第八天早上，阿卡迪叫我脫光，大字形站著，憋住氣，閉上雙眼。接下來三十秒，我全身依序噴上好幾種噴霧，腐蝕性愈來愈強，而且絕對有毒。

「可以呼吸了。」結束後阿卡迪說。「但眼睛閉著。」

雖然我眼皮連個縫都沒有，但紫外線消毒的強光還是很痛。消毒的循環重複三次。

等一切結束，我從頭到腳一片通紅，感覺像是被活剝一層皮。

但我活下來了。

我第一次從隔離室走出來。

「穿衣服，」阿卡迪說，「去醫護部。你還沒脫離險境，朋友。」

「嘿。」娜夏說。「我可以一起去嗎？」

阿卡迪看著她良久，然後搖搖頭。「最好不要。如果他離開醫護部，妳就可以跟他相聚。在那之前，他還是潛在感染媒介。」

＋　＋　＋

我健康檢查幾乎完美。

幾乎。

物理檢查、血液、皮膚、喉嚨和鼻竇採檢全都沒問題。最後他們進行全身核磁共振掃描。

「以防萬一。」柏克說。

角色死前的經典台詞。

我回到餐廳，坐在娜夏對面，她喝著一杯循環糊，鉅細靡遺說著她獲准碰我之後，會對我做的所有事情，她說到一半停下來，看著我身後。我轉身。是柏克。他拿著一個平板電腦。

「你們兩個交換體液了沒？」

「沒有。」娜夏說。「但我們絕對會。」

「不行。」柏克說。「不准。」

他把平板電腦轉過來給我們看。上頭有張影像，像核桃剖半的圖片，灰色的東西包圍著白色的東西，又包圍……

「這是什麼？」我問，但我很確定自己知道答案。

「這是你的腦。」柏克說。

「真的假的。」娜夏說。她從桌子另一頭傾身，一根手指指著影像中間黑色的曲痕。「**那個**是他媽的什麼玩意兒，混蛋？」

「是腫瘤。」我說。「我有腦瘤，對吧？」

「不是。」柏克說。「你絕對沒有腦瘤。你身體年齡不到一週。腦瘤不會長這麼快。」

「好吧。」我說。「所以那是什麼？」

「我不知道，」柏克說，「但在搞清楚之前，你要回隔離室去。」

+ + +

所以你記得我說，要死的話，千萬不要死於肺出血吧？唉，有另一種死法，你最好也要避免，就是讓你的腦袋給寄生蟲從裡頭吃了。

牠們花了快一個月才弄死我，但最後一週左右，我基本上是個空殼。第二、三週不大好玩。起初是頭痛和痙攣，接著是進展性失智。最後牆會跟我說話，告訴我娜夏並不是眞的愛我，其他幾代的我都已經在地獄等我，寄生蟲會一直吃，但永遠不讓我死。

總之最後那句是錯的。最後牠們還是殺死我了。

一切結束後，幼蟲從我口、鼻、耳湧出，準備進行牠們下一階段的生命循環。但我們沒法知道下一階段的事，因爲阿卡迪把牠們全殺光了，然後一起倒進循環機，做出全新的我。

＋　＋　＋

所以是的，看過我經歷的這一切，你會以爲不論馬歇爾打算怎麼搞我，我都應該已經不怕了，對吧？

雖然你這麼想，但他媽的不知何故，我怕了。

020

我們走在呈放射狀的走廊上，前往中心區。矮小的保全走前面，高大的走後頭，娜夏、8號和我依序成一排向前。走下中央樓梯時，我突然想到他們可能要直接帶我們去循環機，不禁緊張到肚腸糾結起來。娜夏顯然也有同樣想法，因爲經過第二層時，她說：「你們知道在司法判決之前，不能對我們進行紀律處分吧？」

「喔，拜託。」高大的保全從我們身後說。「我們看到了剛才的事，你們沒被當場燒死就算很幸運了。」

「幹你媽的。」8號說。「你是什麼？繁殖主義者嗎？」

「對。」他說。「馬歇爾也是。你們完蛋了。」

「他說得沒錯。」前面那人頭也不回地說。

「殖民星不是神權政體。」娜夏說。「你不能直接把我們架在柱子上燒死。」

保全聳聳肩。「我想那要看馬歇爾怎麼說。」

我們抵達地面層，他們沒帶我們去循環機，也沒帶我們去地牢，因爲基地沒有地牢。就我所知，基地甚至沒有監獄。他們帶我們去保全準備室。這很奇怪，因爲那裡只有裝滿盔甲和武器的置物櫃，還有個小型的自動供餐機。我們可以進行武裝起義，順便吃點零食。保全部的計畫感覺眞的很蠢。

「在這裡等著。」高大的保全把我們關進去後，說：「別動裝備，也別想點餐。」

「不然怎樣？」娜夏說。

他盯著她良久，搖搖頭說：「總之在這裡等著。」

他走了之後，娜夏走去一個置物櫃，把電子眼湊近掃描機。顯示器閃爍紅光。

「喔，好吧。」她說。「至少試過了。」

「好喔。」8號說。「但要是開了，妳要幹什麼？」

她聳聳肩。「殺向自由吧，我想。」

如果我們能打開置物櫃，我們會怎麼做？這其實是個有趣的問題。我們甚至沒被關住。就算拿不到武器，我們也能逃走。他們來找我們時，我們可以制服一個保全。我們可以做許多事。但那樣又如何？基地是整個星球上唯一不會害死我們的地方。仔細想過之後，我漸漸覺得，其實尼弗海姆星本身就像一座巨大冰冷的監獄。

房中間有張沙發，還有個低矮的咖啡桌。8號坐到一端，頭向後靠，閉上雙眼。過一分鐘，我坐到另一頭。娜夏坐到我們之間，將我們拉向她，雙臂摟著我們的肩膀。

「你知道，」她說，「要是在離開米加德星之前，你問我覺得自己會怎麼死，我的答案絕不包括犯下性犯罪，被人丟進屍洞這項。」

「妳不會死。」8號眼都沒睜就說，「我們只有兩名飛行員，其中一個就是妳。接下來馬歇爾會設法整妳，但他不能殺妳。」

「我不知道。」娜夏說。「他現在是這麼想，但在我殺了凱特之後呢？」

8號聳聳肩。「我想要看妳下手之後，現場能布置得多像意外吧。」

接著我們沉默一會，全都閉著眼，頭靠在一起。8號說馬歇爾不會殺娜夏可能是對的。但他絕對會把我們殺了，現在我很確定9號從培養槽出來時，他會是獨立於我之外的個體。特修斯之船是個屁。

喔，往好處想，至少這次有伴。

大概一小時之後，矮小的保全回來了。

「米奇，」他說，「走吧。」他皺著眉。「兩個都是。娜夏，妳暫時待在這。」

娜夏手臂仍摟著我們。她親8號，然後轉頭親我。保全別開頭。

「搞什麼，娜夏？說眞的，搞什麼？」

「關你屁事。」

8號嘆氣。「妳知道，」他說，「這樣只讓事情變得更糟。」

他可能說對了。不過換個角度，至少在我們看來，事情絕不可能再更糟了。

我們站起來，走了出去。

＋　＋　＋

保全沒帶我們去循環機。他帶我們經過走廊四道門，把我們塞進大小像工具間的房間。

「這是哪？」我問。

他聳聳肩。「工具間。」

他把我們推進去，然後關上門。房間一片漆黑。我的電子眼切換到紅外線模式，但我現在其實只想快點睡覺，所以又把電子眼切換回來。我彎身坐在角落，額頭靠到膝蓋上。迷糊之中，一個聊天視窗打開。

米奇8號　**絕＊＊了＊＊嗎？**

我把電子眼調回紅外線模式，抬頭看8號。他坐在另一頭角落，像我一樣弓身坐著。他已經在打呼。

米奇8號 — 董**

啊，煩死。他在傳夢訊吧。我眨眼關掉視窗，關閉電子眼，閉上雙眼。

＋ ＋ ＋

不知過了多久，我醒來時，門已打開，光全照了進來。另一個保全來找我們。我認識這個人，他名字是盧卡斯。我在星際航行時常看到他在轉輪，用超慢動作練習某種武術。我有次問他那有什麼用。我的意思是，打贏的關鍵不是要比對方快嗎？他微微一笑，搖搖頭，繼續下個動作。

我總覺得他應該是個好傢伙，但他今早來帶我們時不大開心。

「嘿。」他說。「你惹上麻煩了，米奇。」

「對。」8號說。「我們知道。」

「你怎麼了，老弟？你怎麼變成兩個？」

「說來話長。」我說。「但比較短的答案是這全是貝托的錯。」

他大笑。「早該知道。貝托是個天兵。我不懂你幹麼一直跟他混在一起。」

「對啊。」8號說。「我最近也一直在想。」

「好吧。」盧卡斯說。「該站起來了。老大想見你們。」

＋ ＋ ＋

「老天啊，巴恩斯。」馬歇爾說。「即使發生過那麼多事，我還是不敢相信。」

我決定不要問他「即使發生過那麼多事」是指什麼。

我們再次回到他辦公室，坐在兩天前貝托和我坐過的兩張小椅子上。過了四十八小時，馬歇爾的心情似乎還沒變好。

「聽著。」8號說。「我知道這看起來很糟，長官，但這又不是世界末日。我知道現在不該有兩個我們，但你知道，我們不是故意的。總之，某方面來說，這是好事。基地目前難以生存，有我們兩個在，代表有兩倍用處。說到底，你需要我們。所以對這件事，你可能要睜一隻眼閉一隻眼。」

馬歇爾氣得漲紅了臉，下巴無聲咬了兩秒，最後他突然站起，雙拳打在桌上。

「聽好，你們兩個天殺的混蛋！我才**不管**是不是故意！再加上，你們在大家快餓死時，從基地偷走了七十公斤的鈣和蛋白質。更不用說，你們其中一個發現自己重複的**那一秒**，就該他媽的自己跳進循環機。我的老天爺，巴恩斯，你們還跟彼此**發生關係**。我不……我……」

他結巴，最後不說了，一屁股坐回椅子上。他深吸口氣，閉上雙眼，緩緩吐出。他再次睜開眼，面無表情，像人偶一樣。

「你是個怪物。」馬歇爾說，他的聲音低沉死板，「你們倆都要進循環機。我們這次討論的重點以及要回答的問題是，是否要製造第九代的你，還有娜夏是否要跟你們一起下屍洞。」

8號下巴落下，我雙眼睜大。

「長官。」8號說。「拜託——」

「娜夏並不知道。」我說。「我是說，我不小心碰到她和8號之前她都不知道，那不過是剛才的事，就在保全抓到我們之前。你不能怪她，長官。這不是她的錯。」

「我已經和娜夏談過了。」馬歇爾說。「她說她知道。她說兩天前跟你在一起就發現怪怪的。她還說，她跟你們倆幹的事他媽不關我的事，我可以把我狗屁繁殖主義道德觀塞進我屁眼裡。」他頓了頓，又深吸口氣，調整自己心情。「要不是她是專業戰鬥飛行員，要不是我們近期發現當地生物具有意識，可能要和牠們作戰，我早就除掉她了。」

「等一下。」8號說。「什麼？」

「兩個晚上前，你們去打獵帶回來的獵物，」馬歇爾說，「牠不是純粹的生物。你們稱爲『伏蟲』的傢伙，看來其實是某種混種的軍事科技。當然，根據牠們對主氣閘艙地板做出的事，我們也早有此懷疑，但樣本的分析證實了這點。我們現在處於戰時編制，這代表關於娜夏的處置，我必須從長計議。」他向後靠，雙眼緊緊閉起，手捏著鼻梁。「幸好，處置你們兩個沒有這問題。」他向盧卡斯一比，他剛才站在門口待命。「請帶他們去拘留室。我還有幾個人必須聊一聊。結束之後，我再來處理他們。」

＋＋＋

所以有件趣事能跟你們分享：到頭來，我們其實有監獄。

＋＋＋

「好啦。」8號說。「總之這幾天很不賴。」

我站起來，從凳子走了兩步到床邊。他們把我們關來這裡前，我都不知道殖民基地有個牢房。顯然把我們帶出房間的保全也不知道，不然他們之前不會把我們跟零食關在一起。我們此刻待在標準二乘三公尺的房間。這裡跟基地其他房間唯一的差別是，房門是從外頭上鎖。

就我看來，自從離開米德加德星以來，我們是頭兩個關進來的人。

「我想我們原本的計畫是對的，嗯？」我坐到床上，躺下來，閉上眼睛。

「你那時候應該把我推入屍洞。至少你會讓我頭先進去。」

「對啊。」他說。「我想你說得有道理。你覺得他真的會把我倆都殺了嗎？」

「似乎是。」

我們沉默坐在原地一會。很奇怪，這反而令人鬆一口氣。打從我走進我房間，看到8號躺在床上，全身沾滿黏液的那一刻起，我內心一直都忡忡不安，五臟六腑無比緊繃。我知道不可能永遠守著祕密，也一直害怕東窗事發。現在想像成了現實，接下來的下場我心裡多少有數，因此反而冷靜了些。其實我都快睡著了，這時8號又開口。

「他說他可能不會用培養槽製造9號。你覺得他真的會這麼做嗎？我是說，殖民基地需要消耗工。」

我睜開眼，轉頭望向他。「你覺得馬歇爾在乎嗎？」

他想回答，猶豫了一下，然後搖搖頭。「對，我也覺得他不在乎。」

我再次閉上雙眼。「不如改問這題：『有差嗎？』」

「這什麼意思？」

我嘆口氣，坐起來，轉身面對他。「你不是我，8號。這還不夠明顯嗎？」

他盯著我五秒才開口：「重點是什麼？」

「我的重點是珍瑪在希默爾太空站塞進你腦袋的一切，至少那些關於長生不老的一切說詞，全是狗屁。就是這樣。我的一生就只是過去六週，你的一生就是過去幾天。我們就像蜉蝣生物，馬歇爾把我們推進屍洞，我們就死了。我不管他是否製造9號，因爲就算他造了，9**號也不是我**。他只是另一個睡在我床上，吃我食物，碰我所有東西的傢伙。」

8號搖搖頭。「不對。我才不信。記得特修斯之船的事嗎？記得康德嗎？如果他覺得他是我，所有人也認爲他是我，那就無法證明他不是我，因此**他是我**。你現在在想的是這個？我想這就是他們不准有兩個複製人的原因。」

我翻白眼。「他們不准有兩個以上的複製人，是因爲艾倫．梅尼柯瓦想統治宇宙。」

「隨便。」

他彎身坐到長凳上，雙臂交叉胸前，閉上雙眼。

時間一分一秒過去。我不斷睡睡醒醒。8號坐在長凳上，眼睛半闔，雙手交疊在大腿上。我睡到一半驚覺，我正在睡掉我生命的最後幾小時，但我也不在乎了。

最後，門鎖答一聲解開，門隨即打開。叫蓋瑞森的保全走進來。他又矮又瘦，沒帶光束槍，有那麼一秒鐘，我蠢到考慮撲向他，制服他，然後逃出去。

但逃去哪裡呢？白痴。

「嘿。」他說。「你們誰是7號？」

我望向8號。他聳聳肩。我呻吟一聲，坐起來，舉起手。

「很好。」他說。「走吧。」

我站起來，8號露出淡淡的笑容。「另一頭見了，兄弟。」

「好。」我說。我們兩人都知道，另一頭代表別人杯裡的循環糊，但至少他看起來原諒了我無情戳破他長生不老的夢幻泡泡。蓋瑞森退開，比向走廊。我跟他走出去。

循環機是在最底層，位於基地中央。我很快發現，我們並未朝那方向走。等我們來到馬歇爾的辦公室，我開始覺得自己或許又能多活幾小時了。

蓋瑞森敲門時，我才又想到，也許馬歇爾只是想親自槍決我。

「進來。」馬歇爾說。門打開，蓋瑞森招手要我進去。我走過他，門關上。

「坐下。」馬歇爾說。

我搖搖頭。「我寧可站著。」

他嘆口氣，布滿血絲的雙眼緩緩閉上，然後再睜開。「隨便你，巴恩斯。」

他向後靠到椅背上，雙手放到大腿上，抬頭看我。「我和貝托聊過了。我需要你告訴我，你對外頭那些傢伙有些什麼了解。」

「東西，長官？你是說伏蟲？」

「對。貝托最初的報告推測你死了，他說你被伏蟲殺了。三天前，我們面談之後，他修改的報告指出你墜落時摔死了。一小時前，他又改了說法，他說你掉落時貫穿冰層，落到某種地道或山洞系統，但他拋下你時，你仍活著，而且意識清楚。他估計你可能位於地表下一百公尺左右。他覺得你會死在那裡，但顯然你設法找到路，逃了出來，對不對？」

我點頭。「這就是這一團亂的原因，長官。貝托回報說我死了，等我回到基地，8號已經出培養槽了。」

他揮手打斷我。「我現在不管那件事，巴恩斯。我在乎的是地道。那裡不該有地道。我們的軌道偵測指出，這區地質十分穩定。沒有火山、斷層、山脈和鬆軟岩石。不可能有大規模洞穴系統。」

「對，長官。」我說。「我也這麼想。」

「對。你對地道還有什麼印象？你覺得那是自然地貌嗎？有沒有什麼不自然的痕跡？」

我猶豫了。要說多少？如果我說地底下有巨型伏蟲，牠們想的話，能直接拆掉基地外牆，馬歇爾聽了會怎麼反應？

其實我不用想就知道他會有什麼反應。如果想得到方法，他會把牠們全殺光。

馬歇爾掌控著星艦引擎能源。

他絕對想得到辦法。

我不知道在殖民羅安諾克星時，有沒有人也閃過殺光原生物種的念頭。

「我覺得地道不是自然形成，長官。比較像刻意建造而成的。」

他眉頭皺在一起。「我明白了。那你究竟打算等到何時才要告訴別人這件事？」

我沒回答。他明擺著知道答案。過了尷尬的五秒鐘，他揮手表示算了。

「好吧。依照你的處境，我能明白你爲何遲疑。你在地道有沒有看到什麼生物？」

這一刻只能說出眞相了，對吧？我想到巨型伏蟲將我推出地道，將我放到花園裡。我想到我一直看到的畫面，巨大蟲蟲露出白森森的牙齒，衝著我微笑。

我想到杜剛被拉到雪中。

我想到羅安諾克星。

我閉上雙眼，吸口氣，吐出來。

我將一切告訴了他。

021

門打開時，8號頭迅速扭過來。他看到是我，下巴都掉了下來。

「嘿。」我說。「想我嗎？」

蓋瑞森將我們再次關在裡頭。我坐到床上。

8號歪頭。「怎麼回事？」

我聳聳肩。「目前來說，馬歇爾似乎比較擔心殖民基地被伏蟲吃了，沒空來管變態複製人到處亂跑。」

「喔，」他說，「意外地恢復理智了。」

「別高興得太早，我沒說他不會殺我們。我覺得他還在考慮。我告訴他貝托拋下我之後發生的事。我覺得他被嚇到了。」

「你**到底**發生什麼事？你從沒告訴我。」

「這麼說吧，我並不意外聽到馬歇爾說我們在對抗的是有意識的生物。另外，順帶一提，我們看到的伏蟲不是唯一的一種。外頭有大到能吃掉整架飛機的巨型伏蟲，吃完還能再吃別的當甜點。」

「而且牠們有軍事科技。」

「看來是如此。」

「我們要變成戰時編制了。」

「馬歇爾是這麼說的。」

他向前傾，手肘靠在雙膝上，用雙手揉著臉。

「這樣不妙，7號。我們沒有陸地對戰武器，無法對抗具備科技的種族。我們只有一百八十人。」

「一百七十六。我們死了五個人，然後多加上一個我。」

他抬頭看我，皺起眉頭。「隨便。但我們建造殖民基地前，應該要知道這件事。」

他的意思是，這樣我們就能先從軌道上進行轟炸。但這樣的話，我們在陷入危險之前，就會先犯下種族滅絕之罪。

我此時必須提醒自己，8號是少了六週記憶的我。但我怎麼會對他說的概念這麼害怕？伏蟲眞的影響了我的思考嗎？

「不重要。」我說。「我們當時不知道，但現在爲時已晚。」

他向後靠，雙臂交叉在胸前。「是嗎？」

當然，就是這樣。而且可能不算太晚。如我所說，馬歇爾掌控星艦引擎全部的能量。我們也許沒有空中的優勢，但我們還是掌握非常多的能源。

「總之，」我說，「不論最後如何，我們橫豎都不會存活在世上，不用瞎操心。」

「很難說。」8號。「他還沒殺死我們，對吧？」

我又躺回床上，雙手枕在頭下，閉上雙眼。

「別興奮太早，8號。我相信這只是暫緩而已。」

＋　＋　＋

我躺在牢房等著馬歇爾決定怎麼處置我，並希望他如果決定要將我丟入循環機，至少要有點良心，先殺了我，這時不知何故，我不禁想起6號。

我當然不記得所有死亡的經歷。4號死前拒絕上傳，我也完全不記得身為2號的感受。但他們發生什麼事，我完全知道。我透過監視影像看到了兩人的結局。老實說，我仍不知道哪個比較糟，記得自己的死亡，還是看到那些影像。但是6號……我以為自己知道他發生什麼事。貝托告訴我，他被伏蟲撕成碎片。

但貝托也對我說，**我**是被伏蟲撕成碎片。

關於我死的事，貝托清楚證明了他的話不可信。

我現在好奇起來，6號最後也被留在地道嗎？他只是最後沒找到出口嗎？如果我有機會再見到貝托，我一定會逼他說出眞相。

哪怕因此會害死我也沒差。

我還在想，電子眼就跳出聊天視窗。

米奇8號　**唯**＊＊**清**＊＊？

我轉頭看向8號。

「別鬧了。」他說。「又搞這套？」

米奇8號　＊**清**＊？**唯**＊＊？

我坐起來。「你在幹麼，8號？」

「我？是**你**才在幹麼咧？這些亂七八糟的訊息是怎麼回事？」

我搖搖頭。「這不是我。我以爲你在傳夢訊。」

他表情從煩躁變成疑惑。「『傳夢訊』？跟說夢話一樣，還有這種說法？」

「也許有吧？」

米奇8號　**唯**＊＊？**清**＊＊？

我眨眼關上視窗。「如果不是你，也不是我，那是誰啊？」

8號聳聳肩。「看來一定是當機了。同個帳號不該在系統上有兩個不同的節點。我們之間一定出現了機器回饋。」

「喔，拜託。」我說。「那是你剛才編的吧。關於網路，你和我一樣一無所知，我連你說的可不可信都不知道。」

「不如這樣，」他酸溜溜說，「等馬歇爾把你推下屍洞之後，我看他要不要讓我多待一會，這樣我就可以看這問題還在不在。這應該是個頗有趣的實驗。」

我嘆口氣。「謝了，8號。你眞是我的好兄弟。」

＋ ＋ ＋

你現在可能有些錯誤印象，以爲殖民星任務全都遭遇慘痛失敗。當然那和現實有落差。我一直重複閱讀失敗案例，是因爲我們進到尼弗海姆星軌道之後，我腦袋就一直想著這些事，但現實中有無數激勵人心的成功案例。例如卑爾根星。

第一艘殖民星艦抵達卑爾根星時，整個世界的兩極之間都是叢林。那裡有兩塊大陸，一塊大，一塊小，兩座大陸都有赤道經過，並橫跨南北半球。那裡有藍色溫暖的海洋，一大堆叢林島嶼，大氣層氧氣充沛，也充滿二氧化碳，生物圈只能以瘋狂來形容。沒有任何有意識的生物，也沒有過度巨大的怪物，但動物強壯，動作迅速，脾氣暴躁。星球上的樹木會動，而且是肉食類，微生物適應力強、感染力高且無所不在。指揮部從軌道派遣一組探索隊，下去調查地面情況。即使身著裝甲，手持重型武器，他們也撐不過一天。

這地方非常危險，卑爾根星指揮部處境艱難。如我所說，殖民星艦停下後，其實無法重新收拾，前往新的地點。於是他們既來之，則安之。

他們把較小的大陸全面消毒。燒盡一切，直至岩床暴露。

現在那是塊美麗的地方。從我讀到的一切來看，那裡基本上是座天堂。

所以，沒錯，我們不是每次登陸新星球都死很慘。

我的意思是，**有人**總是死很慘。

只是不一定是我們。

＋　＋　＋

快到中午時，門再次打開。這次是不同的保全。塊頭較大，皮膚黝黑，理了個平頭。他叫多尼歐。我很確定他是兩天前在餐廳把我電暈的那個。

「起來。」他說。「我們走。」

「哪一個？」8號問。

「兩個都來。」

我望向8號。他聳聳肩。我們起身走了。『期待』是一件有趣的事。四小時前，我們以為出了牢房時就要進循環機。當時我其實不害怕，因為我知道接下來要發生的事，也知道自己無能爲力。那一刻，我反而特別平靜。

但這次我們走出牢房，我以爲是要再去馬歇爾辦公室聊伏蟲的事。結果沒有。我們經過那條走廊，繼續向前。我心跳加速，肚子糾結成團，開始發疼。

這次眞的要去循環機了。

我們走到時，馬歇爾在那裡等著我們，旁邊還有娜夏、凱特和兩名保全。他們身上帶著光束槍。

屍洞已經打開。一束束閃光在表面飛舞。

「所以，」馬歇爾說，「我們開始之前，我有幾個問題。」

「喔，還問個屁啊。」8號咕噥。

馬歇爾瞇起眼。「你說什麼？」

「聽著，」8號說，「我懂你，馬歇爾。我爲你死已經九年了。除此之外，你大致上來說算個好人。雖然你常常很討人厭，但你不是劇情片裡那種壞人，我不懂你爲什麼現在要表現得跟個壞人一樣。你不希望有兩個複製人在你殖民基地。沒問題。殺一個，把他推下屍洞，問題就解決了。或者如果你想的話，可以殺兩個，再從培養槽造個新的。快動手，別再浪費時間。」

「好吧。」馬歇爾說。「我說清楚。如果你們今天進了屍洞，未來絕不會有另一個你。你們的人格和身體模組會從伺服機刪除，你們現在面對的不是去培養槽一趟，巴恩斯，你們面對的是死刑。」

8號搖搖頭。「狗屁。現在我們只有一百七十六個人，又碰上戰時編制。你現在需要你所有的人力。你當然不可能把唯一的消耗工幹掉。」

「這倒是眞的。」馬歇爾說，他臉上露出緊繃的笑容。「但不一樣的是，你們不是這殖民基地唯一願意當消耗工的人。其實如果有必要，凱特下士已自願接下此任務，替補你的職位。」

8號張嘴，閉上，然後又張開，發不出聲音。我轉頭望向凱特和她的保全同伴。另外兩人看我，手指摸著光束槍扳機，但凱特瞪著前方的地板。

「凱特？」

「對不起。」她沒抬頭說。「不是針對你，米奇。這是爲了殖民基地好。」

我爆出一個簡短、刺耳的笑聲。「爲了殖民基地好。很好。這就是前幾天晚上妳的目的，對吧？我覺得我長生不老嗎？我想妳得到答案了，嗯？」

她和我四目相交。她悲痛的表情讓我頓時消了氣。

「拜託，米奇。我不是故意讓這一切發生。」

「就是妳讓這一切發生，凱特。」

她眼角流出一滴淚，滑下臉頰。「對不起。」她說。「我只是……」

「閉嘴。」娜夏說。「說眞的，凱特。他媽閉嘴。」

「夠了！」馬歇爾說。「別假裝這是什麼背叛戲碼，巴恩斯。就我所知，凱特透過你的行爲，不是她的行爲，看穿你的狀態。她一發現，就有義務向指揮部上報。如果她沒這麼做，現在她就該站在你旁邊，等著被推入屍洞。而且她自願代替你，跟你最後的下場無關。如果我要抹除你，沒人自願，我們也會徵召另一個消耗工。」他頓了頓，等我聽清楚了才繼續。「現在的重點是，你仍有機會不被判死刑。」

全場一片沉默。我們身後，保全把光束槍安全鎖喀一聲按上。

8號先開口。「那我們必須做什麼？」

「稀鬆平常的事。」馬歇爾說。「你們想不被推下屍洞，唯一要做的就是盡忠職守。我有個任務要交給你們。」

我翻白眼。「我想是一個會讓我們兩個死掉的任務？」

馬歇爾轉向我，他笑容變得充滿戲謔。「我需要複述消耗工的工作說明嗎，巴恩斯先生？」

我嘆氣。「說吧。」

於是他說了。

022

讓我在這告訴你，反物質是個屌玩意。

單純的反物質基本上就像正常的物質一樣。要是在宇宙大爆炸時，多一根頭髮般的反物質並少一根頭髮般的正常物質，我們現在就會活在反物質宇宙。但事情不是如此。我們如今活在正常物質的宇宙，而要是反物質出現其中，則會發生可怕的事情。正常物質和反物質作用時，質量並不總是全部轉換成能量，而要看是何種粒子在交互作用、相觸時處於何種能量狀態以及它們所在的環境，結果可能是一連串伽瑪射線，或接近光速的次原子粒子大量彈射。

不管是1號或2號都會很樂意告訴你，身為生命體，你絕不會想靠近那些玩意。

反物質是在舊地球發現的。在大遷移前，那時鄭石氏號的設計甚至還沒出現在繪圖軟體裡。但許久以來，這只是個有趣的玩意兒。他們還搞不懂反物質要怎麼合成和大量保存。而大家普遍認爲，丘貢金程序就是直接造成大遷移的重大進步。

原因之一是，反物質是星際航行的關鍵。現實物理限制下，其他物質都無法在有限空間中蘊含大量能量，並讓我們以接近光速的速度，橫越兩星間遙遠的距離。就算某些無用的推進理論眞的奏效，人類只要沒製造出反物質塊，大遷移就不會發生。

你現在應該很清楚，殖民星任務是孤注一擲之舉。它很貴，失敗率高，就算成功，你去的地方也可能比原本所在的星球更爛，至少好幾代都不會改變。人們會不顧一切出走，若不是爲了**奔向**美好的未來，就是想**逃離**可怕的宿命。以古老的密克羅尼西亞人爲例，他們是因爲碰上了資源匱乏和飢荒。

我們則是因爲泡泡戰爭。

人類歷史上有個眞理，只要出現進步的新科技，一開始肯定會拿來滿足性需求。印刷術？是有印了些聖經，但主要是拿來印色情書刊。抗生素？正好治療性傳染病。電子眼？電子眼一開始的功用不用我解釋了吧。但大規模製造反物質就不是如此。快速擴散的高速夸克和膠子一點也不性感。

新科技第二個投入的領域，當然就是戰爭。

在這方面，反物質適合到可憎的地步。

老實說，我們的祖先有大概花十秒左右，研究反物質在別的領域上的應用，像能源生產和星艦推進等等，到最後才拿來研究如何把人類炸成輻射塵。我猜主要原因是那時磁單極泡還未發明，因此無法利用反物質來進行種族滅絕。畢竟你不能像做核彈一樣來製造反物質彈。你必須隔絕反物質核心，不讓任何正常物質和它起作用，而少了五千公里的磁環線圈和真空室，那是相當困難的事。磁單極泡簡單解決了問題。如珍瑪向我解釋，每個泡泡就像時空的節點，內外部基本上存在不同宇宙。將一小團反物質包在裡頭，你就能將巨大能量儲存在小巧、相對安全的包裝裡。這就是德拉卡號儲存燃料的方式。德拉卡號加速時，內含反物質的穩定單極泡泡會從儲存處流入反應爐，它們會和相反極性的泡泡混合，變成正常物質。

接著泡泡兩兩爆炸，霹靂啪啦蹦，大夥加速飛上天。

你大概能料到接下來的事。

要準備泡泡彈非常簡單。只要把一堆裝滿反物質的單極泡泡放到發射裝置裡。裝置擊中目標，泡泡會飄到空中，因爲磁力同性相斥，它們會全部散開。過一陣子，便會爆炸。

反物質的種類以及泡泡的分散範圍會造成不同的結果，有的能在平流層炸出個大洞，有的能讓天空下起輻射雨和量子粒子，殺死目標區域內小至病毒層次的一切活物，只留下建築設施完好無損。

正是這點吸引了舊地球各國戰略人員的注意。當時他們坐擁熱核武已久，一且動用勢必造成自毀式末日浩劫。熱核武的難題是：如果想給對方致命一擊，環境就會遭到破壞，天空飄輻射塵、垃圾飛到平流層並造成輻射殘留等等。換言之，最後不單單毀了目標，也毀了它的鄰國，以及鄰國的鄰國，還有鄰國的鄰國的鄰國，到最後還可能害死自己。以上情況是假設對手沒有採用熱核武反擊，不過要是一開始就考慮升級到這個檔次的手段，對方大概也有熱核武。

泡泡彈解決了所有問題。結構和調配正確的話，泡泡彈能消滅敵方大片土地，但幾乎不會帶來後續副作用。你可以將泡泡彈做得又輕又小，悄悄送去敵營，他們死前都不知道自己怎麼死的。你能殺死所有人事物，想要的話，隔天就能進軍占領。你甚至不用擔心屍體會臭，因爲那裡根本不會有任何細菌讓屍體腐爛。以戰士的角度來看，那是完美的武器。

當然從人類的角度來看，那是一場惡夢。

再加上一個重點背景補充：在這一切發生之際，舊地球正陷入環境危機。他們的人口密度幾乎比伊甸星還多一百倍，換言之是大遷移星球平均的一千倍，而工業和農業和我們相比更沒效率，又雜亂無章。最後他們基本上是被自己的垃圾搞死。幾百年間，他們改變了大氣化學組成，原本居住大量人口的地區瞬間變得無法住人。他們同時面臨食物和水分配不均的問題。再加上他們政治上完全分治，有將近兩百個獨立政體，各自宣稱擁有星球上某一塊土地的主權。就在這一刻，世上突然出現一個武器，能把另一政體的人口完全消滅，騰出一塊空無一人的全新領土。顯而易見的是，這些條件相加在一起，後果非常可怕。

泡泡戰爭的記載不大可靠，因爲史料是由先下手爲強，最後存活下來的人所寫，但有幾件事我們很確定。戰爭總共打了不到三週。只有個位數的獨立政體參戰。戰爭結束是因爲星球現存的反物質耗盡了。

更重要的是，舊地球只剩下一半的人口，在當時那也就等於全人類僅存的人口。

歷史學家認爲，就因爲泡泡戰爭，導致不到二十年後，鄭石氏號發射了。還有什麼能解釋大遷移？我們居然要拋下最適合人類居住的星球，拋下我們發展出的文明，遷移到需要環境重塑、疫苗接種並與當地具意識的生物戰鬥的地方……唉，就是遷移到像尼弗海姆一類的地方。這當中還能有什麼解釋？他們顯然發現，人類如果待在同一處，最後必然會殺死彼此。也眞是給他們說中了。過去六百年來，舊地球變得無聲無息，沒再傳出丁點聲響。

人類要長期存活的唯一希望就是散布在宇宙中。

他們也很清楚，如果反物質武器仍在，大遷移也沒有用。聯邦成立之初，我們就孤立了舊地球，如今我們甚至不知道舊地球上還有沒有人活著。我們總希望自己和他們不一樣，我們更有智慧，更進化了之類的狗屁。

但事實上不然。聯邦的人沒有變，我們終究是來自舊地球的人類。我們還是會和彼此吵架，有時還是會打架。

但我們不會動用反物質。那是唯一不變的準則，甚至比禁止複製人的規定更根深柢固存在我們心中，也是聯邦的每個星球都必須遵守的。

這是唯一一個規定，如果有人打破，而且鄰近星球發現的話，會送你一顆子彈。

023

「就是這，對吧？」貝托從駕駛艙問。

艙門滑開，我向下望。我們盤旋在冰隙上方。這裡跟這鳥星球的其他冰隙看起來毫無差別。這是我摔下去的地方嗎？

「可能吧。」我說。「誰曉得？」

「我就當你確認了。」貝托說。

絞盤放下兩公尺的繩索。8 號背起背包，扣緊鎖釦。

「下頭見。」他說著躍入空中。

繩索不斷變長，我拿起自己的背包。重量比我想像中輕。很難相信這背包裝著能摧毀一座城市的力量。

不久，絞盤開始倒轉。繩索尾端出現時，我遲疑了。

「嘿。」我說。「貝托？在幹這件事之前，我真的想先搞清楚一件事。6 號到底發生了什麼事？」

貝托嘆口氣。「伏蟲幹掉他了，米奇。你第一次問我就告訴你了，就你剛從培養槽出來的時候。」

「我不相信。」我說。「這次你也跟我說我被伏蟲吃了，記得嗎？」

「我沒有說牠們**吃**了他。」貝托說。「我說牠們幹掉他了。你自己覺得是吃掉了。他在另一個冰隙探勘，離這裡不遠。如我所說，伏蟲從雪裡冒出。但牠們沒把他五馬分屍。牠們把他拖到一個洞裡。我過十五分鐘才失去他的訊號。他最後十秒鐘語無倫次。我有種感覺……」

「什麼？」

「我很確定牠們做的事，就跟我們抓伏蟲來一樣。」貝托說。「牠們把他剖開，看他是怎麼運作的。」

「牠們拿了他的電子眼。」我說。「牠們拿走**我的**電子眼。」

「也許吧。」貝托說。「可是牠們拿了也不能幹麼。」

幾天之前，我可能會同意。但現在呢？

「你對我說謊。」我說。「你對**指揮部**說謊。你一定比我早知道伏蟲是有意識的生物。你隱瞞這種事會被判死刑的，貝托。你腦子在想什麼？」

他不答腔。我等了十秒鐘，然後搖搖頭，手伸向繩索。

「我很害怕。」貝托說。

我轉頭看向他。他避開我的目光。

「害怕什麼？在你謊報之前，你不算有錯。我發生的事不是你的錯。」

「對。」他說。「我不是怕指揮部。我是怕他媽的伏蟲。我可能可以救你。我能把你從洞裡救出來。如果我快點衝到地面，帶把放射砲，我甚至能救回6號。但我沒去。我沒救他，因爲我很害怕。」

突然之間，一切都說得通了。

「你是貝托．高梅茲。」我說。「你是駕飛機以每秒兩百公尺速度穿過三公尺岩縫的人。你什麼都不怕。」

他嘆口氣，點點頭。

「你冒著被判死刑的風險，就因爲你不敢對我、對馬歇爾……對你自己承認害怕？你無法讓任何人知道，世上有東西讓你感到害怕。」

他轉身面對控制台。「8號在等你，米奇。」

「你知道，」我說，「哪怕只有一點點我留在9號身上，我見到你一定會揍你一頓。」

他沒有回應。

我扣好釦鎖，向下一躍。

＋　＋　＋

「所以，」我在底下解開釦鎖時，8號說，「**就是**這裡嗎？」

我看向四周。冰隙表面大概幾公尺寬，我們兩側聳立著三十公尺高的冰山。冰牆中間有塊岩石突出，看起來有點像猴子的頭。

「對。」我說。「我想是吧。但我覺得不重要。我很確定這整個區域都挖空了。就算這不是我之前掉下去的地點，我們只要找另一個地道入口就行了。」

繩索消失了，過一會，我們聽到貝托運輸機重力場嗡鳴，他加速離開了。我們開始往前。剛過岩石，我看到洞的邊緣。看來過去幾天雪不大，沒把洞蓋住。

「那裡。」我說。「我就是從那摔下去的。」

我們走到邊緣，向下看著洞中的岩壁，角度滿陡的，寬度大概一公尺多。

「看起來能用爬的。」8號說。

「8號。」我說。「我們不該這麼做。」

他轉頭看我。「你覺得有更好走的路嗎？」

「不是。」我說。「我不是這個意思。我是說，我們不該做這件事。」

「不對。」我說。「我們要做。」

「伏蟲。」我說。「牠們是有意識的生物。」我大拇指朝背包一比。「丟出這東西是戰爭罪。如果米德加德星發現我們做這種事，他們會讓我們成爲下一個葛特星。」

基本上，我們兩人的背包都裝著一顆迷你版的泡泡彈，裡面是德拉卡號燃料儲存室拿來的五萬粒反物質，每粒都存在一顆磁單極泡中。我們發射時，它們會向外散射，像鬼火一樣飄過空中。

最後泡泡會爆炸。

我光是想到自己背著這玩意，全身就毛毛的。

「我知道牠們有意識。」8號說。「那就是我們這麼做的原因。我們在人類身上用這武器才會犯下戰爭罪。灘頭堡殖民基地本來就百無禁忌。我們的環境重塑機爲了讓我們居住，會將整座大陸消毒。你明知道這些的。」他坐到洞口，身體向前。「幫個忙，嗯？第一個落腳點有點深。」

「牠們其中一隻救了我。」我說。

他抬頭看我。「什麼？」

「四天前。」我說。「在地道中迷路時，貝托以爲我死了。有一隻伏蟲救了我。牠把我抓起來，帶著我走到基地附近，放我走了。」

「所以你是在說，」8號說，「我們發生這麼多鳥事其實是**牠們**的錯。」

好吧，我想這也是一個角度。

「總之，」8號說，「那不重要。你聽到馬歇爾說的。如果我們不幹，就要進循環機，然後不會再有米奇存在了。他會把人格從伺服器上刪了，他媽的**凱特**要取代我們。」他向前一點點，再次往下看。「你知道嗎？我覺得我應該可以。」他雙手撐在洞口，抬起身體，雙腳懸空擺動。「我們底下見，嗯？」

他身子下沉到洞裡，然後消失了。

我站在原地，向下盯著洞良久。我覺得我可以直接離開，在雪中漫步，解開呼吸器的釦鎖，一了百了。

但不會有什麼差別，對吧？他們會派貝托或娜夏來找我的屍體，回收背包，假設8號沒完成任務，他們會再派9號背著背包來到地道。

最後，我的電子眼響起。

米奇8號 走啦，7號。我們有任務在身。

我嘆口氣，拉緊背包背帶，跟著他下去了。

＋　＋　＋

「我們應該分開行動。」8號說。「盡量遠離彼此，然後我們同時拉下開關。那樣攻擊範圍會最大，也不用擔心爆炸會干擾另一邊的擴散。」

「8號……」我開口，但他搖搖頭。

「不要。」他說。「我不想聽。走吧。對話頻道別關。你準備好時，讓我知道。如果你碰到那天遇到的朋友……」他轉身走開。「我不知道。就跟牠說聲對不起。」

我站在原地，看他的身影消失在地道另一頭。好一會之後，體溫感測顯示也漸漸消失了。也許我以爲他會回頭？但他沒回來。最後我選了一條地道，拉緊肩膀背帶，開始向前。

＋　＋　＋

「7號，你在嗎？」

「喂。我在。」

「你有看到什麼嗎？地道感覺很空。」

「沒有。但我一直聽到有東西跑來跑去。」

「對，我也是。牆後面窸窸窣窣的，對吧？」

「對。我想那就是我們的朋友。」

「你覺得牠們知道我們在嗎？」

我翻白眼，雖然我知道他看不到。「這是牠們家，8號。牠們要是有一隻進到基地，我們要多久才會發現？」

我們沉默半晌，害我開始懷疑他是不是切斷通訊了。

「你覺得牠們知道我們來幹麼嗎？」

＋　＋　＋

十分鐘之後，我站在岔路，考慮要走上坡路，還是走螺旋向下的路，這時我通訊器閃爍。一個穩定的畫面出現在我視野左上角。畫面中是一座從高處俯瞰的廣闊深谷。

每平方公尺滿滿都是伏蟲。

牠們是小隻的，就像幹掉杜剛，或是鑽出主氣閘艙地板的那種。

一定有數千隻。

甚至數萬隻。

「7號！7號，你看到沒？」

「我看到了。」我說。「8號，聽著……」

我沒繼續說。聽著什麼？我又回想起多年前，我放回母親花園的蜘蛛。如果牠回到房子裡，我是否會再救牠一次？還是我會把牠踩死算了？

要是我在屋外看到蜘蛛巢，裡面有上百隻蜘蛛，並且發現蜘蛛們是來殖民花園的呢？

「8號？」

8號沒回答。

「8號？你在嗎？」

有張最後的影像傳到我記憶體。畫面模糊，幾乎無法辨識。我猜大多數人看到會不知道面前是什麼。

但我看得出來。那是巨型伏蟲的大顎和顎鬚，距離不到幾公尺遠。

這時我知道8號死了。

現在怎麼辦？我不知道他在哪，不知道那個伏蟲托兒所在哪。

也不知道牠們幹掉他之前，他有沒有時間拉下開關。

這些地道是個迷宮。我離8號死的地方可能好幾公里遠，也可能就在下個轉角。

我可以去找他。

我也可以現在拉下開關，一了百了。

我閉上雙眼，手伸向繩子，然後遲疑了。

我面前出現火堆，以相反的方式燃燒，煙向內抽，灰燼化爲木頭。

大蟲出現在我面前，但笑容消失了，變成雙眼瞇起，嘴巴緊抿成一條線。

我視野角落出現一個對話視窗。

米奇8號　蓮嗎？

我睜開雙眼。

黑暗中有東西在移動。

牠大到幾乎塞滿地道。

米奇8號 你懂嗎？

我眨眨眼，舌頭滑過牙齒，吞口口水，手輕輕握住開關繩索。

米奇8號 對，我懂。

米奇8號 你是主嗎？

好，這我不懂了。伏蟲靠近了點。一對大顎張開。那一定是威脅姿勢，對吧？我情不自禁退一步，手緊握著開關。

米奇8號 我們破壞你的輔助。你是主嗎？

主？輔助？

牠是在說8號。

我現在可以拉開關。

我可以，但我不要。

我決定孤注一擲。

米奇 8 號　對，我是主。

伏蟲的頭放到地道地上，大顎緩緩收起，先是顎鬚，再來是外顎。

米奇 8 號　我也是主。我們說話？

於是，我們開始交談。

024

組成聯邦的上百個星球中，只有在一個星球上，人類和當地有意識的生物設法一起生活。那是顆繞著氣態巨行星的孤獨矮行星，巨行星在螺旋臂末端繞著一顆M型恆星，離下一個殖民星球約二十光年遠。那次任務在成功完成一次最長的跳躍後，大家終於站上那顆星球。他們將星球命名爲渺茫星。

背後還有另一個故事。

渺茫星原生物種是住在樹上的烏賊。我從影片中看過牠們穿梭在樹枝間，牠們在空中會配合樹木改變顏色，身影完全隱匿，必須透過紅外線才能看得到。牠們集中在星球唯一一座大陸的中央高地。人類登陸時，牠們的科學和文化都已相當進步，但在物質上，與人類發展農業之前相比進展不大。我讀過最合理的解釋是，人類之所以發展出矛、房屋、飛機和星艦，是因爲我們實在太不會當個動物了。

渺茫星的原生物種就很會。牠們充分掌握環境，不需要槍枝。殖民者抵達時，牠們不予理會，因爲灘頭堡殖民基地在海岸，距離原生物種所在的高山有數百公里遠。殖民者也忽略牠們，因爲原生物種很害羞，只生活在固定區域，幾乎看不到。殖民者登陸後的前二十年，甚至根本不知道牠們存在。

歷史學家沒談到爲何這次接觸的結局和其他星球不一樣。但我有個推論，等雙方眞的有所衝突，殖民者已經站穩腳步，不會一直那麼害怕了。時間。關鍵就是時間。

我們只是需要時間。

025

第二次了，我活著走出伏蟲地道，踏到低垂的冬陽中，我至今不知道爲什麼，可能未來也永遠不會知道。

以尼弗海姆星的標準來看，這是個美麗的早晨。天空照耀著乾淨的紅光，透出些許藍色，陽光讓洞口到基地之間的白雪像布滿鑽石的平原。我深吸口氣，背起背包，開始向前走。

雪深及膝，還有和我腰一樣高的雪堆，就算戴著呼吸器，我從尼弗海姆星大氣得到的氧氣，遠遠不夠供給我的肌肉，所以我一邊費力朝基地外圍防線推進一公里，一邊思考接下來該怎麼辦。我考慮讓基地的人知道我回來了。我甚至打開對話視窗，隨即才想到不行，馬歇爾可能會想阻止我。如果他下令，娜夏或貝托會從我頭上扔下電漿彈嗎？

娜夏不會。這我很確定。但貝托呢？

老實說，我不知道他炸我的話，我背著的死亡包裹會發生什麼事。

可能最好大家都不要知道。

我繞了點路，這樣就能站在兩個鐵塔中間，來到最靠近基地的地方。我希望能等我回到基地再被質問，但考量到為了嚴防伏蟲入侵的高度警戒狀態，我想是很難如願了。結果，在離外圍防線一百公尺時，最靠近的兩座鐵塔警示燈已亮起，底部燈光閃爍。當我繼續向前，頂端的光束槍升起，轉過來瞄準我。

「不要開槍。」我透過通用頻道說，右手舉起拉繩開關。「拜託，我不想拉這個開關。」

光束槍沒有收起，但也沒發射。感覺像是過了幾小時，但可能其實才三十秒，馬歇爾的聲音在我耳中響起。

「放下背包，巴恩斯。動作請小心，並退開來。」

我抓著繩子的手開始發抖，拚命壓抑從喉嚨冒出的輕笑。

「不要。」我控制住聲音說。「我覺得我不要。」

通訊切斷，這次大概有一分鐘。通訊再次打開，我聽到馬歇爾語氣中帶著難以壓抑的怒火。

「你是哪個？」

「7號。」我說。「我是米奇7號。」

「8號呢？」

「死了。」

「他有發射武器嗎？」

「沒有。」我說。「他沒有。」

通訊再次切斷。我望向最近的兩座鐵塔。槍管中間發出淡淡的紅光。我以前從來沒見過。

我想這代表，我從來沒直直望向上膛的光束槍槍嘴。

如果光束槍朝我開火會怎樣？要是對著我的是手持光束槍，我確定自己能在死前拉下開關，哪怕他們是正面攻擊我的臉。但鐵塔上這把槍呢？

不重要。就算我瞬間死了，我的手臂仍可能痙攣扯下拉繩。他們不會冒險。不會嗎？

我還在想，一個對話視窗打開。

紅鷹 米奇？你在搞什麼鬼，老弟？

喔，好吧。至少他不是在駕駛艙，準備對我投彈。

米奇8號 嘿，你好，貝托。見到我驚不驚喜？

紅鷹 說真的，米奇，你真的瘋了嗎？你想要幹什麼？

米奇8號　叫馬歐爾出來。我們必須聊一下。

紅鷹　……

米奇8號　我沒開玩笑，貝托。喊他出來。

紅鷹　好了啦，米奇。你知道這不可能。

米奇8號　當然可以，貝托。

紅鷹　把背包脫下，米奇。你背的那玩意兒……那是戰爭罪。如果你拉下繩索，你會殺死這星球殘存的人類。你不想這麼做吧。

米奇8號　我非常確定我一開始就說過「我不想這麼做」。我不想殺你。喔，好吧，其實我確實有點想殺死你。但我不想殺娜夏和凱特，甚至那個保全多尼歐。我不想殺任何人，除了你之外。總之我想跟馬歐爾面對面聊一聊。叫。他。出。來。

視窗關閉，又留我一人思考鐵塔光束槍的事。

他們讓我在那站了快一小時，呆瞪著那淡淡的紅光，寒意穿透保暖層，滲入我的皮膚和肌肉，最後竄入骨頭。有個殘酷的道理：如果你在零度以下站著不動太久，不論身上穿多少層高科技保暖衣，終究還是會冷到刺骨，痛苦到難以忍受。過了約四十分鐘，我已開始希望光束槍乾脆開火，至少我可以死得暖暖的。

但他們沒開火。就在我快決定扯下拉繩開關，一了百了時，距離兩百公尺遠，圓頂基地第二氣閘艙旋開，馬歇爾踏出來。

總之我覺得是馬歇爾。那人戴著呼吸器和護目鏡，身上又穿著好幾層保暖裝備，實在很難分辨身分。但身高差不多，他身後尾隨兩名武裝保全，光看這一切所費的時間，我滿確定是他的。我打開通訊頻道。

「眞的假的？找保鏢是怎樣，馬歇爾？你已經有兩管大炮瞄準我。你覺得你需要多少火力？」

「保全在場，」他低吼回答，「是因爲我嚴重懷疑這裡有埋伏。」

我差點笑出來。「埋伏？誰？」

「我們在打仗。」馬歇爾說。「原因我想不透，但你似乎是敵方。」

我無話可說，於是我站在原地不吭聲，全身顫抖著看他掙扎越過雪地走向我。他停在基地外圍防線前大概十公尺。兩個保全站在他身後半步。

「所以呢？」馬歇爾說。「我來了，巴恩斯。你要幹麼就快點。」

我不知道他期待什麼。我想是怕我揮舞雙臂，從雪地召來伏蟲軍團吃了他。一時間，我其實還眞的考慮大叫「大夥上啊」，看看他會有什麼反應，但保全手中都拿著放射砲，大概很緊張。這種時候不適合開玩笑。

「我沒有動手。」我說。「我沒有拉開關。」

「我看得出來。」馬歇爾說。「那你……朋友呢？」

「你說 8 號？」

「對。8 號。他動手了嗎？」

「沒有。」我說。「我已經跟你說他沒有了。他來不及動手就被殺了。」

「原來如此。」馬歇爾說。「他的裝置呢？」

「伏蟲拿去了。」

現場一片沉默，久到感覺像永恆。

「牠們知道那是什麼嗎？」馬歇爾終於問。他聲音顫抖。

「知道。」我說。「他們知道。」

「你怎麼知道？」馬歇爾問。

「因爲是我告訴牠們的，我還解釋了如何操作。」

馬歇爾轉向左邊的保全。「殺了他。」

「長官？」

那是凱特。我應該要認出她的裝甲。馬歇爾伸出顫抖的手，指向我。

「這人背叛我們的殖民地，凱特下士。他背叛了聯邦。他背叛了人類。現在我很確定，我們能活在這星球的時間只剩幾小時，甚至幾分鐘，在那之前，我想看到這人死掉。殺了他。」

「這不是個好主意。」馬歇爾另一邊的保全說。我想那是盧卡斯，但透過通訊器，他聲音很難分辨。「他背著泡泡彈，長官。」

「聽著。」我說。「我必須告訴牠們那是什麼。不然牠們會想把它拆開，看裡面是什麼原理。如果牠們這麼做……」

「如果牠們這麼做，」馬歇爾說，「問題就會迎刃而解。」

「除非牠們決定在基地底下這麼做。」凱特說。「如果我是牠們，我就會這麼做。」

「妳會怎麼做不重要。」馬歇爾說。「不管巴恩斯幻想出的理由多合理，也都毫無意義。這人在戰爭期間和敵軍共謀。世上沒有比這更嚴重的罪。」

「種族滅絕呢？」我說。「那也是非常嚴重的罪。你知道，我們放棄舊地球，可不是因爲和敵軍共謀。另外，我的理由很充分，我們並不是在交戰狀態。」

馬歇爾轉過來面向我。「那些傢伙殺了我五個人，你這禽獸！媽的，他們甚至殺了**你**兩次，而我們也殺了牠們。如果這不算在打仗，那是在幹什麼？」

我搖搖頭。「你這是人類的想法。伏蟲不這麼看事情。牠們似乎沒有個體生命的概念。就我所知，牠們是集體智慧模式。牠們完全不在乎我們殺死的伏蟲，也絲毫不懂我們爲何在乎牠們殺死的人。不過是拆解幾個輔助體，牠們不懂這樣怎麼會是侵略行爲。就牠們看來，我們目前做的只不過是交換資訊而已。」

「輔助體？」凱特說。

「對。」我說。「那是我能想到最好的翻譯，牠們稱在基地四周小隻的叫輔助體。那些只是集體的一部分，本身沒有智慧。牠們以爲人類個體也一樣。」

「太好了。」凱特說。「你至少有糾正牠們這點吧？」

「我努力了。牠們對語言的掌握出奇得好，畢竟牠們只透過我的通訊器在學習，但腦中沒有概念的話，你其實也無從翻譯。總之，牠們表示牠們很抱歉。」

凱特想再開口，但馬歐爾打斷她。

「夠了！閉嘴，凱特，不然妳就跟他一起下屍洞。」

「我不要被扔進屍洞。」我說。

「喔，要啊。除非我們全都先炸飛，不然你絕對要進到那洞裡，我不在乎到時的你是死是活。但你總有脫下背包的一天，巴恩斯，你一脫下來，我就馬上親自出手斃了你。」

「不是我在說，」盧卡斯說，「但長官，你沒給他機會選擇不要現在馬上殺死我們。」

馬歐爾回頭瞪他，然後瞪向凱特，目光再回到我身上。

「你不能殺我。」我說。「雖然你非常想，但你不能殺我。我是你和伏蟲之間唯一的聯絡人，牠們現在和我們一樣有反物質武器了。」

「都是多虧了你。」他說。「全多虧了你，巴恩斯。你害死我們所有人，王八蛋。」

我搖搖頭。「把末日武器送入地道不是我的主意，牠們趁8號來不及拉開關就殺死他，也不是我的錯。這應該要怪你，馬歇爾。」

「但你明明可以結束這一切。」他說。「如果你做好你天殺的工作，這一切就結束了。你是消耗工，懦夫，是你害怕死亡。」

我嘆口氣，雙眼閉上。然後我再次睜開眼睛，凱特和盧卡斯舉起武器。

「也許吧。」我說。「也許我不想死……也許我只是不希望我死時良心不安，背負著種族滅絕的惡名。我了解你覺得我應該直接拉下開關，殺死伏蟲，壯烈犧牲。但我沒這麼做，現在我們必須繼續往前。這座星球上有另一個有智慧的種族，而你剛才把反物質武器交給他們。你現在最需要的是外交手段，而我就是你唯一的外交人員。你眞的覺得現在殺了我，會給任何人帶來好處嗎？」

馬歇爾瞪著我整整三十秒。他雙手顫抖，我看得出呼吸器下，他下巴緊繃著，但他一句話都不吭。最後他原地轉身，怒氣沖沖走向氣閘艙。凱特和盧卡斯站在原地，看他離開。

「所以呢？」外艙門旋轉關上時我說。「我們沒事了嗎？」

凱特望向盧卡斯。他轉頭看最近的鐵塔。我們正看著時，光束槍的光滅了，收回塔中。

「對。」凱特說。「我想是如此。至少暫時沒事。」

她越過雪地，向我伸出手。我收好開關拉繩，牽住她的手，將她抱入懷中。

「對不起。」她說，聲音嗚咽。

「我知道。」我說。「沒關係，凱特。妳只是做妳該做的。」

我們站在那十秒，最後她開口：「穿著裝甲擁抱好怪。」

她說得沒錯。

我放開她，我們三人一起走回基地。

＋ ＋ ＋

回到房間後，我在床上閉著眼睛伸展，雙手枕在頭後，只想慢慢睡著，突然我想到8號死了，一陣悲從中來。這眞的一點道理都沒有。別的事都先暫時不管，例如我和他只能留下一人，他平常其實有點煩，我認識他也才不過幾天……但我的意思是，他不是眞的死了，對吧？畢竟我是他，他是我。這就像打破鏡子，爲自己的倒影哀悼。

不重要。但在那五秒鐘，我原本還好好的，下一瞬間卻嚎啕大哭，哭得好醜。這也許是爲了他，但也可能是爲了我，或者是自從我掉進那洞裡，內心一直累積的各種情緒，如今終於宣洩出來。

我哭了好一會。

漸漸平靜下來後，有人敲房門。

「請進。」我說著坐起來，雙腳盪到地上，用上衣正面擦乾淨臉。我抬頭時，娜夏正關著門。

「嘿。」她溫柔地說。「歡迎回來。」

「謝了。」我移動身子，騰出床上空間，她坐到我旁邊。「8號死得很慘嗎？」

我聳聳肩。「我不知道。我們分開了。他找到……我想是一個巢穴吧？成千上萬伏蟲密密麻麻交疊在一個巨大的圓形山洞。他才傳畫面給我，信號就消失了。」我感覺到她身體發抖。「總之一定很快。他原本下定決心要拉開關。不管他發生什麼事，一定很突然，讓他來不及動手。」

當然，我並不知道眞相。可是畢竟他就是我，也許他最後一秒改變主意；也許他可以拉下開關，但決定不要。

娜夏抽抽鼻子，然後笑出聲來。

「對不起。」她說。「我不知道該有什麼感受。」

我手摟住她的腰。她嘆口氣，靠到我身上，把我推倒到床上。

「你知道，」她頭靠到我胸膛上說，「馬歇爾其實考慮過下令，要我去轟炸你的朋友。」

「嗯哼。」我雙眼已經合起。「妳怎麼說。」

她又輕聲大笑，一腳滑過我的腿。「我說如果你說的是眞的，牠們在岩床之中，離地表一百多公尺，我們目前的彈藥火力根本不足，頂多震下牠們水晶燈上的灰塵，弄得牠們很煩，而就現在來看，那不是好主意。」

「說得好。他怎麼反應？」

她手滑到我胸上，捧住我臉，讓我頭抬起來親吻她。「大概就是你想的那樣。」

她又躺下來，然後伸手撫摸我的臉頰。「是眞的嗎？」

我親吻她的手，然後把她手放回我的胸口。「什麼是不是眞的？」

「你跟我們說的。」她說。「伏蟲的事。牠們眞的會不管我們嗎？」

我聳聳肩。「我想是吧？事實上，我不確定我們彼此是否了解對方在說什麼。牠們說只要我們不靠近地道，不要在基地南方山腳蓋建築物，就不會管我們。但牠們眞的知道『基地』的意思嗎？牠們眞的了解，我們希望牠們不要心血來潮就把人類分屍嗎？誰曉得？」

「哇。」她說。「你眞的是個談判專家，嗯？」

「不好意思。」我說。「我盡我所能了，是吧？」

她用手肘撐起頭，親吻我的臉頰，然後將我手臂拉回去摟住她，並把頭塞到我脖子和肩膀之間。「我知道你盡力了，寶貝。」她嘆氣把我拉近。「我知道你盡力了。」

過不到一、兩分鐘，她便睡著了。我也茫茫睡去。這幾天太漫長了。我閉上雙眼，不久又滑入伏蟲的夢。我們回到米德加德星，一人一蟲隔著倒退燃燒的火堆，看著白煙在漆黑清朗的夜呈螺旋狀倒吸回去。

「這是結束，」牠問，「還是開始？」

我原本望著火堆，聽到便抬起頭。「你會說話了？」

「我一直都會說話。是你聽不懂。」

我聳聳肩。這話有道理。

「我覺得都是。」我說。「我希望這是結束，也是開始。」

牠聽了似乎很滿意。我們一起坐在那，默默陪伴著彼此，後來牠一點一滴淡去。

026

我醒來時娜夏已經離開。她在平板電腦上留了訊息。

今天要飛。我們回來見？

我不禁露出笑容。我爬下床，迅速將身體乾擦一番，穿上我最後一套半乾淨衣服。

我說不上來，但今天有件事不一樣。

我感覺很奇怪，有種……輕盈的感覺？我不知道。我只是……

然後我想到了。我過去內心一直感到害怕，但現在，**我終於不害怕了**。

我細細琢磨這感覺，縱情享受其中，讓這感受滲入骨頭，這時我的電子眼收到通知。

指揮部一　請立即前往指揮官辦公室報到。

指揮部一　九點前未到將視為叛逃。

喔，好吧。到此為止。

我慢條斯理準備去見馬歇爾。我差不多知道他打算說什麼，但我不想聽。

我打開馬歇爾辦公室門時是八點五十九分。他坐在辦公桌後，身體向後靠，雙手交疊在肚子上，臉上露出淡淡的笑意。

喔。我倒沒料到會是這樣。

「巴恩斯。」他說。「請坐。」

我走進辦公室，將門關上，拉椅子到辦公桌前。

「早安，長官。你找我？」

「對。」他說。「沒錯。其實我是想向你道歉。」

這我**真的**沒料到。

「看來，」他繼續說，「我昨天誤判局勢。我發現你把裝置給了伏蟲，發現你告訴牠們那是什麼，嗯……」

「如我所說，」我說，「不是我把裝置給牠們，是牠們殺死8號時，從他身上拿走。我必須跟牠們解釋那是什麼，以及使用的方式，以免牠們意外觸發。」

他點點頭。「你確實解釋過。我當然覺得牠們馬上會把武器拿來對抗我們。但我們現在還坐在這裡聊天，因此我錯了。我錯了，你對了。所以容我再次向你道歉。我昨天不該那樣反應。」

「你是說，你不該叫凱特和盧卡斯殺我？」

他右眼抽動，但除此之外，他仍保持冷靜。「是的，巴恩斯。那是不對的。對不起。」

「嗯哼。好吧。我接受你的道歉，我想也只能這樣？」

「太好了。」他說。「感謝你比一般人有寬宏大量。」

他身子向前傾，越過桌子，朝我伸出手。我猶豫一會，然後和他握手。

「所以，」他鬆開手，再次坐回去時我說，「嗯……就這樣嗎，長官？」

「其實，」他恢復笑容，這次笑得更開了，「還沒結束。既然現在事情可望回歸正常，我們有個工作要交給你。」

好吧，我們來吧。「工作，長官？」

「對。」他說。「既然我們的朋友未來會待在地道，遠離我們基地，我希望我們能回歸正題，想辦法讓這個殖民地維繫下來，對不對？」

我向後靠到椅背，雙臂交叉在胸前。「是的，長官。我想是如此。」

「很好、很好。好吧，我相信你猜得到，昨天製造這兩個裝置，讓我們儲存的反物質出現危險的缺口。而在可預見的未來中，我們不可能製造出新的燃料，因此我相信用不著我來告訴你，發電系統中斷的話，我們會多慘。」

「對。」我說。「不需要多說。」

他現在身子向前，雙手手肘撐在桌上，簡直像是要敲定一樁買賣的飛機推銷員。

「當然，我們取出的燃料有一半都失去了。那沒有辦法。但你拿回來的裝置中的反物質，必須放回核心裡。」

喔，去你媽的。

「你自己取出來的。」我說。「只要照你的方法，反著做就好啦。」

他擺出難過的表情，但沒有用。「可惜，那是不可能的事。我們是用正常的機械驅動方式將燃料取出。我相信你知道，那是單向的做法。機械沒辦法將零星燃料放回核心。恐怕要從內部以手動來處理。」

我閉上雙眼，深吸一口氣，緩緩吐出。

運作時反物質核心的中子通量是多少？我記得珍瑪不曾提過，但我猜是非常大。

「別擔心。」他說。「我不會要求你事前或事後上傳。你不需要記得這一切。」

「我不用上傳？」

他搖搖頭。「絕對不用。」

「我從培養槽出來後就不曾上傳，你知道吧？如果我完成任務，那時這個我就不曾存在過。」

「亂講。」他說。「像你所說，這個你會拯救殖民地。就算你不記得，我們也會記得。」他看著雙手，然後抬起頭，表現出幾可亂眞的眞摯感情。「我知道我不常這麼說，但事實上，你已經拯救這個殖民地不只一次，我相信你未來還有更多機會。這份恩情我們無以回報。我代表所有人，感謝你，米奇。你的勇氣將永遠激勵人心。」

米奇咧。他媽的這九年來，他第一次叫我米奇。

我的勇氣將永遠激勵人心。

幹你媽的，馬歇爾。

我把椅子向後一滑，站起來。

「不要。」

他那眞摯的表情像面具一樣落下，取而代之變成憤怒。

「什麼？」

「不要。」我說。「我不會做。你派我去地道時，顯然已規畫好就算沒有燃料也能存活的方案。現在就使用那個方案。或是用一台無人機，把你那個犯下戰爭罪的炸彈塞回核心，或者你自己去做。我不去。」

他拔地而起，臉色鐵青，雙眼瞇成一條縫。

「你一定要去做。」他斷聲說。「一定要，不然老天在上，我會把你的人格和紀錄從伺服器刪了，親手把末代的你塞進屍洞。」

現在我意志已無比堅定，之前沒注意到的重擔已從肩膀卸下，感覺自己像在空中翱翔。

「你可以把伺服器資料刪掉。其實，我拜託你刪掉，因爲我在此辭去殖民地消耗工一職。你去找個人取代我。我眞的不在乎。但你不能殺死我，因爲我是你和伏蟲的聯絡人，你昨天把反物質炸彈送到牠們手中就夠蠢了。你要是派人對我動手，我就通知伏蟲說停戰協議終止。」

他張開嘴，又合上，又張開。

我忍不住了，開始放聲大笑。

「你他媽才不敢。」我向門口走到一半，他終於擠出這句話。

「我他媽死過七次了。」我轉頭說。「比一般人多了六次。所以別告訴我我敢不敢。」

我們也懶得關了。

＋　＋　＋

「嘿，你好，老弟。怎麼樣？」

我吃著炒蚱蜢山藥，抬起頭。貝托把托盤放到桌上，一屁股坐到我對面。

「喔。」我說。「是你啊。」

「是啊。」他說。「我聽說你辭職了。」

我聳聳肩。「看來是。」

「超瘋。」他說。「我都不知道還可以辭職。」

「你不行。」我說。「除非你拿著反物質炸彈威脅馬歇爾。」

他咬一口，嚼了嚼，吞下肚。我又繼續吃東西時，他說：「你改回吃固體食物了，嗯？」

「對。」我說。「不用跟人平分食物了，對吧？」

「喔。」他說。「對。」

「是啊。」

我們沉默吃了整整一分鐘，雖然我已不在乎，但久到我都不自在了。

「我很高興你回來了。」他終於說。

我抬頭。「謝了，我想。你也不想再跟9號編造我怎麼死了，嗯？」

這句話讓他皺起眉頭。「好酸。我說過對不起了。」

「對啊。」我說。「你說過了。」

我們又沉默坐了三十秒。我都快吃完了，但貝托幾乎沒動他的食物。

「所以，」他說，「我們……呃……沒事了嗎？」

我閉上雙眼，深吸口氣，吐出來。我再次睜開眼，他看著我，一臉期待。我身體彎向他。他也彎向前。

我揍他右眼一拳，力量大到我指節都要破皮，他頭甩到後頭。

「對。」我說。「我們沒事了。」

我站起來，拿起托盤走了。走廊門滑開時，我向後看，他盯著我，嘴巴微微張開，雙手平放在桌上，右眼已瘀青腫起。

我知道這很老套，但我不在乎。這是我下半輩子的第一天。

027

所以誰會知道尼弗海姆星上有春天這個玩意兒啊？

登陸後一年，溫度開始回升，雪開始融化。幾週之後，我們首次看到裸露的土地。再一個月之後，地面布滿地衣。

沒人能清楚解釋爲什麼。尼弗海姆星軌道幾乎是正圓，轉軸傾斜小到可以忽略。理論上這裡不該有季節。最可信的猜想是，我們的太陽其實類似一顆變星，目前處於增溫循環。

你會覺得這種事早在米德加德星任務規畫時就該注意到，對吧？我是說，他們畢竟觀察了這顆星球三十年，我們才整裝出發。我後來研究了一會，發現在恆星光量觀測中，他們確實觀察到週期性的擺盪。紀錄非常清楚。但他們認爲原因不是出自恆星，因爲沒人能站在恆星物理學角度提出可信的理論。所以他們認爲，觀測結果一定是受到星際塵雲影響，於是便直接歸檔了。他們覺得我們在這裡會過得溫暖又快樂。他們覺得恆星光量的高點是眞實數據，低點是因爲干擾。

哎呀，萬萬沒想到。

起初天氣回暖，大家都滿高興的，後來物理部某個人推測，不知道我們是不是要進入另一種極端氣候，把我們烤乾。

這想法非常可怕，但沒有發生。幾個月後，天氣變得穩定，夾在涼爽和溫暖之間，最後農業部的人員設法在基地外設立了試驗區。

殖民任務的夥伴們終於能在外頭透透氣，也開始討論要取出幾個胚胎。而且除了我和馬歇爾之外，其他人大多忘了伏蟲的事。大概是這時候，我問娜夏要不要一起散步。

我們還是必須戴呼吸器。氧氣分壓有上升，只是速度緩慢，但測得出動靜，綠色植被開始生長，可是還要過一陣子，才能讓我們自由呼吸。當然，也可能不會發生。我們不知道溫暖的季節能維持多久。可能幾年，也可能明天就結束了。

但以目前而言，今天很適合健行。

「我們要去哪？」盧卡斯揮手讓我們通過外圍哨站，娜夏問。

「離開基地。不就夠了嗎？」

她牽起我的手，我們開始走。

在米德加德星，赤道上有塊巨大的沙漠帶，寬度幾乎延伸到整座大陸。一整片廣闊的土地好幾年都不會有大雨。但每隔一段時間，天氣情況剛好時，巨大的風暴會經過，將一年的降雨量集中在一、兩天內全灌注到乾涸的平原和旱谷。風暴發生的時候，我們會發現各樣生命是一直盼著雨水，等待冒出的時機。植物根本是從泥巴中跳出，動物會從冬眠醒來，爬出土地，吃喝、狩獵和交配。

尼弗海姆星生態圈似乎有點類似那樣。白雪融化不過幾個月，地衣已經被像青草的植物取代，甚至零星出現類似木質的矮樹叢。四周也有動物，多數是爬行生物，樣子和伏蟲非常相似，但離基地一公里左右，我看到一隻八腳的爬行動物，停在岩石上曬太陽。

我指著牠要娜夏看時，她皺起眉頭，一手按到她隨身攜帶的光束槍上。她當然有帶槍。

「別這樣啦。」我說。「牠很可愛啊。」

她朝我瞄一眼，然後搖搖頭，手放下。

我們繼續向前走。

過了五分鐘左右，我不得不停下確認位置。時間已經過了好久，白雪消失後，一切變得好不一樣。娜夏退開半步，雙手交叉在胸前，頭歪到一邊。

「這趟不只是出來散步，對吧？」

戴著呼吸器的我露出微笑。「沒錯。我需要檢查一個東西。」

我找到地標了。我們走上山坡，然後轉下山溝，躲到基地視野外。

「你確定嗎？」娜夏問。我回頭望著她。她手又按著光束槍。「這裡看起來像伏蟲的國度。」

「對。」我說。「我們其實很靠近牠們地道系統的入口。」

「好。」她說。「那我們爲什麼要來？」

「我告訴妳了。」我說。「我必須檢查一個東西。」

我一開始錯過了。我用來標示位置的大石頭一定原本是固定在冰上，或許後來被融雪沖下山坡了。總而言之，大石頭從原本該在的地方滑落了二十公尺，但我後來還是認出那塊大石頭。確認大石頭之後，再要找到我從地道出來時，它原本在的小平台就很容易了。小平台底下有一堆較小的石塊。我雙膝跪地，開始搬石塊。

「米奇？」娜夏說。「你要不要具體告訴我，我們在這幹麼？」

我想，但我不用說，因爲這時我已搬開一大堆碎石，露出石平台下方的洞。

「我的天啊。」娜夏說。

我轉頭看她，觀察她的反應。她很驚訝，但不害怕，也沒有殺意。我見了放心不少。我小心翼翼將手伸進黑暗的洞裡，將8號的背包拿到陽光下。

「你這滑頭的小混蛋。」她說。

我大笑。「妳該不會以爲我眞的把這給了伏蟲吧？」

她蹲到我旁邊，伸出手，摸著背包。「怎麼會……？」

「怎麼會什麼?伏蟲殺死8號之後，我是怎麼從牠們手中拿回這鬼玩意兒嗎？」

娜夏轉頭望著我。我從她眼神看得出來，呼吸器下的她沒有笑容。「對啊，米奇。」

我聳聳肩。「我問牠們要的。」

她搖搖頭，然後注意力回到泡泡彈上。「這有用嗎？」

「總之裡面的反物質足以炸毀一座中型城市，如果妳是這個意思。」

她手收回來。

「別擔心。」我說。「只要泡泡沒有被破壞，反物質基本上就在別的宇宙。不會傷害我們。」

「要是有的受損了呢？」

我大笑。「相信我，妳一定會知道。」

「爲什麼，米奇？」

「爲什麼什麼?爲什麼我把末日武器埋在這，像海賊的寶物嗎?」

「對啊。」她說。「我就問。」

我向後跪坐好，轉身看著她。「事情是這樣。如果像我對馬歇爾所說的，我眞把這個給了伏蟲，牠們最後可能眞的會動念使用。那一刻，大多數人下場怎麼樣，老實說我根本不在乎，但是……」

她咧嘴笑了。「但是什麼，米奇？」

「妳知道，」我說，「我寧可讓馬歇爾把我推下屍洞，也不希望妳發生任何事。」

「好。」她說。「這我懂了。但是你爲什麼不把這個拿回去？」

「喔，這很簡單。如果我把兩個炸彈都還給馬歇爾，他絕對會當場把我殺了，然後他就會派9號進入地道，完成他的種族滅絕計畫。只有他覺得伏蟲不在基地下方引爆全是因爲我，我和伏蟲才能保住性命。」

「這點你可能說對了。」她說。「但我不懂的是，爲什麼伏蟲讓你拿著兩枚泡泡彈走了。牠們不擔心造成威脅之類的嗎？」

我又大笑，這次笑得更開懷。「什麼啊？妳以爲我老老實實告訴牠們這是泡泡彈？妳以爲我跟牠們說，我們來你們家，是打算進行種族滅絕？老天，娜夏，我雖然不是天才，但也沒**那麼笨**。」

她感覺嚇一跳。顯然她是眞以爲我那麼笨。

「所以你跟牠們說什麼？」

「語言眞的是主要障礙，但我試著告訴牠們，我是使者。牠們其實沒問背包的事。背包看起來其實不怎麼像末日武器，對吧？」

「對。」娜夏說。「我想是不像。」

我把背包塞回洞裡。然後小心將石塊堆到上頭，把東西重新埋好。一切都弄好之後，我站起身，退開幾步，看看我藏得如何。

「妳覺得呢？」我問娜夏。「算是藏好了嗎？」

她聳聳肩。「也許暫時可以。要永遠藏下去的話，可能不行。你有長期的計畫嗎？還是你要等有人不小心跑到這裡，一不小心把我們全殺了？」

我嘆口氣。「我的計畫是等到馬歇爾過世，再回來拿背包，告訴新的指揮官，伏蟲決定要歸還背包，表達善意。」

「眞的假的？」

「對，眞的。如果妳有更好的計畫，請告訴我。」

她盯著我好久，然後搖搖頭。「我想不到。但你覺得這事要等多久？馬歇爾生病了嗎？」

「就我所知沒有。」

她牽起我的手。「要是他一直不死，你有備用計畫嗎？」

「沒有。」

她另一手先捧著我臉頰，然後拉起呼吸器，傾身親吻我。「你眞的不是個天才。」她說完放開我的手，轉身爬出山溝。「幸好你很可愛。」

致謝

對這本書有貢獻的人不少。我可能會遺漏一些人，如果你被遺漏了，希望你原諒我，因爲你大概知道，我只是外表看起來很聰明而已。

首先，是誰呢？我深深感謝 Paul Lucas 和文學經紀公司 Janklow & Nesbit 的伙伴，沒有他們的指導和鼓勵，我絕對很早就放棄寫作，還要感謝 Rebellion Publishing 的 Michael Rowley 和 St. Martin's Press 的 Michael Homler，謝謝兩位願意給這本怪怪的小作品和一個默默無聞的作家機會。

接下來，我想誠摯並由衷感謝 Navah Wolfe，這本書還只是本憂鬱小書時，她便讀了這個故事，並鼓勵我把它寫成一本不那麼憂鬱的小說。如果妳讀到這段，Navah，我希望妳在作品中看到自己的痕跡，我眞心希望妳會喜歡。

我也眞心感謝以下名單（未照任何順序）：

- 感謝 Kira 和 Claire，謝謝他們在故事初稿時便給我嚴厲又合理的批評。
- 感謝 Heather，謝謝她用我的信用卡不斷替我買印度奶茶。
- 感謝 Anthony Taboni，謝謝你想成爲我新粉絲社團未來的會長。

- 感謝 Therese、Craig、Kim、Aaron 和 Gary，謝謝你們讀了無數版本的稿子，都沒叫我放棄。
- 感謝 Karen Fish，謝謝妳教我何謂作家。
- 感謝 John，我只要有跟文學相關的點子，一定都去問你，謝謝你。
- 感謝 Mickey，謝謝你沒計較，讓我把你名字放入書中，然後殺了你好幾次。
- 感謝 Jack，謝謝你幫助我在關鍵時刻放下自尊。
- 感謝 Jen，謝謝妳終於讀了我出版前的稿子。
- 感謝 Max 和 Freya，謝謝你們永遠不會讓我忘記，人生真正重要的是什麼。

如我所說，這是部分的名單。除了他們，背後大概還有一狗票人要感謝。這本書少了他們，就不會是現在這樣。謝了，朋友們。

現在要繼續寫下一本書，對吧？

國家圖書館出版品預行編目資料

米奇7號 / 愛德華．艾希頓（Edward Ashton）著；章晉唯 譯.
-- 初版. -- 臺北市：寂寞出版社股份有限公司，2023.1
336面；14.8×20.8公分（Cool；46）

ISBN 978-626-96733-0-8（平裝）

874.57 111019185

Eurasian Publishing Group
圓神出版事業機構
寂寞出版社 Solo Press

www.booklife.com.tw reader@mail.eurasian.com.tw

Cool 046

米奇7號

作　　者／愛德華．艾希頓（Edward Ashton）
譯　　者／章晉唯
發 行 人／簡志忠
出 版 者／寂寞出版社股份有限公司
地　　址／臺北市南京東路四段50號6樓之1
電　　話／（02）2579-6600．2579-8800．2570-3939
傳　　真／（02）2579-0338．2577-3220．2570-3636
副 社 長／陳秋月
資深主編／李宛蓁
責任編輯／朱玉立
校　　對／李宛蓁．朱玉立
美術編輯／林雅錚
行銷企畫／陳禹伶．朱智琳
印務統籌／劉鳳剛．高榮祥
監　　印／高榮祥
排　　版／杜易蓉
經 銷 商／叩應股份有限公司
郵撥帳號／ 18707239
法律顧問／圓神出版事業機構法律顧問　蕭雄淋律師
印　　刷／祥峯印刷廠
2023年1月　初版

定價 420 元　ISBN 978-626-96733-0-8